U0619437

拿什么
雕刻
Na Shenme
Diaoke
Shiguang
时光

罗 毅 \ 著

中国文联出版社
http://www.clapnet.cn

图书在版编目（ＣＩＰ）数据

拿什么雕刻时光 / 罗毅著 . — 北京：中国文联出版社，
2016.11（2025.4重印）

ISBN 978-7-5190-2178-8

Ⅰ . 拿… Ⅱ . ①罗… Ⅲ . ①散文集—中国—当代
Ⅳ . ① I267

中国版本图书馆 CIP 数据核字（2016）第 237701 号

拿什么雕刻时光

著　　者：罗　毅			
出 版 人：朱　庆			
终 审 人：金　文		复 审 人：王　军	
责任编辑：郭　锋		责任校对：王洪强	
封面设计：凤凰树文化		责任印制：陈　晨	

出版发行：中国文联出版社

地　　址：北京市朝阳区农展馆南里 10 号，100125

电　　话：010-85923033（咨询）85923000（编务）85923020（邮购）

传　　真：010-85923000（总编室）　010-85923020（发行部）

网　　址：http://www.clapnet.cn　　　　http://www.claplus.cn

E-mail：clap@clapnet.cn　　　　　　guof@clapnet.cn

印　　刷：三河市宏顺兴印刷有限公司

装　　订：三河市宏顺兴印刷有限公司

法律顾问：北京天驰君泰律师事务所徐波律师

本书如有破损、缺页、装订错误，请与本社联系调换

开　　本：700×1000		1/16
字　　数：249 千字		印　张：16.75
版　　次：2017 年 1 月第 1 版		印　次：2025 年 4 月第 4 次印刷
书　　号：ISBN 978-7-5190-2178-8		
定　　价：42.00 元		

版权所有　翻印必究

说说这本书

我是本书作者。在下先给您打躬作揖！为避免耽误您宝贵的阅读时间，咱们直奔主题。如果您，喜欢快餐式小散文、小随笔，或者说，有那么一些文艺范儿，有悲天悯人的人文情怀，那么，您可以翻一翻这本小集子。

集子收录102篇拙作，类属散文随笔，分三个部分。一是"人间真情"，有46篇文章，侧重于亲情、乡情、友情、师生情、战友情，等等，以及作者对天地间底层物与事的认知、感喟，着眼"真情实感，有感而发"的散文观叙事，怎一个情字难了？这是贯穿整个集子的情感纽带；二是"四方行走"。包括35篇游记，涉及天南海北，于诗意的行走中思考、设问，问天问地问自己，或许在某一个观点上，会与您产生思想上的碰撞与共鸣；三是"偶有所思"。有21篇稿子，收录了在下于平常生活中的点滴感悟和少部分读书心得。

结集初，颇为书名伤神。思来想去，最终还是用了集子中的一篇题目——《拿什么雕刻时光》，是追问，更是反诘。作为人世间的匆匆过客，为什么写作？凭什么写作？我们留下什么给后人？又能够留下什么给后人？这是一个哲学命题，或者说是一道无解的方程。就让我们一起，借助汉语的无穷魅力，发出天问，细处着眼，带着思考，前行。

写作不易，结集更不易。自然要感恩！感谢给予我无私帮助的良师益友，感谢文朋诗友，感谢先前编发过这些文稿的编辑，同时要致谢我加入的作家协会和散文学会，特别感谢重庆市江北区文联对本书出版的大力支持！滴水之恩，我当刻骨铭心地珍视，并在今后的生活中涌泉相报。

重庆文化名人黄济人先生讲过一个亲身经历的故事。在一次"中国作代会"上，他见到有人请杨绛为其新书写序，被杨绛婉拒。杨先生说："序言最好是自己写，要写出你为什么要写作，写作的爆发点在哪里。而书出版以后，评论是别人来写。"在黄济人先生看来，这句话，应该是作家们行文行事的一个准则、一个标杆。在下深以为然。忝列作家队伍，再一次结集，就认真地领会了这个故事的精神，也就不敢再恭请名家大师写序。来一个自说自话，自言自语，算是自序吧。

再次鞠躬！

罗　毅

2016 年秋于重庆

目 录

四方行走 / 115

偶有所思 / 201

人

间真情

RenJianZhenQing

父亲的书屋

与砖头瓦块水泥灰刀打了大半辈子交道的我的父亲，在 1990 年那个闷热难耐的夏天，突然患了脑溢血。从镇卫生院抢救室生死搏击一场回来，元气大伤，体力活儿就再也捡拾不起，无奈，只得从单位办了病退。

"病退"是个好听的名词，其实就是从此再也用不着到工地去上班下班日晒雨淋。那个时候，父亲所在的镇建筑公司，景况已经开始走下坡路。计划经济的僵硬外壳被几个脑壳活泛且有些门路的壮劳力戳破，各自拉扯起一帮人马，开始了时髦的承包经营。这伙人高兴了缴来的管理费，刚好养活公司里的几个头头脑脑。那个存续了将近 40 年的乡镇集体所有制企业，离散伙关张的日子已经为时不远。父亲是公司的老职工，看着这个日落西山的垮杆企业，没容头头脑脑们动员游说，就主动把自己列入了老弱病残类，提出走人。一夜之间，50 刚出头的父亲，就没有了一分钱的收入来源，生活费、医药费从此没有了着落。父亲回家的时候，正值深秋。家门前的两棵粗壮的泡桐树，正在落叶。不知从哪里飘来的一只断了线的破风筝，悄无声息地挂在屋檐下。父亲望着风中飘零的破风筝，沉默，半天没说一句话。

第二天一大早，父亲就出了门。不到半个月，父亲的书屋就在镇上开了张。父亲写信告诉在部队当兵的我，我第一个反应是觉得身为人子，忠孝不能两全，真的是愧对了病中的父亲。那时，我提干不到两年，且刚成家，即便把所有的工资津贴交给父亲，又何尝不是杯水车薪呢？我的坚强的父亲，不管是当面还是在来来往往的书信中，从来不提一个钱字。第二个反应是高兴。祸福相倚，这下可是遂了父亲多年的心愿。泥瓦匠开书屋，看似风马牛不相及的事情，竟然在父亲的手中实现了。换了他的任何一位工友，难说。

仅有高小学历的父亲，嗜书如命。曾经偶尔一次听他愉快地说起他出身于书香门第——他的祖父，是一所民国小学的校长，父亲还是国立武汉大学的学生。谁知到了我父亲这辈儿，家道中落，迫不得已做了泥瓦匠——言语中流露出多少无可奈何，言语中满含着对读书事文化人的羡慕。又听街坊邻居老辈子们说，父亲十来岁的时候，家遭一把"天火"，殷实的家产被烧得精光，仅从火海中抢出一张断了腿脚的方木桌。为生计，为糊口，父亲不得不含泪中断了学业，跟人学了泥瓦匠手艺，提着灰桶入了镇上刚刚组建的建筑修缮队。从此风里来雨里去，长年累月在外爬脚手架。按现在的说法，就是一个打工仔，辛苦地养活全家人。

很少回家来的父亲，留给我们兄弟的印象，是近似木讷，从来不在我们面前叙说他小时候经受的苦难，更不用说家里老辈子们曾经发生的故事。于是我们仨兄弟，对自己的"家史"，皆语焉不详，稀里糊涂，一星半点儿的见闻，多半来自道听途说。唯一让我们眼见为实的，是父亲沉默寡言。只要有空闲，干粗活抬条石下力气的工友们就会聚在一起喝酒打牌吹牛皮，父亲却是寻一僻静处，静静地看书写字。他的京剧、汉剧唱得蛮好，高兴了，大段大段的样板戏自他口中唱出，常常会吸引一大群人围观。他的床铺也比其他师傅们收拾得干净，随时都能在床角找到一两本小说、诗歌和他手抄的零星文字来。我小时候读过的长诗《阿诗玛》，就是从他的枕头底下翻出来的。后来有一天，我不知从何处找出一本泛黄的手写体歌剧剧本《九岭岗》，一看署名，竟是父亲的大名。追问来家里玩耍的叔伯，才知父亲在他年青时候，不仅创作了这部歌颂黄杰同志（徐向前元帅夫人、松滋县第一任县委书记）的歌剧，还亲自出演了其中一个重要角色。呵呵，原来我的父亲，可不是一个简简单单的泥水匠，而是一个对命运心有不甘的文艺青年呢。

书屋搭得勉强，其实就是一个用废旧椽角檩子夹板作墙、几块石棉瓦当盖的书棚子。棚子制作完毕，父亲找到镇文化站的胡文泉站长，开门见山地说了自己开书屋的想法。胡站长知道父亲的嗜好，暗地里也把父亲当作镇上的"文化人"对待，二话不说就开了绿灯，准许书屋摆在镇电影院门前临街面的空地上，还说电影院是大众文化场所，人多，对经营书屋有好处。父亲千恩万谢，悄悄递给胡站长一盒纸烟。胡站长笑着推让一番，接了，说，罗师傅开书屋，是我们镇里的新鲜事！谁说咱泥瓦匠大老粗就只能干粗活？我文化站今年的年终总结，有写的，很好。

书屋开张那天，父亲写了白底红字的"艺苑书屋"，找人裱成匾额，端端正正挂在书棚子门楣上。书屋大门，是废旧利用——两扇工地上废弃的拉闸门，经父亲敲敲打打，重新派上了用场。屋内，进门一米处摆一透明玻璃平柜，柜内放杂志和一些连环画。玻璃柜后，置三把木椅，既是父亲的工作椅，也可让来书屋看书的读者小坐歇息。山墙根处，并排置两大木柜，父亲积攒多年的藏书全部在柜子里，加起来也有个五六百本吧。为方便借阅，父亲把藏书分门别类，一一编号，按照书的品相列出出租价目表，悬挂在书屋显眼位置。一个规规矩矩的小型图书馆，就这样破天荒地出现在这个千年小镇，吸引了十里八乡的嗜书人前来凑热闹。开张三日，藏书竟借出大半。比较可观的业绩，喜得父亲合不拢嘴，高兴得胡站长隔三差五跑来书屋指导指导。人说，罗师傅到底是个文化人，有板眼，搞得蛮好。

从此，父亲如找到失散多年的亲人一样，专心侍弄他的书屋。除了早中晚三餐饭回家吃外，成天价待在书棚子里，出租书籍，收取租金，退还押金，整理账目。没有"生意"时，父亲会戴上老花镜看书读报，或者，笑容可掬地与来书屋闲坐的人说古论今，交流心得，再不，让人操琴，咿咿呀呀唱上一段《凤还巢》。街道对面的知青商场店员，一致认为罗师傅自开书屋以来，哪里还像生过大病的人？红光满面，精神比他们年轻人好几倍呢。

也有不顺的时候。两年时间不到，书屋竟被小偷光顾三回。前两次，小偷趁父亲去电影院解手的空档，把玻璃柜子中的零散借书押金全部盗走。父亲笑笑，权当是小孩儿家干的，说就当他们拿去买糖吃了。第三次，就绝对不是小孩子的行为，盗贼奈何不了夜晚紧闭的拉闸门，在月黑风高时用铁锤把还算牢靠的椽子后墙砸出个大洞，钻了进去。原本想狠狠捞上一把，可书屋内除了书就是纸，盗贼费力不讨好，竟恶毒地在屋内拉屎拉尿。父亲看了现场，苦笑，对胡站长说，租书一本，一天才收五分钱租金。这穷书屋，哪里是发财之地呢。真的是为难了偷儿贼。胡站长说，你这书屋，看来还得加固。钱不够，站里出。

至于胡站长出了多少加固钱，父亲没说，镇上也无人传说，我们在外工作，更无从知晓。三年过后，胡站长调去县里，走了。父亲的书屋从此再无领导光顾。又过三年，父亲思我心切，把书屋交给技校毕业的小弟经营，带着母亲来到重庆我的家，小住一段时间，却连做梦都是在他的书屋里进进出出。城市生活对于做了一辈子瓦匠的父亲来说，有太多太多的不习惯，父亲只得放弃了在重庆养老的打算，回去继续续写他的"书屋梦"。可谁知，父亲回家不到半年，在那个寒冷刺骨的正月，突然从书屋奔跑着回到家中，一下子瘫倒在母亲怀里，连半句遗言也没能留下……

又过半年，父亲的书屋被小弟转让他人。一年以后，连父亲亲手砌就的居家房屋也被转卖。空留下父亲的坟茔，孤零零呆在镇外南门荒山野岭，凄楚地守望着他的故园。

在这个惯常的父亲节，我思念起伟大而平凡的父亲，思念他的晚年生活，更思念实现他"做读书人干文化事"梦想的那一间简陋的书屋……

（原载武汉《芳草潮》2014 年第三期"纪实与散文"）

母亲的心愿

　　秋雨越下越大，笼罩在烟雨迷蒙之中的天安门广场，凉意渐升，让薄衣单衫的旅人抱紧双臂缩起了脖子。守护国旗的武警战士身披雨衣站岗执勤，任凭风雨侵袭，身板依旧挺得笔直，如尊尊雕像……白发苍苍的母亲在妻的搀扶下，撑着雨伞站在警戒线外，安静地看这些威武的士兵，看远处的天安门城楼，看雨幕中的人民英雄纪念碑。此时，母亲的松紧布鞋早已灌满了雨水，裤脚也湿了大半，但这丝毫不影响老人逛广场的心情。临出旅店时，见天有雨，我还打算放弃。年近古稀的母亲执拗地说，大老远地来趟北京不容易，淋这点雨，算得了么事？年轻时候在暴雨天里跟着生产队队长抢收抢种又不是没有经历过。无论如何，你们得带我去天安门，我要去看毛主席。

　　母亲与妻，是趁我借调北京某部委工作的机会来探亲的。我与妻在电话中商量，母亲活了大半辈子，还从未到过首都呢。妻就调了公休假，带母亲乘动车来到北京。到达北京的当天晚上，母亲顾不上疲劳，执意让我们带她去天安门看夜景，却遇上天安门城墙正在维修。巨大的装修脚手架外罩上了厚厚的防护网，仅能远远地看一看楼顶、毛泽东画像和金水桥前的华表。母亲有小小失望，直叹运气不好。

　　30多年前，家乡的建筑队在国家纺织部做建筑。当了一辈子建筑工人的父亲，随工友平生第一次也是唯一一次来到北京"旅游"，却因人生地不熟，分不清东西南北，只得小住在南河沿一带建筑队临时搭建的工棚里。母亲对我们说，那时候毛主席刚刚去世，"四人帮"才揪出来，国家穷老百姓穷，柴米油盐都还是凭票供应，哪里兴什么旅游啊。哪像现在，咱老百姓吃的穿的不用愁，连我老太婆也能坐上飞机啊动车什么的，说走就走。那一年你父亲，先是坐县里的长途汽车到武汉，后挤硬火车（硬座）到的北京。听他回来讲，在北京火车站下车的时候，两条腿都已经浮肿了。说是来了趟北京，开了洋荤，其实什么也没看到，就在建筑队住的地方转了转，在北京饭店门前请人照了张黑白像作纪念。划不着呢，连天安门是啥模样都没见着。

父亲早已远行，未能见到天安门的缺憾永远无法弥补。健在的母亲身体尚好，我们可不能再让母亲也带着遗憾离开。便寻了周末，与妻子带着母亲，开始坐地铁、坐双层巴士，逛故宫、登长城、看天坛……悠闲自在地逛起了北京城。经年的改革开放与发展，大城市的风格日益趋同。在我们眼里，上海与天津、广州与深圳，甚至香港、澳门，除却地标性的建筑物不同以外，其他的马路、高楼、公园、立交桥，哪一样又不是一样的呢？北京与家乡重庆，政治经济文化地位虽然不可同日而语，但现代化的元素何其相似。其实错也，北京城，不仅仅是一座大都市，在母亲这辈人心中，分量绝对是在中国所有城市中最重的。"那是毛主席住的地方呢。"我每每出差北京，母亲总是羡慕，总要向她周围的老人们骄傲地摆摆龙门阵，我儿子又去了北京，那是红太阳升起的地方……

天公不作美。再看天安门，却遇寒风秋雨。年迈的母亲可顾不了这些，游兴依然，不愿意放弃雨中行，不停地吆喝我为她照相。"咔嚓"的快门声里，母亲快乐得如孩童一般。小时候，扎着双辫的母亲牵着我的手，行走在回家的路上，总爱哼唱："毛主席窗前一盏灯，春夏秋冬夜长明。伟大的领袖灯前坐，铺开祖国锦绣前程……"歌声充满了对北京城的向往，满溢着对领袖的热爱。遥想母亲哼歌的情景，如在昨日。一转眼，母亲老了，如万万千她的同龄人一样，走进了黄昏暮年。此时不遂母亲愿，更待何时？！

雨中漫步，妻撑伞，我拍照，搀扶母亲走在这片见证共和国成长历史的光荣之地，聆听共和国心跳的声音。广场之南，园林工人正在搭建巨大的花架。呵呵，再过些天，祖国将迎来她六十二岁生日华诞。国庆之夜，这里将成为歌的海洋、舞的世界！步入花甲的祖国母亲，恰如身边的生身母亲一样，同样需要子孙们在礼赞今夜无眠，今夜礼花漫天的同时，平心静气地想一想，母亲还有哪些心愿未了。作为华夏子孙，我们该为母亲踏踏实实地做些什么？时不我待呵，套用一名老话，孝心，是不能等待的。

（原载《重庆日报》2011 年 9 月 29 日"两江潮"）

留一半情愫给故乡

对于故乡，我一直没有清楚地弄明白她的前世今生。譬如乐乡——故乡的别称，古色古香的称谓——是怎么一回事儿，就是知其然不知其所以然。学子时候，对课本知识都是囫囵吞枣，小儿郎本应熟悉的乡土人文地理，说句不中听的话，恐怕连那时站在讲台上的老师们也不甚明了。

其实不能埋怨自己少壮不努力，更不能责怪师长不让学生熟悉自己的家乡——那一所乡村小学，三五个民办老师，能够把一二百学生娃照看好已属不易。而面对家徒四壁的境况，勒紧裤腰带送孩子念书的父母，为着基本的温饱，起早贪黑，如鸟儿样艰辛觅食，哪有多余的精力教育子女，更莫说带孩子四方走走开眼界长见识。我与兄弟，就只能蜗居在方圆不超过十里地的范围内，上学、放学、砍柴、卖柴、打猪草、挖树蔸、捕蜈蚣……直到上世纪80年代参加高考，才第一次出了"远门"，见到县城是个啥模样。然后是参军，然后是回家探亲，然后是匆匆忙忙度过学期寒暑假。再然后，便是分配工作，便是结婚生子，便是为生存奔波——人生就是这么简单，眨眼间，已是两鬓染霜。我从哪里来，要到哪里去？故乡姓甚名谁，故人魂归何处？这些深奥复杂的哲学问题，怕是一辈子也解答不了的。

我决计补上这一课。

首先是求助书本，从字里行间寻觅故乡的情影。

书上说，秦统一六国后，湖北荆州一带称为南郡，统领十八县，其中高成县，即为故乡起源。王莽即位，改高成为言程县，不久又复名。西汉末年，刘秀裁撤高成，并入孱陵，改属武陵郡。三国时期，松滋地域重归屡陵。东吴凤凰元年（公元 272 年），吴国陆抗"修治城围，东还乐乡"，在今松滋洈市一带筑土城为据点，是为乐乡。东晋时期，北方连年战乱，人民大量南逃，先后有北方八个县的难民涌到屡陵县境内，其中就有来自安徽松滋县（今安徽霍邱）的难民。公元 337 年，侨居的松滋设县治于乐乡城，与屡陵分离。然后在数百年的时光里，分分合合，直至唐初（公元 626 年），松滋县才独立于天下。

故乡无以复加的苦难，触目惊心。特别是清道光以降，长江主流北移，江水出峡，已成桀骜不驯，如奔腾咆哮的野马，数次冲破松滋江堤，淹埋万顷良田。"江亭晚钓、灵济晓钟、莱洲霁月、一柱蓬莱、月岭残阳、剑峰丹鼎"，这些父辈口口相传的故乡美景，或消失，或淹没，或永存江底、埋身沙丘……读着故乡的苦难史，仿佛看到一位遍体鳞伤的老人向我走来，饱经风霜的岁月老人哟，迟至今日，才算真正看清你的面目。

还是回故土走一走、看一看吧。

千年古县已在十多年前升格为市。如同中国大地上千千万万个或大或小的城市一样，这里有高楼大厦，有百货商店，有电视发射塔，有数不清的电讯卖场，有银行网点保险公司，有小学中学公立私立医院，自然也有酒吧歌厅夜总会，有川流不息熙熙攘攘的人流、车流……走进故乡，如同走进中国任何一个城市一样，现代工业文明的符号随处可见，快节奏的生活，举目皆然。如果不是乡音缭绕，如果不是特有的地名指代，真不知道自己身在何处。

当夜晚来临，当一切笼罩在夜暗之中的时候，我依然不能停止行走的脚步。此时，皎月如玉盘，撒下一地清辉，奔腾东流的松滋河，依然翻卷着千年不变的浪花。在那名唤北湖的湖边，我静听大地的心跳，轻抚故乡的脉搏，浓烈的思乡情愫，如梦似幻，在心头氤氲开来。

湖东，应该是上世纪 80 年代的县灯泡厂家属区吧。那一幢五层红砖小楼，应是家父的作品。当年，父亲领着工友，蛰居在一排青砖红瓦的废弃猪圈里，承包着灯泡厂的建筑工程。其中有一个农民兄弟，工余爱趴在硬床板上写写画画，用一支圆珠笔，在一个薄薄的学生练习本上构思着他的"长篇小说"，孜孜不倦追求状，实难忘却。北湖南面，应该是共青路蔬菜市场吧。那日清晨，摸黑进城卖菜的菜农、县城内趾高气扬的工人、戴着蓝色或黄色布帽骑着"永久""凤凰"自行车的干部，各色人等，拥挤在长不足千米的街道上，用角角分分的纸币钢镚儿，交换鲜嫩的菜蔬、肥美的鱼虾……再往北，就是县京剧团驻地了。文化匮乏的年月，是京剧花旦名角杨至芳的美妙歌喉、是土著艺人沈兴亚的"松滋说鼓子"，给父老乡亲带来了欢畅。

昔日的小水塘，今天已是乐乡人休闲消遣的天堂。湖心有喷泉，七彩光影变幻；湖边建步道，适合环湖健身。蜿蜒长廊下，围了三五票友，竹椅、京胡、梆子、麦克风、乐谱架、方形音箱，纯一个自娱自乐，竟把大段小段的京剧唱腔玩得字正腔圆、有板有眼。那边香樟树下，自动自发的大众练歌场，人气更旺。热心人牵来了电灯，石凳上摆放了茶水、冰粉、莲子、菱角，卡拉OK唱机播放着忽高忽低的声响，吸引闻声而来的乡亲围观，更吸引了走南闯北回家转的山寨版蒋大为、李双江、邓丽君争先恐后，跃跃欲试……

这就是我古老却又年轻的故乡哟。作为故乡的孩子，纵使你走得再远，你的魂灵也在故乡飘零。纵然你飞得再高，也脱不了故土母亲手中的丝线。即或你达官显贵、富甲一方，在沉静如斯的高天厚土面前，又值几何？！敬畏脚下的土地吧，留一半情愫给故乡，在用不眠的记忆与深情品味故乡、拥抱乡愁时，更要脚踏实地，建树功业。这，才是游子对故土挚爱与牵挂的应有之义。

（原载湖北《松滋杂文》2014年6月15日）

初恋的北湖

作为相同的地名，北湖在我有限的行走记忆中，怕是遇见不下十来个了。但四川南充的北湖于我，是刻骨铭心的，是终生不会忘记的。因为，我与你的初恋，就发生在那个梦幻般的地方。

当年，你与好友结伴，从重庆来到南充。我与你，平生第一次在军营相见。情窦初开的青年男女"相亲"，自然是局促、慌乱，甚至有些不知所措。次日正好是周末，我说上街走走吧，你不假思索地同意了。但情景却是一前一后形同路人，你羞涩，我拘谨，极不自在，连当下惯常的男女恋爱手拉手也没有，生怕让某一个熟人碰见。其实，哪里有什么熟人呢，我分配此地工作不到半年。你来南充，仅仅两天。一对依靠书信往来初涉爱河的男女青年，不知不觉就走到了人声鼎沸的北湖公园……一天时间，眨眼过去，我们终于从进门时的局踏，到满脸绯红手牵手告别北湖，欢天喜地回到驻地。

谁知一别北湖，竟是整整23年。

23年前的南充北湖，冥冥中似有天意，我们把谈情说爱的第一站，选择在这里。现在想来，其实也是万不得已。是时南充，虽因盛产丝绸而得绸城美名，亦有苏联人设计建造的五星花园街区四通八达，但20世纪80年代末，一个四川地级城市南充，又能好到哪儿去？真正算得上民生休闲、聚会之所的，除了一个老少皆知的北湖公园，还能去哪里找到称心如意的恋爱之地呢？！

今夜，我俩百里自驾，故地重游。好不容易，才寻到改造得面目全非的五星花园；循着五星花园，才找到了朝思暮想的北湖公园。深秋的雨点飘零，滴落身上，却无丝毫凉意，我们本是一身夏天打扮，却还激动得浑身冒汗。呵呵，亲爱的北湖，你好啊。还记得我们这一对恋人么？

湖还是那个湖，水还是那湖水，漂亮的石拱桥依旧，只是护栏更显光滑；飞檐翘角的凉亭依旧，只是廊柱已经油漆斑驳；泊在湖边的游览船依旧整齐地系在岸边，如一群倦鸟归巢……不同的，是没了那一道曾经虎视眈眈盯着游客推进涌出的大门，没有了沿湖岸筑就且爬满青藤的围墙。变了，变了，23年时光，整整一代人的时间，悄然改变了这个曾经号称川中第三大城市的一切。爱情的旅痕，在这个我们熟悉的地方，若不仔细搜寻，真的是丁点也找寻不着了。

夜暗下的北湖，没有了白日里的喧嚣，静静地安居在这城市一隅。湖畔有小径蜿蜒，路灯散漫地发出柔柔的光晕，给一对对绕湖漫步的情人，给一双双依偎长椅上低语的爱侣，带来朦胧之美。如梦似幻的情景，把我们的思绪带回到23年前——

1989年那个乍暖还寒的早晨，我俩随着周末汹涌的人流，花了近一个小时的时间排队、购票，终于挤进了北湖公园的大门，又浪费了半个小时的排队、购票，终于拥有了一艘属于我们的绿色铁壳小船，"让我们荡起双桨，小船儿吹开波浪……"两颗年轻的心，激情相拥，泛舟湖上，你笑靥如花，我拼命划桨，青年军官与银行职员初恋的篇章，被潋滟湖光见证，被轻柔碧波收藏……

今夜秋风起，北湖，你应该记得我们。当年那位肩章上缀着一颗星星的少尉，此时已是人到中年；当年那位扎着马尾巴、穿着一袭粉红羽绒衫和石磨蓝牛仔裤的姑娘，早已是孩子妈妈。变化大么？我们老了么？北湖，我们可是记得你的。尽管你旧貌换新颜，套用老话说，是丑小鸭变成了白天鹅，但我们一辈子不会忘记你的初颜，在我们眼里，你永远年轻，永远温馨，永远捧给我们一张开心的笑脸！

夜色阑珊，华灯初上，照亮了这个曾经见证我们相识、相爱的城市。旧地一日，却让我们真的成了匆匆的异乡过客。城市扩容，道路拓宽，曾经工作的军营踪影杳无，曾经要好的战友竟一个也找不着了。唯有可爱的北湖，似乎还留有我们青春的脚步、浪漫的气息。

晚风轻拂惹人醉，微雨飘洒，平添诗意。我们手挽手，慢慢朝前走，一圈，一圈，又一圈……

（原载《重庆日报》2013年2月6日"两江潮"）

臧教员

    国人信奉缘分。偶一日，与一家晚报编辑聊天，听他说起与臧雷先生同去石柱县采风的事，让我心动不已。臧雷，就是那个攻打老山的战斗英雄吗？事隔多年，这天地变得如此之小，臧教员突然就来到了我的面前。编辑点头，肯定地作了回答，说臧雷已经转业成都，在一家商会任职。呵呵，这真是缘分呢。编辑一席话，应验了"生命中的缘分，向来是由许多的不经意拼凑而成，也让模糊的印象逐渐镌镂上心头，鲜明得不能忽视"。尘封经年的记忆闸门洞开，那一片渐行渐远的缘分天空，清晰如昨——

    1987年夏，我求学于总参长沙工程兵学院。应该是暑假以后首开的政工课吧，这不是专业胜似专业的课程，对我们这些将来要到部队带兵的准军官们来说，非常具有吸引力。课前，队长王建国神秘地告诉我们任课教员非同小可。正式开课那天，伴随着上课铃声，就见一位着装整洁的男教员从教室外大步流星地走了进来，挺胸亮膛上讲台，"啪"的立正，向右转，面向全体学员，唰，一个标准的军礼举上眉梢！一招一式，一气呵成，绝非一日之功练成。霎时，教员自信满满的气场，荡漾在整个教室。毕恭毕敬坐在台下的72名学员，情不自禁地鼓起掌来。

    "我是臧雷。"与那些书卷气十足文质彬彬的基础课教员略有不同，身材魁梧的臧教员，着浅黄色呢料校官军服。尽管长沙夏天炎热难耐，教员的风纪扣仍然扣得严实，黄边金星红领章、八一军徽肩章点缀，让他显得既年轻又沉稳。天哪，臧雷！您就是传说中的臧雷？！1985年夏秋季节，在一份国家级报纸头版，我读到了全国十大先进人物的通讯——老山主攻营营长臧雷事迹报道。文中有插图，是一幅黑白照片。彼时臧雷，头戴钢盔，腰系武装带，裤管扎着绑腿，豪气干云，立于战场天地之间！这可是和平年代难得遇见的局部战争呢。细端详，于山岳丛林地指挥战斗的步兵营营长，双目炯炯有神，眉宇间，英气逼人，干练与果敢，呼之欲出。怎么，战场上叱咤风云的指挥官，让无数少男少女狂热追捧的战斗英雄，几年不见，竟华丽转身来到浏阳河畔执教鞭教书育人，而且，成了我们的政治课教员？！

崇拜英雄、敬畏英雄之情油然而生。缘分，这就是缘分！战场归来的英雄，报纸上走下来的人物，鲜活在眼前。未出茅庐的年轻学员，面对穿过枪林弹雨经受过真正血与火洗礼的战士，怎不激动感叹？

那一堂课，是臧教员的"满堂灌"。课堂成了臧雷的演讲场，回荡着臧雷富有磁性的男中音。他激情四溢，语速极快，口若悬河，配合着昂扬的手势、坚定的眼神和抑扬顿挫的声调，一个又一个难得听闻的战场故事，脱口而出。所有学员，包括带课坐在教室后面的队长教导员都听得入神。我们是培养指挥排长的学员队，那一天应该是彻底地从厚厚书本中跳将出来，接触到活生生的带兵之道。"好带劲！""真过瘾！""臧教员下一次课是什么时间？"回宿舍的路上，同学们喜形于色，为臧教员的精彩授课竖起大拇指。

尔后，在学院，我们常常可以见到臧教员焕发了青春的身影。曾经，我们聆听他娴熟的小提琴演奏。曾经，我们欣赏他与美女计算机教员合作的芭蕾舞片断。曾经，我们听他讲述过去的故事，知道他生于重庆，求学29中，支边云南，先当文艺兵，后到战斗连队，1979年对越自卫反击战首次负伤，但他身残志坚，不向命运低头，奋力抗争，重返战场……

1988年7月，我们完成了综合演练和毕业考试。分配季，同学们即将告别母校，奔赴全军各大部队任职。依依难舍之情日浓。精心准备的纪念册，在伙伴们手中流转，大家尽情挥洒离别感言。一天中午，臧教员突然出现在我们宿舍。我惊喜，第一个冲上前去，告诉臧教员我老部队的代号，央他留下墨宝。臧教员赞许地看了我一眼，坐在我的自习桌前，拧开钢笔，在我呈上的纪念册上，笔走龙蛇——

　　"××师，光荣的番号，是××师的兄长。他们一起干'决死队'，从山西，到河南，经两广，入云南，去四川，上老山，光荣属于这个本世纪伟大的兵团！——××师老战士臧雷与罗毅共勉"。呵呵，臧雷不仅是我的老师，还是同一个部队出来的前辈呢。我立正，向臧教员敬了一个庄重的军礼，把纪念册紧紧抱在怀中……

　　臧雷，一个具有传奇色彩的军中英雄，一个让人不能忘怀的军校老师。天涯海角，缘分永驻，想念您呢，臧教员！

（原载北京《军嫂》2014年第7期）

月是故乡明

公元759年仲秋，皓月清辉，朗照万里山河。辗转他乡的杜甫月下独酌，终浇不灭安史之乱以来颠沛流离的凄惨块垒。恍惚间，就见远在山东、河南故里的诸位兄弟的身影在眼前浮现。是夜中秋，离愁别绪，潮水般涌上心头，形单影只的诗人浅吟低唱，竟赋成千古诗篇——"戍鼓断人行，边秋一雁声。露从今夜白，月是故乡明……"

一年月色最明夜，千里人心共赏时。按常理，在丹桂飘香、金风送爽的季节，在这与元宵、端午齐名的中秋节里，诗人应该是举杯邀明月，遥寄相思一片的，奈何家国破碎、报国无门的周遭际遇，让满腹经纶的诗圣愁绪积胸，三杯两盏冷酒，块垒未消，却悲从中来，情到深处人孤独。恬淡的月光，无声地照亮大唐旅人疲惫的心灵，郁郁不得志的懊恼，在思乡愁绪中被无限地放大，再放大。

其实，中秋是温暖的、喜庆的。这始于周代的"中秋"，缘起帝王春天祭日、秋天祭月的礼制。古人崇敬月亮神，月上东山，便要焚香沐浴，三拜九叩，邀明月共舞，祈望来年歌舞升平、风调雨顺。寻常百姓，于八月十五明月夜，也会安坐家中，思故土，念先人，憧憬明天，在"嫦娥奔月"、"吴刚伐桂"、"玉兔捣药"的神话故事里，赏月、拜月，品尝香甜的月饼，把阖家团圆、亲情融融的佳节传承光大。到了唐代，中秋节成为固定的节日。至宋，中秋节已是空前盛行，仅次于农历春节。

但是，面对一年中最大最圆的皎月，不能免俗的人们，总难逃出浓郁的悲秋情结，特别是那些远行谋生的游子、征战沙场的将士，多会自觉不自觉地回首往事，叹息故乡月亮照千秋，人生易逝水东流，就连浪漫多情的苏东坡也会仰天长叹："暮云收尽溢清寒，银汉无声转玉盘，此生此夜不长好，明月明年何处看。"什么时候，明月才能送我回故里，中秋团圆阖家欢呢？

　　而今，中秋节令，似乎已经失却了它原本华美的内涵。孩童天真，仅知道这是个吃月饼观月亮的节日；成人忙碌，为事业、为生计，东奔西走，哪里还有闲情逸致去发思古幽情？几多节日，都是在默默无闻中悄然度过。更多的中秋，是骚人墨客笔下的抒情弄巧，是录音磁带里徐小凤声情并茂地唱"明月几时有，把酒问青天……"是歌舞晚会上的诗朗诵，啊，"人有悲欢离合，月有阴晴圆缺，此事古难全。但愿人长久，千里共婵娟"。

　　人到中年，如年到中秋。经历了太多的纷争与烦忧，该有的都有了，不该有的，都明白是身外之物，便对儿时的童趣、故乡的恬静、亲朋的关爱更加珍视。静夜思，总能够"举头望明月，低头思故乡"，这断不是老之将至的灰暗心理，而是对人世间那一抹至爱真情斜阳的永远记忆，是感恩戴德的具象。

　　国学大师季羡林说，每个人都有个故乡，人人的故乡都有个月亮。又有人说，故乡的歌是一支清远的笛，总能在有月亮的夜晚响起。是呀，又是中秋，我说，月是故乡明，故乡是母亲手中的风筝线，无论我走出多远，永远走不出对故乡的思念；不论是月盈还是月亏，那心海汪洋，也会被游子的淡淡乡愁，塞得满满……

（原载《重庆日报》2010 年 9 月 9 日"品位周刊两江潮"）

五彩丝线缚与谁

学友小聚，宴毕，有做老总的同学馈赠礼品册。心想刚过完五一黄金周和儿童节，转身又是什么节日？老总笑言，粽子节。呵呵，一晃农历五月五，原来又该是龙舟竞渡、菖艾悬庭的日子了。一年光阴转眼过半，真的是日月如梭啊。

细细想来，当下中国人真是幸运有加。仅有名有姓的节日，怕是不下十来个了吧。元旦春节元宵清明，中秋国庆重阳腊八，妇女节青年节劳动节建军节，还有那西风东渐舶来的什么情人节母亲节父亲节圣诞节，等等。在快乐开心的节日氛围里，阖家团聚，安享天伦之乐，自然是平安祥和的标志。有谁，不希望自己的生活比蜜甜，天天好日子如节庆一样呢？

就想起湖北老家过端午节的习俗。因了屈原诞生于湖北秭归，荆楚大地自然就成了中国端午节文化土壤最为深厚的地方之一。

就秭归来说，破天荒地就有三个端午节存在。一是农历五月初五，是为头端午；二是五月十五，为大端午；三是五月二十五日，名曰末端午。

每逢端午，秭归人都要"大兴土木"，用自己特有的方式纪念楚大夫屈原。或兴办诗会吟咏，或比赛龙舟怀念，或举行仪式公祭。节之所至，家家门楣上方挂艾蒿、插菖蒲，阖家团圆品粽子、饮雄黄酒、放黄烟炮……纯朴的民风，在峡江两岸代代传承，不仅没有丝毫废止，而且"香火鼎盛"。乡党说，屈原故里人，端午文化的衣钵不能丢，否则就是对先祖的大不敬。

而远在北京的老表似乎不以为然。

老表从湖北老家北上京城已20余年，娶妻生子，安家立业，算是一个老北京了。听到端午来临的问候，老表如我一样先是惊奇，继而也是感叹光阴似箭，然后说北京人平和，对这老态龙钟的端午节，似乎"没有什么概念"。

"要吃粽子容易啊，一年四季，超市里，有的是，想怎么吃就怎么吃。哪还像我们小时候过端午，父母大人为了弄到几片新鲜的粽叶四处求人。北京人喜食甜粽子，但对端午是怎么回事儿，好像不怎么上心。不瞒您说，我手下一群 80 后、90 后的帅哥丫头们，问他们过端午是咋回事？他会支支吾吾半天，顶多说个放假呗、吃粽子呗……"老表在电话中说。都市生活快节奏、多元化，让北京人淡漠了这种传统节日，"年岁稍大的，可能还记得一些老辈子传下来的习俗。年轻的小字辈，谁有心思来寻思干吗吃粽子？！"

那么辽宁盘锦人小张对端午有何认同呢？

东北大汉小张，我的同事。小伙子依稀记得小时候在家乡过端午，母亲都要给他的手腕、脚腕捆绑上五彩的丝线，以求得一个四季平安。末了，一家人围坐一起，剥开香喷喷的糯米粽子，拌上白糖，大快朵颐。"现在长大成人了，哪个还去想那些老掉牙的玩意儿，淡化喽。"

一语既出，心，凉了半截。

是不是端午起源于南方，北方人就对这个传承了千百年的古老节日不感兴趣？按理说，这个让国人引为自豪的世界非物质文化遗产，不应该就这样尴尬老去。想不明白的是，仅端午之起源，民俗学家眼中就不下数十种，端午节活动的内容更是名目繁多，明证端午文化博大精深，怎么却在一夜之间，简单地沦为"吃粽子"呢？

"节分端午自谁言，万古传闻为屈原"。不得不承认，在文化多元、信息海量、世人日渐浮躁的当下，端午节等中国传统节日已然面临巨大挑战。五彩丝线缚与谁？如何让端午、清明这类民族文化既保持传承，又适应当今人们的需要，应该是我们深思的问题。

（原载《重庆日报》2012 年 6 月 21 日"两江潮"）

缘起那封表扬信

能够以文为生,缘起那封不敢署我真名的表扬信。回望与《重庆日报》多年的交往,真可谓无巧不成书。

1985 年早春的重庆,春寒料峭,驻渝部队援建的牛角沱向阳隧道二隧道施工正在紧张进行。2 月 7 日晚上,我所在的工兵营作业面,出现了大面积塌方。一辆过路的三轮车,"招手即停"。司机见有解放军受伤,不仅帮着抬伤员,还二话不说驾车送我们到江北 324 医院……从医院回到营房,我既激动又懊恼:我们几个手忙脚乱的战友,怎么就忘了看一看三轮车车号或者问一问这位好心司机的尊姓大名呢?

冥冥中似乎有人暗示我:你应该做点什么。于是,我翻身起床,拧亮台灯,在方格稿纸上一字一句写下一封感谢信——《三轮车司机,谢谢您!》。信写完后,我犹豫了,没有首长吩咐安排,我一个新兵蛋子,写什么表扬信?再说,山城重庆,人海茫茫,你这封表扬信寄往哪里?

突然,我看到教导员桌上摆有一份当天的《重庆日报》,顺手抓了过来,对,就借党报一角,表扬表扬那位做了好事不留名的好心人。在署名上,我动了点小心思,署的是"驻渝某工兵营",既证明这是真事儿一桩,也多少有点"拉大旗作虎皮"的意思。

做梦也没有想到的是,1985 年 2 月 24 日《重庆日报》第三版"读者来信"栏,全文登载了我投寄的表扬信。事情的来龙去脉大家都了然,一下子轰动了全营官兵。

那天是星期天,战友们纷纷猜测,是哪位秀才给报社写的稿。我躲在蚊帐中，把这份散发着油墨香味的报纸看了又看，恨不得把那小豆腐块亲上几口。天，我写的表扬信，竟能登上重庆第一大报？稍有后悔，你为什么不署真名呢？这可是正儿八经地"发表"呢。

1985 年代，一个普通士兵能够在《重庆日报》上发表文字，对于拿锹舞镐炸石头的工兵营来说，算得上是石破天惊的事情。很快，营首长得知是我这个新兵自作主张写的稿，不仅没有批评我，反而大加表扬，鼓励我多写稿、写好稿，做好施工宣传。

"表扬信"让我大受鼓舞，也更加坚定了我舞文弄墨的信心。抽出时间，我报名参加了新闻刊授大学，自学起新闻写作。军校毕业后，我又参加高等教育自学考试，自学汉语言文学……由表扬信起，我的写作之路开始延伸，文字不断见诸报刊，有军队报纸，也有地方刊物；有消息，也有通讯……虽然都是微不足道的小豆腐块，但写作带给我的喜悦是无限的；手写体变成铅字带来的快乐，始终伴随着我的军旅生活。

转业时，因为有了一大本见报文字剪贴本，我顺利进入了央行工作，踏上了宣传岗位。2006 年 11 月 2 日，"发表"了我处女作的《重庆日报》，又在不经意间召唤我了——日报文学副刊"两江潮"，从群众来稿中慧眼识真，发表了我的散文《记得那年初相识》……几年下来，我在圆满完成本职工作的前提下，笔耕不辍，小说、散文、随笔等作品如春之江水，汩汩流淌，不断见诸报端和文学刊物，而且我还加入了重庆市散文学会，成为中国金融作家协会和市作协大军中的一员。

这，都缘起那封不敢署真名的表扬信。在日报 60 华诞之际，我要真诚地道一声：重庆日报，谢谢您！

（原载《重庆日报》2012 年 7 月 10 日，获"福彩杯·我与重庆日报 60 年"征文奖）

永远有多远

想起这句话，是在史铁生先生驾鹤西去的日子里。一个多月前，铁生先生的表弟C与我相约桂林——有机会，我们一起去北京看望铁生。万万没料到的是，这个约定，很快成为永远无法实现的梦想——先生在他60岁生日前夕，永远别离。我的第一反应是，这永远，究竟有多远？

航行在冬日的漓江，尽管水势减弱，两岸水墨画般的风景依然。一对马来西亚华侨、两位供职于摩根士丹利的金发碧眼的老美是我与C的同桌。同船过渡三百年修，我们在领略甲天下风光的同时，天南海北地神侃。不知怎么就说到作家史铁生。C先生耳语一般对我们说，"史铁生是我的亲表哥。"讲这话时，C一脸真诚。他说，铁生表哥这几十年真是不容易，在轮椅上与命运抗争，顽强地走过年复一年的春夏秋冬，完成一部又一部传世佳作……

"你是史铁生的表弟？"我用惊诧的目光注视着C，华侨与老美也不约而同地发问。这世界说小就小，永远好像并不远啊。C淡淡一笑，"是与不是并不重要。我还打算明年春暖花开的时候，去北京看看表兄呢。"

"那能给我们讲讲史铁生么，这位轮椅上的英雄。"我望着C说。

于是C滔滔不绝。说年长他11岁的表哥初中毕业于清华附中，当年那名噪一时的《红卫兵宣言》，就出自他们班上某位才子的手笔。作为第一代红卫兵，史铁生热血沸腾赴陕西延安"上山下乡"。初腰痛，回京治疗后再返延安。生产队照顾这位小北京，让他去放牛。没料到在一个风雨冰雹交加的日子，史铁生为追赶群牛回栏而不幸摔下山去，是乡亲们用担架将其抬回"知青"点的。C说，因为受伤，表哥反复治疗未能痊愈，结果在21岁那年，下肢瘫痪，从此开始了没有尽头的轮椅生涯。

"我父亲是史铁生的三舅。当年，为了铁生表哥学画画，在北京工作的我的父亲，还骑着自行车推着表哥从东直门到西直门去找老师呢。"C动情地说，"铁生表哥病后，他的父亲母亲妹妹包括后来的夫人陈希米，为他付出的辛劳是难以纸笔的。身为北京林学院会计的铁生母亲我的姑妈，随学校搬迁到云南，为照顾生病的儿子，姑妈是北京云南两地跑，多次找学校借钱……为了儿子的生存，姑妈耗尽了心力，终因肝病去世，才49岁啊。可以说，姑妈为了他的儿子，活活地把自己搭进去了。《我与地坛》，某种程度上，就是铁生表哥为怀念他的母亲而写下的。"

多年前，我拜读这篇似散文又是小说的《我与地坛》，曾为作者充满哲学思考的行文而深深折服，心想坐着轮椅在地坛追问生命的人，该是多么的让人不可思议——40年倍受病痛折磨，12年无休止的透析。这种常人无法体会的困难面前，英雄的作家经过了地狱般的磨难，终于参透了生与死，坚强、乐观、豁达地活了下来，坚持写作，且为世人捧出一部又一部精彩的长篇小说，为中国文学事业奉献毕生，这该是多么伟大的精神啊。

"听我父亲讲，表哥从小聪明伶俐，能画马恩列斯的头像，能描摹徐悲鸿的奔马。后来他摇着轮椅到街道工厂上班，工资虽然每月只有15元，但可是了不得的'大工匠'呢。画仿古家具上的仕女图，那'开脸'绝活——非表哥莫属。"C告诉我们这些鲜为人知的"故事"，让我们为其表兄的才华而钦佩，"就是表嫂陈希米，当年西安大学数学系的本科生，也是慕名而来，在西安召开的一次笔会上与表哥相识，直至毕业后来京与其成婚的。"

漓江风轻，我心飞扬。与C相约，希望能引见我与史铁生相见相识。C慷慨允诺。回渝的客机上，我记下了这桩美丽的阳朔之约，憧憬着能够在一个春光明媚的日子里与史铁生成为忘年交，或许，还能成为他的学生，得到他的耳提面命呢……

永远的命题在这个时候开起了玩笑，我绝对不能想到的是这个郑重而美好的约定失约了。在刚刚一个月的时间里，见铁生的愿望就如幻影般破灭。2010年12月31日凌晨3时，是个梦魇时刻，"职业是生病，业余写东西"的史铁生先生因病终告不治，凄婉的文学故事从此画上圆满句号。先生走后6小时，我在新浪网上知道了这个不幸的消息，顿时呆若木鸡，我是永远无法实现与C先生的漓江之约了，一起去北京，拜见史铁生先生，成为一个永远无法实现的梦想。

正思忖间，C从南宁来电，心事重重地提到无法兑现的约定。我握着听筒，静听诉说。此时此刻，我能够说什么呢？说什么，都显得多余——这世间真的存在着太多太多的永远无法预料，我们唯一能够左右的，是当下对先生永远的缅怀与追忆，是去温习他的作品、静静地聆听"那来自地狱深处的最美妙的歌声"（卡夫卡）……

（原载《重庆日报》2011年1月20日"两江潮"）

一次逼出来的转学

"放弃高考，另辟蹊径，转学吧！"

是儿子高二下学期结束时的终考成绩，让我咬牙切齿下定这个决心的。我清楚地知道，人生路上的关键时刻，容不得任何左顾右盼。

那天，儿子从学校回来，带回不到400的总分和全年级700位的排名。呵呵，如此"耀眼"的学业，指望到高考场上过五关斩六将，怕是宏愿难遂。千军万马挤过独木桥，优胜劣汰机制，绝对容不下这种不堪的"成绩"。"万一侥幸过关，充其量也是个不入流的学校。"深谙中国高考秘籍的教师朋友提醒我，形势很严峻，早谋新打算。班主任肖老师也打来电话，"孩子严重偏科，看看能不能想想其他出路？"

"你准备怎么办？"望着茫然失措的儿子，我的老毛病又一次犯了，从牙缝中迸出这样的询问。由于种种原因，儿子畏惧老爸，深知每一次失败的考试过后都会唤来电闪雷鸣。这一次，他把脸倔强地扭向一边，死猪不怕开水烫的熊样，让人可气又可怜。

为了读书，父子俩已经"身经百战"，结果是两败俱伤。今天的结局，同林林总总教儿成材的指导书叙述一样，双方都有过错。为什么不能后退一步天地宽呢？急，终究不是办法。

突然间，我看到了20多年前自己的身影——那个瘦弱的小男生，不也是因为偏科而高考失败么？在无情的高考竞争路上，小男生无人指点，盲人骑瞎马，晕头转向。而今，家有儿子初长成，小学时成绩优良，初中时学业满意，万没料到自进了高中，却只长个子不长分。昨夜的小不点出落成翩翩少年，不知哪根筋搭错，迷上了可恨的网游。成绩从此一落千丈！全家人焦急，好话说尽，"坏事做绝"，依然无效。强烈的逆反心理，让儿子与父母针锋相对。每况愈下的学习成绩，让我与妻焦头烂额。分分分，学生的命根。中国高考的现实是残酷的——6门功课必须齐头并进，少了任何一门，那就是等于零啊。——脊梁上沁出的冷汗早已打湿了衣衫，不敢再想下去。我无力地扔掉儿子的成绩册，回到自己房间。

近一个月，父子无语、形同路人。冷战让我们从焦灼中清醒过来。经过友人善意的指点、分析，儿子似懂非懂，放弃了可怕的固执，采纳了老爸老妈的意见——放弃国内高考，转学，去国际部读预科。

其实我心里根本没底。33年来的应试教育，已让高考成为一种产业，学校、家庭、社会皆围绕高考这根指挥棒团团转。明眼人早已看出了这种制度安排存在着弊端。可是，国情使然，又有什么法子能够取而代之呢？教育本身就是一门大学问。现在转学，能够收到效果吗？罢罢罢，权且死马当作活马医吧。

于是顶着重庆炎夏的骄阳东奔西跑，联系学校。于是陪着懵懂的儿子参加英语考试。于是把儿子送到新的学校住读……把勒紧裤腰带省下的不菲银子如数奉上，为儿子创造一个新天地。

一年过去。崭新的教育模式带来意想不到的惊喜——儿子仿佛一夜间长大，不再沉默寡言，参加学校活动神采飞扬，知道了自信、谦虚和关心他人。成绩也是温暖的。上个月，带他去川外参加雅思考试，流利的口语、准确的阅读与英语作文，让高鼻子蓝眼睛的老外竖起了拇指。四门专业课程，门门优秀。年轻的班主任老师在QQ上悄悄对我说，孩子是夸出来的，您的孩子，真的不错……

还有什么比这样的赞美更让为人父为人母者愉快呢？一次逼出来的转学，让我们收获了太多的意想不到。

（原载《重庆日报》2010年6月3日"两江潮"）

港人冯高经

初识冯高经，是在深圳招银大学食堂里。我正埋头用早餐，突然有人轻轻拍了我的肩膀。回头，见身边站着一位面目慈祥、头发灰白、西装革履的老先生，正笑盈盈地望着我，这是谁呢？

诧异间，旁边已经有人在打招呼：冯高经，您好！老者赶紧朝我挥了挥手，转过身去与人握手寒暄。啊，香港人！我的脑海里立马产生系列反应，这多早啊，不到八点，这位被人叫着冯高经的人就从香港过境到了深圳，他应该是天不亮就出发了吧。深圳这大热的天气，老人着一身规规矩矩的西装，不像我们短衣短衫还觉得热。看似另类，却是真正尊重了自己的职业。

下午是入港培训前的例行动员。在教室里再见到冯高经时，他依然是西装革履，胳膊中夹着一本讲义，步履平稳地走上讲台，向学员鞠躬致敬，眉飞色舞地讲一口软绵绵的香港普通话，温馨中不乏风趣幽默。冯高经话不多，三言两语，就说清了课程安排和入境事宜。

次日一早，从深圳湾过海关，花费几近三个小时到了香港北角。进入酒店，迎接我们的林女士、高先生、应小姐早已恭候多时。接待者热情礼貌地招呼每一个来者，送上资料包与门房钥匙。打开资料包，见行程与计划、教学资料、香港地图包括电话卡，一应俱全，十分方便。心想，仅凭这酒店井井有条的接待一项，就能看出香港人办事实在，周全周到，细致入微。

后来得知，接待我们的一干人等，正是冯高经的团队——香港金管局外事部的全体同仁。一天以后，冯高经亲自给我们授课，绘声绘色地介绍香港金管局,讲述香港金融发展史,就巴塞尔协议Ⅲ、雷曼迷你事件对香港商业银行理财业务的启示进行授课。冯先生渊博的学识、睿智的谈吐、幽默风趣的话语,给我们留下了深刻印象。

此后数天,无论是在金管局上课、在廉政公署参观、在中银香港访问、在维多利亚湾的游轮上观光,无论是正课时间还是聚餐、茶歇,总能见到冯高经和他的团队的身影。热情似火的相随相伴,让人如沐春风倍感亲切。一日,有同事因数码照相机出了小故障,中午时分找到冯高经借读卡器,正在电脑上操作的冯高经马上放下手头工作,引领同事去找他的团队。王女士正在午餐,听完冯高经吩咐,二话不说,放下碗筷,小跑般找来读卡器。事后回味,冯高经与他的团队真的是古道热肠。

换了我们,能行吗?

短暂的香港培训,拓宽视野,开阔眼界,这绝对不是应景假话。仅凭与香港同仁冯高经及其团队相处时日,就已经让我等深切地感受到了什么叫爱岗敬业。有领导亲切地告诉我们,冯高经是香港金管局的元老级人物。97当年,领导身为央行人事司司长,首次与金管局就人事培训工作接洽,就是冯先生主办的接待。吉林银监局小卢处长2001年初来香港,就见到了外事部的王女士。一晃,十余年过去了。冯高经、王女士在相同的岗位上做着相同的工作,兢兢业业,乐此不疲。十余年里,冯先生似乎没有职务升迁,仍然是金管局一位普通的高级经理,他的团队他的属下,自然是一般的职员。却没有看到他们有什么忧愁烦恼,看不出丝毫的急功近利,没有为所谓的"当个官做个长"而焦虑,没有为日复一日年复一年的重复工作而心烦意乱、惴惴不安。他们用无声的行动,诠释了什么是职业尊重,诠释了这需要用细节作保证、用时间来检验、甚至需要用生命来做出应答的爱岗与敬业。

冯高经年底行将退休。我会永远记住香港金管局的冯敦孝高级经理,他是一位慈祥的老人,是一位敬业的老人,是一位可亲近的老人,值得我们永远尊重……

(原载《重庆日报》2012年10月6日"两江潮")

皓月与繁星

进入高中后不到一个月，学校来了一次年级语文竞赛。我自恃中学语文课基础扎实，自信满满上阵，一下子就应验了"骄兵必败"这句话，竞赛结果不讲丝毫情面：年级第二名。

语文老师李少云很快把我叫到他的办公桌前，指着竞赛试卷上的大红问号说："皓月当空与繁星闪烁，这是一对不相容的矛盾。我们做作文，观察生活要细致呢。"原来正是因这两个并列在一起的句子，让我的竞赛作文被扣去 3 分，不作第二还能夺冠？！李老师微笑着说："你的作文立意较高，语句通顺，还不乏点点幽默诙谐，但却存有致命伤。'一轮明月当空照'，营造了静谧之夜的意境，很好。但你在哪里看到皓月之夜有繁星呢？"我脸红，不知所措。李老师这才爱怜地拍了拍我的脑袋，"小伙子，记住：脱离了生活观察，是写不出好文章的。"

李少云老师个子不高，生得五大三粗。一张黑脸上埋着两个深深的酒窝。头上的天生卷发，又黑又亮，说话声音清脆洪亮，现在才知道那是中气足。上课时是这样，下课后仍然如此。无论在学校哪个位置，我们都能听到李老师爽朗的笑声。

其实李老师我早就认识。那是 20 世纪 70 年代初，我还没有正式上学。冬天里，寒风刺骨，家徒四壁，我冷得双脚长上冻疮，就悄悄跑到住家附近的学校去烤火。——学校是利用地主的高宅大院改造的。时已放了寒假，学校里静悄悄。李少云老师那时在小学教三年级抑或做小学校长，不知怎的却没有回家，一个人带着他的小儿子在学校里度寒假。学校有专门的烤火屋，既能取暖，也解决了老师的烧水煮饭问题。学校周围的孩子们，不请自来，一是可以围着火盆烤火取暖，二是可以听李老师讲孙悟空三打白骨精或水浒梁山泊一百单八将的故事。讲故事的时候，李老师会握着拳头，指着手背骨节上的凸凹处，教我们这群半拉小子如何记住一月大、二月平、三月大、四月小。最开心的，是做游戏。李老师一只手放在桌沿下，仅把中指食指露在桌面上，让我们定睛看着他的中指食指，突然，李老师手抖一下，食指眨眼变成了无名指；再一抖擞，无名指又变成了食指。一个小小的逗孩童开心的游戏，让我们这群还没有发蒙的孩子乐得哈哈大笑……

就这样认识了李老师，也正是因为这个李老师，让我挨了父亲一顿揍。去学校烤火的次数多了，不知怎么回事，有一天竟把父亲床头唯一的一本《学生字典》偷着带到了火盆旁。李老师见一个不识字的孩子拿本字典玩耍，就说小心掉火盆里烧了。他边说边拿了过去，转过身放进了他的办公桌抽屉里。父亲知道这事后，生气地说："你字也认不到两个，拿字典去献宝吗？怎么被老师没收了呢？"我哭鼻子，却害怕找李老师要回字典。过了两天，是李老师亲自上门来，送回了字典，还当着父母的面，夸奖了我一顿。次年秋天，我正式上学的时候，小学校里却没有了李老师的踪影。

没有想到几年以后竟能在这高中学校里与李少云老师再次相遇。料想他肯定记不起面前这位写作文爱"堆砌辞藻"的学生，就是当年在那烤火房里取暖的小男孩，更不知道这小男孩曾经因为一本字典还挨过他父亲的揍。小男孩却在刹那间记起了陈年旧事。李老师，谢谢您当着我父母面夸奖我。有时候，老师一次不经意的表扬，兴许就能改变学生的人生轨迹呢。

高中一年级，少云老师仅教了我们半学期语文，下学期就转到初中部去了，从此再也没有机会听李老师讲课。高二时候，我转学去了另外一所高级中学，从此就再也没见个子不高嗓门粗大的李少云老师，但李老师关于"皓月与繁星"的教诲，自始至终铭记我心，并在日后的写作实践中认真遵从，获益无穷。

（原载《重庆晚报》2012 年 5 月 16 日"夜雨"）

不老钟

家有一块方形石英钟，陪伴我们20多年，至今仍高挂在家中显眼位置，兢兢业业埋头苦干。她是一块不老钟。

20多年时间，可以消解改变世间万物。如石英钟的主人，从青年军人变成年近半百的中年汉子。如主人家的小儿，呱呱坠地，转眼间长大成人。如室内的家具家电，记不清新陈代谢过几回。就连主人居家的房子，也是从西城搬到北郊，由小变大，置换不下三套……而石英钟，敝帚自珍，一直紧随我们，不离不弃。八千多个日夜的洗礼，她金黄色的外壳锃亮不再，钟的四周因酸雨而生出抹不掉拭不脱的"麻子点点"，镜面下端的图案字迹色彩也开始发黑变黄，但，作为家庭的一员，她见证了时代的变迁。我们对她的珍爱，没有丝毫递减。

石英钟小有来头，是20世纪80年代主人参加边境防御作战的纪念品。

钟的指针盘原呈白色，镶嵌着黑色的阿拉伯数字。造型别致的时针、分针带动红色的细长秒针，周而复始，为主人传递精准的时间信号。时间不断消逝又不断涌来，如江河之水，不舍昼夜，滔滔不绝。于是，指针盘渐变成淡淡金黄，岁月之痕，彰显无疑。镜面下端，印有鲜艳的五星红旗和"八一"军旗，配饰着戍边将士镇守"两山"的图案，红色隶书"老山对越防御作战立功纪念"，导出了这不老钟非同寻常的"身价"。睹物思往事，一段难忘军旅生活，浮现在眼前……

1989年，早春二月。集团军一纸命令，把我从嘉陵江畔的丝绸城南充调往彩云之南的老山前线。初上战场，兴奋与好奇交织，浑身有使不完的劲。南疆风雨，激荡着年轻的心，我为自己此生有这样不可多得的机遇而感奋。是的，和平年代的军人，遇到戍边卫国真刀真枪干一场的机会真是不多。想想半年前，浏阳河边的军校毕业典礼，我们面对军旗宣誓，军中初任职，意气风发，踌躇满志。而那几位得到了赴前线参战实习机会的同学，更是心花怒放。看着他们披红戴花喜洋洋的神态，看着他们喝下壮行酒，壮士一去兮不复还的认真劲儿，真让我等"落选者"羡慕嫉妒恨呢——有志男儿，哪个不想建功立业？没有料到，分配到某教导师工作不到半年，命运女神就垂青于我——作战部队召唤，前线需要我。我这个刚出校门羽翼渐丰的年轻军官，兴奋得彻夜难眠，激情如沸腾的钢水，恨不得立马铸成一块优质的钢锭。前线，多么神秘的字眼；作战，让热血男儿心潮澎湃。

几乎是一路奔跑到老山。不到一个星期，我被任命为师司令部工兵参谋。来不及熟悉那隐匿于山沟里挂满伪装网的师指挥所，我就与"老革命"科长驱车去了一线阵地。上老山主峰、赴那拉口子，辗转八里河东山，熟悉战区道路、桥梁、堑壕、炮观、猫耳洞、永备工事，迅速进入战斗状态。大半年时间里，送走旱季，迎来雨季。我与我的战友们居住在涂满迷彩且潮湿不堪的活动板房内，制定野战工程方案，完成工兵作战计划，撰写战地学术文章……更多的时间，是在一线穿梭，勘察地形，布设雷场，收缩平毁阵地，指导工程作业抢险救灾，配合守点分队完成载入战史的"CD工程"、"羊拉屎行动"……战地黄花分外香！

国庆前夕，漫长的轮战，在渐渐冷落的枪炮声中结束了。接到撤退命令，我通宵达旦，用三个不眠之夜，精心绘制好云南前线雷场布置要图，移交给前来接防的兄弟部队。然后，鞭炮齐鸣，锣鼓喧天，大军凯旋。

战场归来，我荣立了三等战功。司令部领导郑重交给我军功章和立功证书的同时，颁发了立功奖品——一块价值不到50元的石英钟。手捧金光灿灿的石英钟，我想到老山诗中的著名篇章——在弯曲的堑壕/潮湿的猫耳洞/我把火线的宣誓/雨夜的出击/深夜的反偷袭/用亲身经历/证实童年听到的英雄故事/把流血的记实/用记忆的线索串起/编织未来生动的故事。

一晃20多年过去了，这块见证了战地风云的石英钟，生命力竟是如此旺盛。经年的风雨，除了更换干电池，不可思议没有一次拉稀停摆。多少或昂贵或廉价的商品雨打风吹去，而不老钟依然强劲地奔走在时间的轨道之上，记录着那段不老岁月，带给我们永恒而光荣的记忆。

（原载北京《军嫂》2013年第12期）

莫言的"作文"

1984年深秋，解放军艺术学院文学系迎来了首批35名学员。学员中既有名不见经传的"文学爱好者"，也不乏小有成就的"笔杆子"，更有李存葆、钱钢、王海鸰这些蜚声文坛的军旅作家。莫言，就是他们中的一员，学员注册表上登记着他的大号：管谟业。

已经在部队当兵十年，长相憨厚温暖的管谟业，已是一个穿着"四个兜"的年轻军官。入校不久，文学系安排35位学子书写完成命题作文《我怎样走上文学之路》。学员们如期交上答卷。冉淮舟、刘毅然老师于1985年将弟子们的"作文"结集。1987年7月的某一天，我走进湖南长沙市袁家岭新华书店门市部，花1.95元人民币，购买了这本经由解放军出版社出版发行的《三十五个文学的梦》。

很快，三十五个文学梦被我一一读完。其中管谟业的"作文"，至今记忆犹新。这位管同学，没有按其他同学的套路来回忆其在部队如何爱看书爱写字，如何边工作边创作，如何被慧眼识才的领导相中进入机关大院……而是蹊径独辟，以《也许是因为当过"财神爷"》为题，开门见山，说开了乡村往事。说他寒冬腊月探亲回家，见到穿着凉鞋打水的冬妹姐，说他正月初一去给冬妹拜年，说冬妹嫁给哑巴汉子诞下三胞胎的故事。进而笔锋一转，回忆起20年前大年夜，七八岁的"我"与发小冬妹拎着瓦罐出去装"财神"——乞讨过年吃的饺子。作者深情地写道：站在乡邻门前要饭，我害羞发窘，冬妹却大大方方；我害口失羞，冬妹却能说会道；我笨手笨脚，冬妹却机灵鬼一样，而且还会现"编词儿"——小姐姐完全就是我的语言老师呢。可是事隔十年，我成了"大军官"，聪明乖巧的冬妹却嫁作哑汉妇，生下"两个小哑巴一个小响巴"，成了地地道道的农妇——命运无情地改写了两个一起长大的乡村孩童的人生。一篇不是小说胜似小说的"作文"，塑造了冬妹这个鲜活的人物形象。

在文尾，管谟业这样写道：老师，就这样吧，我仅仅是一个文学爱好者，要写得紧扣您的题目无疑是自我讽刺，只好这样装神弄鬼地绕圈子。

真一个谦逊虔诚可爱的管谟业。事隔多年，这位当年声称"我仅仅是一个文学爱好者"的军艺学员，执着遨游文学的海洋，依靠勤奋苦斗，依靠默默耕耘，开创了中国作家问鼎诺贝尔文学奖的先河。一路走来，背后该是潜藏多少不可言说的辛酸故事？据莫言同窗、军艺教授朱向前介绍说，军艺的学员是四个人住一间宿舍，嘈杂喧嚷的环境，无法安静写作。刻苦用功的莫言就躲在文学系的梯形教室里写，"一写就写到凌晨两三点钟。"做学员时尚且如此，足可想象日后莫言是何等的勤奋！"伟大的事业同辛勤的劳动是成正比例的，有一份劳动就有一分收获，日积月累，从少到多，奇迹就会出现"。诺奖之于莫言，名至实归。而让我深为折服的，却是大师三十年如一日的勤奋、刻苦与努力！

莫言这个如雷贯耳的名字是后来的事。准确地说，国人意会这个"莫要说话"奇怪的名字，多半始于电影《红高粱》。观众们哼唱着"九月九，酿新酒，好酒出自咱的手"，声嘶力竭吼叫着"妹妹你大胆地往前走"，走出影院的时候，记住了张艺谋、巩俐，也记住了山东高密的作家莫言。而今，莫言大师，您可否还记得当年那篇关于财神的"作文"，记得您的发小冬妹呢？

（原载《重庆晚报》2013 年 7 月 24 日 "重庆创作"）

听　歌

　　紫红色的帷幕无声地滑向舞台两侧，牡丹盛开的天幕变幻着迷离的色彩，如梦似幻。一袭飘逸长裙的歌者，款款细步走到舞台中央，轻启朱唇，丝一般的天籁之声，在音乐厅升腾。歌者、乐手与听众沉醉在音乐的海洋里。听歌的感觉，真好。

　　台上的歌者，是我少年时代的偶像。30余年过去了，终于见到了从银屏、从收音机、从录音磁带中走出来的不老的明星——郑绪岚！光彩照人的女高音，千娇百媚，莺声燕语，甜滋滋的嗓音让人心花怒放。——还是原汁原味的华丽之声啊。为了瞅个真切，我举起高倍望远镜，细细端详，无法想象这位20世纪80年代红遍大江南北的歌者是如此驻颜有术，岁月的风刀霜剑，似乎对这位我心中的女神没有起到丝毫作用。

　　绪岚大姐很投入，声情并茂地演绎着她的经典作品。又如一位久未谋面的老友，趁着歌唱间隙，向她忠实的听众娓娓诉说，把30年来无人知无人晓的故事，轻轻地向你倾诉。艺术不老，青春永驻。激动人心的掌声在剧院内经久回荡，时间的重量之塔，在歌唱家百灵鸟般的歌声中轰然坍塌。

　　其实都是为了心中的美好梦想。

　　28年前，坐在影院里一遍又一遍地看《少林寺》，与其说是李连杰十三棍僧救唐王的武打故事吸引了我，不如老实说是被片中美丽纯洁的白无瑕所迷倒。"日出嵩山坳，晨钟惊飞鸟，林间小溪水潺潺，坡上青青草……"仙乐般的《牧羊曲》，让青春活力的少年神魂颠倒，一夜间，记住了清纯可人的白无瑕，更记住了演绎这娇柔得可以挤出水来曲子的女高音歌唱家的名字——东方歌舞团的郑绪岚。什么时候，我才能一睹歌唱家的芳颜呢？

也许，她长得就像白无瑕一样甜美吧。

当时暑假，在父亲建筑工地做临工。因了这首迷人的《牧羊曲》，我竟对号入座，莫名其妙地对工地厂矿家属区一位经常穿一身白色连衣裙的少女有了好感。每看到那一位披着齐腰长发的白衣女子从我与父亲居住的宿舍窗前走过，我的心就狂跳不止，耳畔就响起那缥缈的仙乐，眼睛跟随少女的举手投足游走——这不就是我朝思暮想的白无瑕么？"莫道女儿娇，无瑕有奇巧，冬去春来十六载，黄花正年少……"郑绪岚的甜歌在心底泛滥，呵，神秘的白衣少女，能与你相识么？臆断着、观望着，胡思乱想间，竟有茶饭不思的情状。父亲忙于工期，没有从儿子不自然的蛛丝马迹中发现端倪，只是惊讶我看了几遍电影就能一字不差地把那首好听的主题曲唱得完整。

相识自然是不可能。一段少年相思，无疾而终。很快，我就离开工地回到学校上课，少年郎的单相思便永沉记忆的大海。一首歌，在那个年代竟能唤起少男对异性的向往，现在想来真是醉了。"野果香，山花俏，狗儿跳，羊儿跑，举起鞭儿轻轻摇，小曲漫山飘……"是郑绪岚甜美的歌喉，把这首脍炙人口的情歌演绎到极致，让白无瑕裙裾飘飘走进我温暖的相思梦，终生难忘……毕竟，那是一位少年情窦初开的日子。意境创造空间，多情的种子在心中发芽，我告诉自己，一定要发奋努力，为了我心中的白无瑕。

感谢大姐。发自心底的谢意，谁能想到的是多少年后才能面对面诉说。心中的偶像，真切地出现在眼前，竟是用了整整一代人的时间。我不是狂热的追星族，却对郑绪岚无法忘怀。短短两个小时的演出，转瞬即逝，剧场里高潮迭起，有多少如我一样怀揣梦想的人在凝神倾听？走出剧场的时候，我不假思索地购买了歌唱家亲笔签名的歌碟。今夜星光灿烂，望着夜色中的朝天门，我不由自主地想起了那位或许永远无法知道姓名的白衣少女。今夜，我幸福，我终于见到白无瑕！

人生就是这样奇妙，许多记忆深处的事情，时不时会在时间的衡器上显示出它应有的重量。听君歌罢，快乐无穷，我穿越时光隧道，欣欣然，猛然回到了少年时候。

（原载《重庆晚报》2011 年 12 月 28 日 "夜雨"）

想在乡间有座房

时常想，最近这些年，我的浮躁因何而起？都市生活快节奏，什么时候才能放缓匆匆步履？在钢筋水泥铸就的空间里，究竟有多少职场中人在穿行、在奔走、在疲于奔命？无处不在的竞争、无以复加的劳累，让职场中人戴着沉重的精神镣铐跳街舞，于疲惫、劳顿、困乏中安身立命。这，与其说是灰暗心理折射出的职业倦怠，不如说是现代城市生活客观真实的反映。

生命之弦绷得过度紧张，总有一天会断的。

骇人听闻的"过劳死"、"英年早逝"，时常耳闻。花样年华撒手人寰的惨剧也是经常出现的事实。痛定思痛，多想减缓命运之车前行的时速，让如歌的行板在本不太长的生命之歌中和谐鸣响。

于是怀念岚烟缭绕的乡村，联想闲云野鹤般的隐士，羡慕陶渊明能够"采菊东篱下，悠然见南山"。——假若乡间有座房，一家老小，日出而作，日落而息，"山气日夕佳，飞鸟相与还"，那该是多么温润、平和与诗意的日子啊。

多年以前，我与父母兄弟生活在乡村。三间简陋的茅草土屋，为我们遮风挡寒。门前一方水塘，清波荡漾；屋后半亩竹园，姿影婆娑。在作文中，我描写第二家园"山清水秀，溪流淙淙"；我叙述放学归来帮助母亲打猪草的趣事，分享与小朋友到收割后的稻田捡拾那散落田间金黄谷穗的乐趣。寒假里，我与兄弟扛着锄头随父亲上山挖冬日取暖的树蔸，或者约一帮男生女生翻山越岭追赶电影队，看那永远看不够的黑白电影……无忧无虑的乡村生活，渐行渐远，儿时的记忆却时常在脑海中翻新——

山乡恬静，间或有蛙鸣虫吟犬吠。一天的日子就要结束了，哞哞归圈的水牛、咩咩撒欢的山羊，跟随在荷锄晚归的叔伯婶姨身后，快乐地奔向山坳中的茅屋。晚霞映红了东山，渐渐地，炊烟起了，夜色迷离。溪水哗哗，如悠扬的夜曲。远离城市喧嚣的乡村，万籁俱寂，天地祥和。没有放荡的调笑，更没有孟浪的喧闹。朴素的乡亲，耕田放牧，收获赶场，安居乐业，做着鲜有压力的事情。尽管存在着贫富贵贱，尽管农田生活清苦，甚至穷得叮当响，但农人的心情，是愉悦的，笑容挂在脸上，那是发自内心深处的笑，灿烂无比……乡村田园生活惯了，或许真的能够让人仙风道骨、益寿延年。

就想起了郊外的森林、峡谷、旷野，想起了山野吹来沁人心脾的凉风习习……倘若在那群山环抱之中，坐拥一座玲珑小屋，在四季分明的日子里，享充沛的天然山水，赏伸手可触的飞瀑山泉，随晨露而舞，伴晚歌而眠，把一身都市疲惫扔到九霄云外，那一定是精品人生的极致。

"江山风月，本无常主，闲者便是主人。"何时，悠闲才能属于你我？什么时候，我们才能沐浴清风，放牧山水，尽享第二家园的大好春光呢？

（原载《重庆晚报》2011年6月1日"夜雨"）

风雨晚报情

1984年冬天，我参军到重庆。次年五月，《重庆晚报》创刊。26载风雨，匆匆过去，也见证了我的晚报情怀。

是年深冬，解放军工兵营来渝进行八一隧道施工。没有现代化的作业工具，没有足够多的资金保障，战士们泥里水里三班倒，累得连说话的力气也没有，但内心是快乐的。受"引滦入津"工程胜利的鼓舞，风华正茂的解放军战士来到山城为人民造福，这就是看得见摸得着的建功立业啊。那时人等，思想单纯，少有浮躁，没有臆想、妄想、非分之想，整天只知道做事、干活。稍有空闲，我写写画画，为连队写欢迎标语、为营部出施工墙报、为工地油印小报撰写消息……但从内心说，从未奢望自己笔下的文字能变成铅字。

忽一日，师直属队报道员吴明举来工地"挖掘好人好事"，与我同住一个房间。共同的志趣，让我俩一拍即合，到连队采访挖掘素材，合写了稿件《不避江水急奋勇救亲人——战士李建国荣立三等功》。

两天过后，创刊不到20天（1985年5月18日）的《重庆晚报》采用了这篇小稿，并寄来了5元稿费。捧着散发着油墨清香的四开小报，我与老吴分外激动。比我们更高兴的，是年轻的官兵们，那时部队的通讯报道是硬指标，文章能够见报，可是领导们朝思暮想的事情。"××师工兵营有个新兵会写文章，还上了重庆晚报"的消息，不胫而走。营首长破例给了我一次嘉奖，集团军工程指挥部评我为"优秀共青团员"，甚至有传说首长要调我去当报道员……重庆晚报采用我的豆腐块，犹如在我疲惫的身躯里注入了强心剂。望着晚报上的铅字，我兴奋得难以入眠，一个人悄悄跑到嘉陵江边，望着夜色中的江水发呆，原来我的文章也可以上报啊！谢谢你，重庆晚报！

打那以后，我业余写稿的劲头更足了。1985年的半年时间里，我在《重庆晚报》等媒体上发表了40多个"豆腐块"。因为写稿发稿，我信心倍增，浑身有使不完的力气，创造的成绩也给我带来了一连串的惊喜：入党、立功、当班长，被师党委保送上军校……我把在晚报发表的稿件，一篇篇寄回老家，老家文化站宣传干事把家乡子弟在外当兵的"成果"，张贴在镇政府门外的宣传橱窗里，引来四方乡邻的称赞。父亲写信来说，老家的叔叔伯伯，夸你有出息，还以为你在重庆当记者呢。

其实，是晚报眷顾了我这位素不相识的军人，为我开辟了"建功立业"之路。至今，我不知道编发我稿件的编辑姓什名谁；至今，我不知道晚报的大门朝东朝西。我在心底里铭记着甘为"人梯"者的恩情，感念第二故乡给我无私的养育……后来，我长期订阅晚报，关注晚报的一举一动，也时断时续为晚报写稿。我不仅是从写作中寻找精神家园，更是为了那破天荒的"第一次"情缘。

……快30年了，我早已从一名少校军官转业安置在重庆工作。从初为晚报投稿到后来作品源源不断地被发表在各大报刊，我的人生之路发生了根本性的改变。转业时，凭着厚厚的作品剪贴集，我轻松愉快地找到了称心如意的工作；孜孜不倦的笔耕，让我成为重庆作家队伍中的一员。

风雨晚报情，情牵有缘人。今生今世，重庆晚报，我与你携手同行。

（原载《重庆晚报》2011年5月19日"夜雨"）

别了，嘉陵索道

　　号称中国第一条客运索道的重庆嘉陵江过江索道，在万众瞩目中停运了。城市变迁，广厦崛起，为一座横跨大江的俊桥让路，历经 29 年风雨的靓丽风景线，随风而逝。2011 年 2 月的最后一天，重庆的天空，满布别离的云雨。成百上千的老重庆、新重庆包括初来观光的老外，不约而同地在嘉陵江北岸江北嘴、南岸沧白路排起长队，或仰视，或驻足，或端详，深情送别空中缓缓来去的嘉陵索道，送别那承载过几多人童年之梦青春韶华的索道车厢。

　　送别，满含着无奈；留恋，作别重庆的骄傲。嘉陵索道告别游，心切切，意惶惶，这难以抹去的城市记忆啊，从此只能在梦中相会。

　　面对索道，我拼命按动快门，恨不得把她全部变为数码。"咔嚓"声里，太多的离愁别绪甚至伤感大潮，涌入记忆的滩涂，把湿漉漉的思念从心海里打捞。

　　1988 年 8 月，初为军官的我，从川北来渝，顺江而下回故乡探亲。候船时候，一个人漫无边际地游走山城大街小巷。不经意间，从小什字走到了沧白路，抬头望见嘉陵江上空的过江索道，立刻心生好奇。随着拥挤的人流，我汗流浃背爬上了高高的站塔，挤进了轻微颠簸的索道车厢。当两边的厢门轰然关闭后，车厢在巨大的钢索轮盘驱动下，轻快地向江心滑去……六七秒钟，一厢乘客，已经悬吊于江水之上，惊险、刺激；刺激、惊险。这真是中国之唯一！再看车厢外，浩荡江风鼓荡，两岸旖旎风光扑面而来。脚下，滚滚东去的嘉陵江水翻腾细浪，出港归航的大小船舶来来往往，喧闹的朝天门码头，一派繁忙景象……

青春勃发的青年军官，乘兴而来，高兴而归，第一次乘坐嘉陵索道，踏上了江北城的土地。有谁知，再次从嘉陵江上空随过江索道回到母城解放碑，竟是在22年后的今天。

22年里，我再也没有寻到机会去乘坐嘉陵索道，尽管我工作的地方离索道不过三五分钟的步行距离，尽管我每天必须从索道下方驾车穿过回到家中……熟悉的嘉陵索道，如身边的亲朋好友，早已成为重庆人生活中的一部分，熟视无睹。

又是无意中，我与同事一大早去江北公干，被蜂拥而来的人流吸引，这才知道这留有我青春足迹的城市风景，将在2011年2月28日向世人作告别仪式。看到眼前的长枪短炮对"嘉陵索道"狂轰滥炸，依依不舍的情愫在心头滋升、迷漫。温暖的往事如昨，我已华发早生，人到中年。面对行将就木的索道，我心隐隐作痛——你要挥手兹去，在城市科学发展的节律中，化作永恒。

别了，嘉陵索道；别了，我的青春记忆……

（原载《重庆晚报》2011年3月4日"夜雨"）

没有送出去的军装

　　她风风火火进到营部办公室的时候，我正在专注地刻写蜡版。一周一刊的《施工战报》，需要用铁笔把各单位报送的稿件一笔一画誊写在蜡纸上，然后用滚筒油印机一张张地推印出来。在我抬起头诧异地望着这位不速之客的时候，她嫣然一笑，"没打报告，就进来了。我是记者。"

　　你怎么可能会打报告呢？又不是军人？望着眼前这位一身粉红色柔枝纱连衣裙、肤色嫩白、面容姣好的女记者，我问："您有什么事吗？"

　　原来她刚去牛角沱擅闯工地，被执勤的哨兵挡了回来。灰尘弥漫、泥浆遍地、噪音震耳欲聋的隧道里，战士们正在加速掘进。在强光灯的照射下，他们抱着风钻作业，一天三班倒，人歇钻不停。除渣、被覆"一条龙"推进，整个工地，就是一个战场。有的战士受不了洞中蒸笼样的高温烘烤，索性一条裤衩，赤膊上阵……你一个老百姓，女的！怎么能够擅自入军事禁地？"我一定要进洞，采访不到现场，我没办法写稿！"女记者不耐烦地打断我的介绍，杏眼圆睁。她有点急了，根本不听我关于规定的解释。

　　是时我在营部作书记，编写简报，业余读安徽某刊授大学，正迷恋着新闻的"五个W"。看着她急红了脸，突然就对这位因写稿无素材而强烈要求实地采访的"同行"有了丝丝同情，便说，我打个电话。之后，我跟她说："等战士们交接班的时候，你再进去吧，免得大家太狼狈。"女记者这才笑起来，一脸温柔地说谢谢解放军。

　　女记者完善手续后，头戴安全帽进隧洞中顺利地采访了五位年轻的"学生官"排长。很快，《隧道里的年轻军官》在市内某报刊载出来，记述了解放军工兵部队为山城人民修隧道的故事。当然，女记者很感谢我为她大开方便之门；我也感谢她的执着让我知道了什么是新闻记者的职业操守。

其实，1985年夏闯进正在修建的渝中区"八一隧道"采访的女记者，是一位刚从重庆职大毕业在报社实习的大学生。女记者走时，留下了她的联系方式。我知道她叫蓉。

次年，我离开重庆到南方上军校。临别时与蓉告别，没想到蓉匆匆忙忙从沙坪坝赶来，执意带着我从肖家湾步行至黄沙溪，到她的家中做客。这时我才知道，她已经结婚，丈夫是工程师。她自己，也早已离开报社，在一家电器厂做了行政秘书。

在蓉家停留的两个小时里，我慌乱得手足无措。我一个解放军小战士，人家是两口子。这是我参军以来第一次走进老乡家中——且不熟悉的人的家中。小两口在狭小的房子里忙着做饭，我走出屋外，站在黄葛树下东瞧瞧西望望，只恨时间过得太慢，我去上学的火车还有三个小时才发车，在重庆，我举目无亲，我没有其他去处。

终于，蓉的丈夫陪着我，走上了黄沙溪至菜园坝的铁路。是怎么与蓉分别的，脑海里已无丁点印象。所有的记忆，是那一顿让我局促甚至有点尴尬的晚饭，是我上军校后蓉来信说希望我能送她一套女式军装。

谁知道一个借口让这个希望永远化为泡影。军校生活是紧张的，效仿美军西点军校管理的我的母校，钢纪铁律，严谨得让学员喘不过气来。我终于没有找到时间给蓉写一封回信，更没有时间去军人服务社购买一套她希望的女式军装。一来二去，这事儿就被我抛在脑后……蓉的军装梦，终究未能帮她如愿。由于我的疏忽大意，我欠下了一笔永远难了的人情。

世事轮回。脱下军装的我，也成了一位重庆小老百姓。每念及这位同城生活的热爱军装的曾经的女记者，我心中总是有一丝愧疚——蓉女士，能得到您的原谅么？

（原载《重庆晚报》2011年1月14日"夜雨"）

那一盆香辣小面

长长的弯钩铁钎捅进火灶，深蓝的火焰很快把半锅凉水变得滚烫。腰缠白色围裙脚套深腰水鞋的炊事班班长老魏放下烧火棍，吧嗒着嘴上的纸烟，瞄一眼灶台上嘀嗒嘀嗒的时钟，这才恋恋不舍地把烟屁股弹进火灶，拍拍手，转身走向火灶不远处那乌黑的泡菜土坛，卷起衣袖，弯腰，从坛里捞出三五棵泡好的萝卜白菜青菜头，在门板搭就的案板上噼噼啪啪剁起来。刀锋过处，刺鼻的酸咸泡菜气味顿时散漫在这芦苇席围成的临时灶房的每一个角落。

灶房外十米远处的石堡坎，年代久远，石缝中生长出一棵茂盛的黄葛树，将搭在树下的小锅炉房遮了个严实。下深夜班归来的士兵们，很快挤满了这个简易的洗澡堂子。水声哗哗，间或有人和着水声高唱"昏睡百年，国人渐已醒……"硫磺香皂与廉价洗发水的味道飘进灶房来，又是另一番味道。魏老兵抽抽鼻翼，把味精、酱油、酸醋、干辣椒和葱花、姜丝一字摆上案板。他清楚，待那群小老虎样的家伙洗漱完毕，不消值班员任何哨音，人人都会捧着饭菜盆子扑进他的灶房来。每天午夜，魏老兵都要烧上一锅香气扑鼻的麻辣小面，"犒劳犒劳"浑身泥泞的兄弟们。魏老兵的麻辣小面，是他做炊事班班长的看家本领，全营上下，无人不知，无人不晓。

这是 1985 年的初夏。驻扎在重庆牛角沱嘉陵江畔的一支工兵连队的生活即景。是时，连队从山里开拔重庆，奉命挖掘"八一隧道"，帮助重庆市打通嘉陵江大桥至菜园坝火车站区间的咽喉要道。

我在营部作书记员，与老魏所在的机械连一墙之隔。那时当兵，苦！

当工兵，更苦！——在城市密集区开挖地质构造十分复杂的"八一隧道"，不到千万元的造价，没有当今威力无穷的"盾构机"——全靠年轻的士兵们手中的风枪、凿岩机钻炮眼、装炸药放炮炸石，然后翻斗车、推土机与装载机没日没夜地除渣。三班倒的辛苦，自不待言，洞中经常出现的塌方掉石，随时可能让你我一瞬间"光荣"。那一晚，我一身疲惫从隧道检查炮孔回来，营部里已经鼾声如雷。听到隔壁连队的工兵们蹲在地上呼啦啦吞食面条的声音，饥肠辘辘的我，顿觉魏老兵那色香味俱全的小面实在是太诱人——此时拥有魏氏香辣酸菜面，绝不亚于大旱之天降甘霖。我吞着口水，隔着芦苇席墙壁试探，"魏老兵，来碗面条如何？"

面恶心善的老魏是1981年入伍的四川乐山兵，身高一米九零，爱打篮球，是工兵营球场上的"穆铁柱"。因长我四年兵龄，平素根本不会把我这新兵蛋子放在眼里。连队多年传下的"规矩"，老兵说笑摆龙门阵，新兵只有默默听见的份，断不敢多嘴多舌——没想到，老魏听到我的声音，在芦席那边高声道："过来，带上饭盆子。"

整天价钻山洞打眼放炮与泥巴打交道的工兵，泥猴儿一般上蹿下跳，食量巨大。开饭了，兵们少有持碗进灶房的，一个个把小洗脸盆般的铝盆当作饭碗使。有一河南兵，甚至把绿色的钢盔打整成了他的吃饭工具。今晚魏老兵破天荒对我这新兵的要求有求必应——不仅递给我满满一盆淋了辣椒红油的魏氏小面，还顺手塞给我一棵酸酸的泡菜萝卜，"今后要吃面，找我魏老兵。"他憨憨地笑，声若洪钟，"吃完把门带上，免得野狗子钻进来偷猪油……"话音未落，人已没入黑暗之中。

我感激得差点掉下泪来。捧着这一盆鲜香可口的麻辣小面，啃着风味独特的山城泡咸菜，味道出奇的好。在嘉陵江畔的午夜，在夜重庆潮湿的风中，我狼吞虎咽，风卷残云。老魏的小面，果然名不虚传。加上我的饮食最爱——泡菜萝卜，一小脸盆小面，竟让我撑得打起了饱隔。怎么感谢老魏呢？

上世纪80年代的军队，义务兵写了家信，只需要盖上三角形的"义务兵免费邮戳"就可以送交邮局。而这枚三角形的邮戳铁章，就掌握在我的手中——无形中拥有的小小"特权"，让初移营来重庆有事无事总爱写家信的兵们羡慕不已。他们知道，只要营部书记的铁章一戳，就免了8分邮票。呵呵，这点小权力，不用干什么？

第二天，我把一叠盖了免费邮戳的空白信封悄悄送给了老魏。老魏是个孝子，每个星期必向乐山老家的爹妈写信，报告自己在部队平安无事。这正中老魏下怀的"小小贿赂"，让他哈哈大笑起来，"我的书记耶，不就是一盆子小面吗？"说话间，我俩的脸都通红起来，如重庆初夏的艳阳。

（原载《重庆晚报》2010年9月3日"夜雨"）

金陵才俊　文如其人

——读陈石文集《天边的风》

　　我是带着学习与鉴赏的眼光阅读陈石先生文集《天边的风》的。一是因为陈石先生毕业于南京师范大学中文系，撰文写稿是这位科班生的专长。他的文章值得我们品读。二是因为陈石同志长期从事宣传思想工作，是我们银行业监管系统数一数二的"笔杆子"。他的文章值得我们鉴赏。果然，文集中文，无论是散文、诗歌，还是随笔、小说、报告文学，包括作者博客中的一些专业性的文论，如分析房地产走势的小论文，都深深让人陶醉。作品体裁多样，风格不拘，既歌唱爱情、友情、亲情，又赞美大自然与家园和谐；既有驴行游记，也有博文言谈……阅读美文是有快感的，阅读的快感是美妙的，为陈石作品处处涌动的佳词丽句和神来之笔鼓掌叫好的同时，"金陵才俊，文如其人"两句话，如约而至脑海。

　　这绝非溢美之词，真真是我阅读文集后对作者的第一反应。

　　说实在的，过去仅知道陈石同志"团系"出身，担任金融系统领导干部多年，却不知道这位专学汉语言文学的同行入了金融行，却依然对文学"执迷不悟"。捧读文集，边读边思，想得更多的是，先生内心，其实潜藏着超凡脱俗的大追求。这追求，超然于滚滚红尘之外，是一个官场中人淡泊了功名利禄之后的心境写照。文字是心灵的折射，我们完全能够从文集中读懂作者问天问地问自己的心声。

　　据我与陈石先生的交往，认为其素来为人低调、以人为善、待人真诚，工作不马虎、讲原则、有建树，生活重情趣、讲格调、上品味，这些，都能从他的各类文章中不自觉地流露出来，是所谓文如其人也。

初识陈石先生，时在 21 世纪之初。在广西北海的一次工作培训会上，央行宣传系统的干部济济一堂，椰风海韵、银滩海浴，我们相聚南国海滨。培训时间不长，培训的内容早已交还给老师，唯与陈石初相识的记忆如在昨日。我与陈石均为本单位领队，坐在课堂头一排，这样就成了"同桌的你"。他给我的第一印象是沉默寡言，专注台上教授的讲解。两年后，机缘让我们再次重逢，却是在大西北的宁夏银川。冥冥中似有天意，我们同时到了新的工作单位，又同时赴大西北参加首次工作会。真是凑巧，会议安排我与陈石同居一室。呵呵，北海同学又成了银川室友。会议结束后，我们一同拜谒西夏王陵，一同流连镇北堡影视城，拍照留念，其乐融融……后来，我因公造访南京，陈石邀众多好友，寻秦淮河边僻静地，老友相见，一醉方休。更让我感动的是，我单位某分局拟去江苏学习，苦于无人接待。分局长找到我，我立马想到这位南京的老朋友。一个电话过去，陈石同志慷慨允诺。把分局一干人马"侍候"得服服帖帖。惟友情至上之人，才能这样真性情地待人接物。事后，我只能用感激二字来表达我的深深谢意。

这样算来，我与陈石相识已过十年。人生能有几个十年呢？我常常在夜深人静之时，思念我平凡生活中的老朋友、老同事，常常会念及金陵城下的陈石先生。先生为人忠厚，重情重义，让人敬重，是我的好大哥。而今，拜读鉴赏先生默默耕耘并结集成册的文学硕果，更让我喜出望外、喜不自禁。

美文在手，如沐春风。真诚祝愿陈石大哥文思如涌，再铸新篇。

（原载江苏人民出版社出版的陈石文集《天边的风》P239）

战友，请举起这杯酒

请别用异样的眼光打量这一群老少爷们。

这一群看似粗鲁莽撞少了职场小男生温柔温顺味道的男人们聚在一起，绝非传闻中的结党营私拉帮结派，更不是什么社会上的危险分子集合起来准备干什么勾当。今天"八一"，这群老少爷们，平素难得相聚。今天他们堂而皇之地找到了聚会的由头，要好生利用这个属于他们的节日，寄托心中永不消退的情思，"老夫聊发少年狂"，重新做一回多年前的自己。梦里依稀，找寻那个意气风发的兵哥哥。唯一不同先前的，是没有了那身草绿色的漂亮的军装，没有了连队站队集合统一的号令步伐和早中晚三餐前必需的放声歌唱。

这一群如黑旋风李逵下山的老少爷们，脸黑，嗓门大，胡子拉碴，都是响当当的真情汉子、性情中人。他们拥有一个共同的虽不时髦却充满了阳刚的名字——战友。

曾经，战友们英武，战友们帅气，战友们在一个锅里舀饭吃，在一个球场上打球，在一个训练场摸爬滚打；曾经，战友们站岗放哨、施工执勤、抢险救灾、战备演习。就说身边这群战友吧，一个个运气超级好——和平年代的军人，冷不防撞上了战争大运。20多年前，长江边上一个普通火车站，突然间人山人海，鼓乐喧天，喷着蒸气的军列即将启程，覆盖着厚厚伪装网的坦克大炮垫上三角木装运待发……短而急促的哨声响起，月台上欢送的人群在眼中开始模糊，有泪不轻弹的战友突然间变得脆弱，当众拥吻千里迢迢赶来送行的未婚妻。众目睽睽下，那位满脸络腮胡的道桥连长不顾一切紧搂住新婚妻子，破天荒地讲了三句让人脸热心跳的耳语。然后，昂着青光脑袋挺胸亮膛走向彩云之南，玩起了真刀真枪。在热带雨林的天地里，钻猫耳洞、睡木板床、钢枪紧握，"光荣弹"陪伴，潇洒地做一回20世纪80年代的山顶洞人……十年、二十年后，战友们相继解甲归田，军旅生活戛然画上句号。所不同的是，昔日嘴上无毛羞涩腼腆的小伙子，成了额头爬满皱纹两鬓斑白的中年汉子；半句话不对头就拔拳相向的毛头愤青，成了沉稳冷静处变不惊天下事难不倒的大爷大叔。

这是一群不简单的老少爷们。呵呵，我的曾经一起高唱战歌凯旋的生死战友啊，今天，咱们聚会！今天，我们过节！

当年老山之巅，战友们列队在"八一"军旗下，铮铮宣誓。今天山城，我们相会在这个名唤"味鼎台"的餐馆里，大碗吃肉，大碗喝酒，纪念自己的光荣节日——没有谁来硬性规定，也没有任何首长作过指示。但凡穿过军装的人，都会自觉不自觉地把这个先辈们流血牺牲换来的"八一"，视为自己一辈子的节日。"八一"建军节，中国军人节。穿着军装的现役军人自不必说，脱了军装的战友们，一定会在这一天，不待号令，聚拢一起，倾诉衷肠，重逢话别。

我的这一群当年鏖战老山八里河东山的野战工兵，光荣的记忆常伴他们——雨季来临，光着膀子抢修急造军路；一身迷彩，前出阵地平毁无名高地。外号"卡儿生"的地爆连副连长，平日里大大咧咧嘻嘻哈哈，配属师侦察兵分队实施"黑豹三号行动"，生死关头，果断埋雷，断敌追路，竟成一等功臣；瘦高个子的重庆崽儿杨连长，以"排雷大王"之名闻名战地，却被可恶的弹片崩瞎一只眼睛，胜利之日铸成军区"工兵英雄"的美名……血与火的洗礼，让战友们淡看了生死，倍加珍爱生命，爱恨交织间，真正懂得了什么是理想信念，什么是舍生忘死。

战友情，不了情。战友节这一天，天南海北的战友围拢来，聚一起，震天响的"战友战友亲如兄弟"旋律响起，如同当年在连队会餐一样。战友会上，不论过去你是兵还是官，也不论现在你是老板、大款还是处长、科长，更不计较你是农民、个体户还是退休干部、下岗工人，齐齐没有了往日的等级森严。此时此刻，"战友"二字最亲切、最温馨！唤一声战友双手握，声声战友泪长流。即使数年不见面，一握手、一拥抱，马上就能呼出姓名或外号，亲切如昨日。当年穿着军装的影子，立马浮现在眼前。军中往事，历历涌上心头。"臭小子，你娃还是这么精干！""老班长，你怕是眼睛老花了吧。"于情真意切的相视中，看渐白的双鬓耀眼，看秃顶的光亮脑门，唏嘘之声，不绝于耳。

离开部队经年，年年战友小相聚，岁岁要喝战友酒。这一天，有人拉起小横幅，有人高举欢迎牌，有人操着普通话当主持，有人还周吴郑王捧着事先写好的稿纸念报告，还有人，几乎是连滚带爬扑上台抢话筒表心意。主持者兴奋，参与者幸福，战友们用中国人最简单最快乐最尽兴的吃肉喝酒方式传情达意，意在祝福战友们身体健康、心想事成、开心快乐，甚至，找不到话说了，索性搬来"福如东海，寿比南山"的祝词，让生日快乐一助雅兴。末了，高举起盛满酒水的杯盏，最大限度地把那烂熟于心的"送战友，踏征程，耳边响起驼铃声……"吼起！

年轻时代，渐行渐远，即便当年多多少少有过的恩恩怨怨，早已化作一缕烟云散去。怀念过去，把握当下，稳稳当当走好身后每一步，才是最最要紧事。亲爱的战友，请举起这杯酒吧，珍惜生死相依的战友情，善待一生一世的不了情……干杯！

（原载北京《军嫂》2012 年第 11 期"梦回连营"）

红军邮

　　鲜红的三角戳印，盖在褐色的牛皮纸信封上。醒目的八一军徽和义务兵"免费信件"字样，如一团熊熊燃烧的火苗，瞬间照亮尘封多年的心田。久违了，来自军营的红军邮。

　　信是侄子从上海寄来的。手书的家信，虽内容简单，三言两语，却让我这过来人多多少少有些许感动。能够用书信的形式，向长辈请安问好，真是难为他了。日今的年轻后生，哪一个不是成天与电脑与 Ipad 与 Iphone 为伴呢，还有几位，会认认真真端坐桌前，手握钢笔在一纸素笺上坦露心迹？就说眼前这位 90 后的孩子，没有参军前，哪一天不是拿着手机在玩游戏在没完没了地接听总也断不了的电话？！

　　红军邮带来了喜悦，告诉我侄子已经长大成人。多年以前，我仅记得他的奶奶我的母亲怀抱他的模样。当年襁褓中的奶娃娃，风一般长大，车过身来已是英俊挺拔的武警战士，像他的父辈一样，钢枪在手保家卫国。难怪白发已经悄无声息地爬上了发梢。屈指算来，我离开红军邮的日子，转眼已近 30 年了。

　　1984 年年底，我提前结束了紧张的新兵连生活，赴重庆接替了营部书记的工作。交接到手中的，除了一大摞文件、材料外，还有三五枚木制公章外加一枚装在军绿色铁盒中的三角戳。三角戳刚启用不久，银色的手柄，三角形的钢制印版，做工精巧，握在手中有沉甸甸的厚重感。营教导员对我说，这是"义务兵免费信件"邮戳。全营战士的信件，都由你来检查盖戳，然后交给通信员送交邮局。这可是国家对咱们义务兵的待遇呢。

当兵寄信不用贴邮票，只要这个银色的三角戳"咔嚓"一下，就可以飞鸿传万里，家书达彼岸，真好！

于是我小心翼翼保管这全营唯一的三角戳。每天待各连通信员把战士们的信件集中送交营部后，我就从保险柜中取出三角戳和红色印泥，在一沓沓寄往天南海北的家书上用力钤上红军邮，唯恐没有把军徽和免费信件的字样印盖清晰。

是时全营，正在山城援建"八一隧道"工程。高强度的施工劳作，收工回营后的枯燥乏味，困惑不了年轻的士兵。我与我的战友们，只要有空，就趴在床头柜上，把在军营的所见所闻、把对家乡亲人的思念、把在重庆见世面的感受，尽情挥撒在信笺上，通过书信来诉说军人最朴素的相思。自然，三角戳的使用，为我们这些除了微薄津贴没有任何收入的兵哥哥提供了诸多方便，节省了不在少数的银子。据说，机械连节约惯了的河南兵老张，竟可以把每月十多元的津贴一分不少存进银行，待到三年义务兵役期满退伍时，老张竟腰缠二千多元的存款，为他回乡顺利娶到暗恋多年的媳妇挣足了面子。

部队有多年沿袭下来不成文的"传统"，这就是新兵信多，老兵"病"多。写信，是每一个军人的看家本领。为了节约邮资，穿着军干服的干部们也瞄上了红军邮。有两位连级军官悄悄背着营长教导员拿来空信封让我盖章（我小兵一个，自然不敢不办。只是说首长晓得了我可是吃不了兜着走啊。连级军官红着脸看看我，自觉地没了下回。）一位陆校毕业的学员排长，刚被分配到连队，加上老家媒人给他介绍了一位如花似玉的小对象，恋爱的信件多得像刚到部队的新兵一样。一回过去，二回过来，新排长的信混搭在班排战士们的信件中，悄悄沾了红军邮的光。有道是事不过三，沾光的举动，不知被谁"举报"到了政治指导员处，新排长受到了批评。那位湖南长沙籍的指导员指着排长的鼻子开始洗刷，一封信，8分钱，这点好处也想占？同志哥，你是军官，不是义务兵，晓得规矩不啰？

1988年夏天过后，我从军校毕业，也走进了军官行列。记起三年前那位新排长挨批的尴尬，便在写信给父母给同学给好友时，老老实实地购买邮票，端端正正地贴在信封右上角，从此再也享受不到那愉快的红军邮了。那枚跟随我一年之久的漂亮的三角戳，在我上军校前交给了接替我工作的营部文书。这么多年过去了，看来红军邮仍然在"流通"。就想，时下，还有多少人在写信呢？当年我为战友们服务的那枚三角邮戳，钤出了多少红军邮呢？现在，接力棒已经交到哪一任战友手上了呢？

红军邮，你印下的是军人朴素的相思，烙下的是我们火热的青春记忆。

（原载北京《军嫂》2013 年第三期 P37 页）

看见你们格外亲

拙作《臧教员》在《重庆晚报》"夜雨"首发后，引起的波澜，让我始料未及。

那一天，突然接到一陌生来电，陌生人问清我的名姓后，直接说有人要与我讲话。顷刻，话筒中传来雄浑有力的声音，与26年前浏阳河边军校教员的声音不二。是臧雷老师！肯定是臧雷到了重庆。

几乎是夺门而出，驱车前往观音岩。见到了阔别20多年的老师。电话中的陌生人，是臧雷的战友杨先生。杨先生与老师一样，两度走上战场，说话做事雷厉风行，快人快语，典型的重庆崽儿脾气，当年驰骋南疆，也是了不得的人物。作为市内一家医院的领导，杨先生从晚报上见到我的小文，便四处打听作者。臧雷老师笑语，你的作品发表后，我的老师、同学、战友竞相收藏当日报纸，还纷纷问我认不认识你呢。我说老师您叱咤风云，阅人无数，肯定记不得我了。臧雷哈哈一乐，长沙军校，弟子三千，你们都知道我臧某人，我却难于一一道出你们的尊姓大名，实在是惭愧惭愧。

突如其来的师生重逢，自然是分外亲切。老师精神矍铄，风采依旧，挺拔的身躯，着黄呢军裤、军用皮鞋，上身一件饰了国旗图案的草绿色T恤衫，把老革命衬托得帅气十分。在杨先生的办公室，我们叙说军校旧事，情景历历如在昨日。去午餐的路上，老师斜背一个市面上日渐稀少的军绿色挎包，大步流星向前进，军人做派，不逊当年。

一个月以后，应杨先生之邀，我参加了陆军第14集团军某师卫生系统老兵战友会。百十位天南海北的皓首老兵，齐聚重庆，静享秋日山城美景，共话往昔峥嵘岁月。臧雷老师作为特邀嘉宾，与会议组织者杨先生忙里忙外，不亦乐乎。由于与众多老战士不熟悉，我只能用尊敬的目光，打量这一群值得人们点赞的老兵。

35 年前，他们以热血之躯，参加对越自卫还击作战；再过五年，他们又一次走上战场，首战老山，拔点突击，把老山兰之歌唱响祖国大地。赫赫有名的战斗英雄史光柱、李海欣、张大全……就是他们部队的战士。"战斗打响，当洪水般的伤员涌来时，年轻的军医、护士们，用天使般的爱心，救死扶伤！"追忆战事，老山主攻营营长臧雷仍然豪气干云，他以自己曾经的伤兵身份，再三致谢这一群当年挽救了他生命的白衣天使。从昆明专程赴重庆参会的老首长，年过耄耋，依然身板硬朗，如数家珍怀念老部队从无到有、从小到大历程的同时，还不忘把自己健康长寿的"秘诀"与众人分享。来自贵州的烈士胞妹，思念起自己埋骨沙场的哥哥，禁不住数度哽咽……英雄就在身边，英雄是人不是神。见证了战争风云，历练血火洗礼的英雄情、战友情啊，恩重如山，情深似海。

当年鏖战急，弹洞前村壁。和平春风起，褪却了战场硝烟，血气方刚的士兵不再年轻。转过身来，他们真的成了默默无闻的小草！那大街上孑然独行的爷爷，那公园旁含饴弄孙的奶奶，那广场舞方阵中的大叔大妈，指不定就是曾经舍生疆场的勇士。在这里，在这样一个特定的时点，如果不是嘹亮军歌唱响，老人们刹那间"返老还童"，我真不敢相信眼前这些意气风发的老兵，就是 20 世纪 80 年代那一批"新时代最可爱的人"。

20 世纪 80 年代后期，笔者军中初任职，已经从书刊、从报纸、从电视中熟知了臧雷等人如雷贯耳的名字。1989 年年初，荣幸之至，我赶上了最后的战事，成为老山防御作战轮战部队的一员。在老山主峰、在 662.6 高地、在八里河东山、在那拉口子，遂行艰苦的作战工程保障任务，不断听闻这片热土上发生的惊心动魄的传奇故事。那时我想，那一批冲锋陷阵的首战勇士去了哪里？今生今世，可否有机缘见到他们？

是晚报做媒，是文学牵线，终于实现我的一桩心愿。战友，看见你们格外亲！让允许我立正，把圣洁崇高的军礼，高高举起……

（原载《重庆晚报》2014 年 10 月 31 日"重庆创作"，
标题被编辑先生改为"晚报做媒圆心愿"）

祖祖爱吃老旱烟

一揿气体打火机，蓝色的火苗蹿得老高，坐在大门边竹椅上的祖祖，开始了每天的"例行公事"：干瘪的嘴唇，紧衔着深褐色的老旱烟，对着火苗徐徐吮啜。青筋凸显的手，捏着拇指粗细的旱烟，吸一口，慢悠悠喷出一团烟雾。老旱烟刺鼻呛人的味道，瞬间弥漫，这是祖祖一生的钟爱，每月竟能吃掉两斤左右的旱烟呢。自家种的烟叶，吃起来，可比什么都香甜。吃烟的当下，快乐安逸甚至带有年轻女人羞涩的神情，在祖祖皱纹纵横的脸上清晰浮现，一如风吹荷塘，漾起丝丝涟漪。

祖祖住在合川区狮滩镇白银村，名叫吴志芳，生于清末1909年，至今，已是整整105岁。一生辛勤耕种的农妇，生养了一对儿女，如今也健康地步入古稀之年。时光如白驹过隙，吴志芳老人饱经风霜，稼穑艰难，却神奇地从未生过什么大病，顶多闹点小感冒。

百年高寿的祖祖，每天早餐后就坐在门前专心地卷、专心地吃她的老旱烟。中午午睡小会儿，天一擦黑就上床，作息时间很有规律。饭量也行，每餐可吃两碗白米干饭，有时还要整一小碗白酒呢。这么大年纪了，还特别喜欢吃肉，而且是肥肉。要是肉片的话，可吃下满满一中碗。

一只撒欢的小黄狗，忠实地陪伴着祖祖。见有来客，祖祖已经落了门牙的幺儿子，赶紧从田里收手回来，赤着一双古铜色的泥脚杆，站在院坝水泥地上，开心地看着近乎贪婪吃烟的母亲。慕名前来的男女，争抢着与祖祖照相留影。

岁月静谧，老人安康。如画山村，风景秀美：远处是若隐若现的华蓥山脉，有岚烟轻飚，一泓碧水清溪自山中飘逸而出，行至村前，又转头南去，只把潺潺水声，留给水墨画般的山乡。肥沃流油的一川田土，早已被烂漫的油菜花、缤纷的李子花覆盖，黄的似金，白的赛银。三三两两的行人，闲闲地走在硬化了的乡村公路上，或观光赏景，或追逐嬉戏，听田间蜂鸣鸟唱，看树间蝶舞莺飞。

吃着老旱烟的祖祖，分明看见了眼前一幕，嗫嚅着，双眼写满了惊奇的问号——这些城里人哟，逢周末假日就往咱乡间跑，究竟是什么吸引了他们哟？

（原载《重庆日报·农村版》2014 年 11 月 5 日）

喊一声排长心窝暖

"排长好！"QQ头像闪亮。甭问，是北京的菩提树上线了。

人到中年，还有人尊称排长，实在让人感慨万千。菩提树在中海油工作，早已为人妻、为人母，每一次QQ上线，总忘不了打招呼问好，"排长，近来好吗？"一声温馨的问候，穿越时空，拉近快30年的岁月距离。排长，多么年轻的称呼啊。眨眼间，一代人的时光远去了，容颜易老，尘事渐忘，彼此珍重不变的，应该是心中那个永远年青的秋天吧。

1988年的秋天，注定是我们人生之旅的又一个开端。空气中弥漫着毛阿敏的歌声："你从哪里来，我的朋友？好像一只蝴蝶飞进我的窗口……"歌声缥缈，印证了那一季节我们互相的问询。彼时我刚从湖南军校毕业，到驻川某师工兵教导营见习。初出军校门，军中初任职，踌躇满志，自信满满。菩提树刚刚走过高考，金榜题名，从天津来到川北，与天南海北的同学一道，拎着行李唱着歌，走进军营，开始为期一个月的军训。这就是机缘。一个是刚刚走马上任的学生官排长，一个是刚刚经历七月高考得胜踏进大学校门的女大学生，就在这一年的深秋，相识在川北军营。

其实那时，我还够不上真正意义上的"排长"资格。虽然学院院长在军校毕业典礼上宣布我们国家行政23级正排职干部的命令，但还没有一纸部队的任职文书。刚到连队报到，司令部就通知我与另一名学员去师通信营实习，在通信营某连某排某班铺上睡了两个晚上，就被人叫去协助后勤部营房科做监工。监工什么却无人明示，人家营房科，有专门的助理员管营房基建这摊子事儿，你一个刚出校门的学生官，嘴上无毛，办事不牢，会不会来添乱？这是我的猜想。果不然，交代任务的不明了，让我成了司令部不管，后勤部也不管的"不管干部"。无所事事，只好回到连队待着。这时就看到浩浩荡荡开进营区大院内的大学生们。连长指导员高兴，说罗排长你也别监什么工了，回来帮我们训练大学生吧。

明白了吧，这一个闯进你们军训生活的"排长"，充其量，是个"帮忙"的角色。

事隔多年，我想，若我在通信营做了实习排长，若我在营房科当了什么监工，哪里还会有后面的故事发生？哪里还能结识你们这一群西南石油学院88级海工系、油藏系的女大学生呢？这或许就是命运的安排、上天的恩赐吧。

一个月的军训，短暂得如百米冲刺。无法忘怀的，是在营部灯光球场上教你们女生连唱歌。初生牛犊不畏虎。我硬着头皮赶鸭子上架，真还把你们这群羞涩的小女生教练成嗷嗷叫的"女汉纸"；是教练"女兵"们如何卧姿装子弹，打靶瞄准，耐着性子讲解什么是"三点一线"；是唯一的一次惊心动魄的实弹射击。事后，我们在嘉陵江边嘻嘻哈哈捡拾石块打水漂；是指挥全连参加全营拉歌比赛。作为女生连，你们以柔克刚，莺声燕语的女声，温柔地盖过了男子汉们的吼歌，自然得了冠军。当营长宣布比赛结果时，你们欢呼雀跃，恨不得把我这个担任指挥的同龄人抬起来，抛上天去……军训结束了，难舍难分的道别，至今让人唏嘘。漂亮的学生辅导员朱跃琼老师，领着你们这一群哭得稀里哗啦的小女生，挥手远去……

现在回想，只能因了我们是同龄人的缘故。当年的军训，学员与教官，互相之间没有丝毫的不适应，留下的是永远愉快的念想。那些日子里，部队严谨的纪律和令普通人不解生厌的作风养成，如无休止的叠被子、整内务、走队列，我没见你们有一个人厌烦。花样女生连，训练之余如一群叽叽喳喳的小麻雀，你们私下里议论我这个年轻的排长还像个邻家哥哥，悄悄说河南籍的老连长一天到晚板着脸孔看似不食人间烟火，说那个胖乎乎小个子的成都兵班长整天零食不离嘴是个好吃狗儿……两个月后，我奉调云南前线作战，在野战指挥所曾经收到过你们多位同学的来信，尤其是你菩提树，书信中还夹带一张摄自嘉陵江边的红衣彩照和川中特有的红枫叶……

无法忘却的青春记忆！清晰如昨的情感活剧！

喊一声排长心窝暖，直喊得人热血沸腾，喊得我双泪长流。菩提树，谢谢你！生命中有了当兵的历史，一辈子也不会后悔，绵延至今的"战友情"啊，让我们永远珍重、珍惜……

（原载《重庆晚报》2015年3月9日"重庆创作"）

古镇手艺人

古镇安静。街道窄，没法通行汽车，便少了污染，整个镇子在冷风细雨中显出静寂与空灵。脚下的石板路，已经踏磨得凹凸不平，有多少人马，来了，又去了，身影遁形，空留满地印痕。现还住有人家的平房里，围桌聚着玩川牌、搓麻将的人。尽是容颜苍老、嘴唇干瘪的老人。年轻人都去哪里了呢？街道两边的屋，多半是门窗锁闭，主人不知何处去。更有弃房掺杂其间，已是窗扇歪斜，山墙裂缝，离轰然倒塌的日子已经不远。在这里，老人、老屋、老街，如一部发黄的旧书，听凭时光翻阅，却总遮拦不住陈腐的气味，时不时从这里或那里飘来荡去，提醒打量观望者逝水流年……尽管如此，这有"旱码头"之称的古镇，仍禁不住南来北往旅人的步履。

谁要你白发千丈呢？谁要你风尘满目呢？一眼废弃古井、一条斑驳小巷、一堵白墙黑瓦的风火墙，甚至路边一截腐朽枯死的树桩，可都是有背景有故事的物事，能够让来者思量它的前世今生，听闻它背后的惊心动魄。更有感性者，会说世事易老，人之渺小，"万里长城今犹在，不见当年秦始皇"，多少尔虞我诈，巧取豪夺，到头来都是空欢喜。于是气定神闲，心向良善，道一声还有什么不能放下？还有什么无法释怀？！

咳咳，还真有放不下的。那就是古镇那几位活化石般的手艺人，他们的音容笑貌，总是在心头萦绕。

有三五瓦匠，披着白色的塑料布遮风挡雨，弯腰弓身于人字形的木屋架房顶上，翻拣屋瓦。

有包着黑色头布的老篾匠，安坐旧屋，一双青筋毕现的手，利索地编织着竹器。老伴安静地守望一旁，黄狗在脚下匍匐，长长的篾线散发出青竹破开特有的香味儿，在篾匠手中跳舞。

铁匠铺里，风箱鼓动着旺旺的煤火，铁块烧得通红，叼着叶子烟的铁匠老爹抡锤击打，叮叮当当，火星四溅，一把锄头已见雏形。

年过花甲的剃头师傅，肩搭毛巾，执锋利剃刀，在老顾客头上耍弄顶上功夫。陈旧的搪瓷面盆、油光发亮的荡刀片、咔咔作响的手动推剪，顿时让时光倒行 30 年。

还有那孤独的制秤匠，镇上唯一的杆秤制造者，戴着老花镜，专心致志，在上了黑漆的木棍上安装定盘星……秤匠姓王，年届 70。多年以前，县上数十名制秤师参加计量局统一组织的考试，最终拿到行业制秤资格的，刚好 30 人。王师傅说，老啦，都走啦，30 名师兄师弟，眼下仅存我王老汉一人。衡器能称天下重量，却称不出人生寿诞几何。

"您有徒弟吗？手艺会不会失传？"

一语惊醒梦中人，触到了师傅的痛。"日今眼目下到处是电子秤，谁还稀罕这玩意？本来这手艺是传子不传女的。我那独生女念了大学，请她来都不来呢。我就想自己掏钱，请人来学，却终究收不到一个学生。"说这话时，师傅浑浊的眼里，竟滚落下两颗清亮的泪珠子。镇里这两年盘算着兴古镇旅游，把王师傅请来坐摊制秤，其实是充个景点，满足旅行者看稀奇看古怪的好奇心。仅此而已。

远在天国的父亲也是辛劳的手艺人。父亲一生，修屋造房，出师三个徒弟，听说到如今全不再做泥水活路。只怕那砌墙抹灰、盖瓦刷浆、打灶捡漏的手艺，早已随风而逝，还给了父亲。

小时候常见到走街串巷的手艺人，有錾手磨的石匠、磨菜刀的磨匠、钉鞋掌的皮匠、盖草屋的茅匠、抡着斧头锯子造桌椅板凳的木匠椅匠，还有挑着缝纫机上门来的裁缝师傅，一个个凭着手艺吃饭，活得亮亮堂堂。邻居家有一位余姓老汉，常独自扛一杆鸟铳，上山打猎。更不得了的是，余老汉还会制造擂子（音，一种古老的磨谷器具）的手艺，是远近闻名的余擂匠。父亲常叮嘱我们兄弟说，天旱饿不死手艺人。祖师爷鲁班亲传的是石木雕瓦漆五大手艺，余擂匠那个，也是本事。娃娃们长大了，无论如何要学手艺，养家传代。

日子走到今天，现代工业发达，机器流水线作业，还有多少手艺值得学习，值得传承？先进替代落后，社会向前发展，是必然规律。那纯朴的农耕时代的文明，那制造手工艺品的匠人，怕是越来越少了。可是，千百年来代代相传的手艺一旦失传，香火不再延续，损失的就绝不仅仅是"技术"。不然，王秤匠不会流泪。篾匠老人不会说，手编的篾货耐用但土得掉渣。铁匠扔了锤子，自惭形秽，打铁人家，卖不完的苦力，有啥用？剃头师傅说，剃头改叫美容美发了。光顾摊子的，全是老年人，你看到有几个年轻崽崽在我这儿刮光脑壳？

离开古镇的时候，心有戚戚焉，从手艺人手中买了一秤、一竹篮、一镰刀。朋友说，这些工具，于远离稼穑的人来说，有何价值？答：当摆设，图念想，纪念农耕文明，怀念永远的手艺人罢。

（原载《重庆晚报》2015 年 1 月 30 日"重庆创作"）

汉家姑娘

　　30多年前，还做学生，囫囵吞枣读曹禺剧本，记住了香溪美人王昭君，记住了美人纤纤细步上金銮宝殿面见君王时的场景，"淡淡妆，天然样，就这样一个汉家姑娘"，一唱三叹，把昭君对君王的满腹哀怨，淋漓尽致地展现。后来又从收音机里听一部无头无尾的广播剧，讲述的是曹操与蔡文姬"胡笳十八拍"的故事，由于年少无知，竟把昭君出塞与文姬归汉弄得张冠李戴，云里雾里糊涂不清。

　　事隔多年，偶然的机会，行至昭君故里。在群山万壑生长明妃的大山深处，静听千年不变的山风。走进修葺如新的昭君村，似乎听到了孩童昭君朗朗清脆的读书声，闻到了浣纱归来妙龄女子的笑语……怪只怪自己学养浅显，当年不分王昭君与蔡文姬，现在没有弄明白的，是昭君故里究竟属兴山还是属秭归。

　　昭君村遗址背靠巍峨的纱帽山。门前广场，寂静，少有旅游胜地常态的游客如织车马喧嚣。迫不及待中，从冗长的景点介绍中澄清了两个知识点：一是王昭君，名嫱，字昭君，晋时避司马昭讳，又称明君，故有"生长明妃尚有村"诗句。约公元前53年，昭君生于兴山宝坪村。而"兴山县，本汉属南郡秭归，三国时其地属吴。至景帝永安三年（公元260年）分秭归之北界立为兴山县，属建平郡。香溪在邑界，汉王嫱即此邑之人。故云昭君之县"。（宋《太平寰宇记》）二是古称昭君之县的兴山，"因环邑皆山，县治兴起于群山之中"而得名。一条清澈见底的溪河蜿蜒其间，唐人张泌在《妆楼记》中说："昭君临水而居，恒于溪中浣手，溪水尽香。"

故有香溪之名。

　　而那因昭君而名流淌千年的香溪河，眼前正在昭君村山脚流淌，但离遗址距离，目测也有五里之遥。想那昭君浣纱之景，怕是后人随心所欲指点而为吧。

　　"当年真迹杳难寻，风物依稀念昭君"。昭君村肯定是后来复建的。新筑的石砌梳妆台，翠柏环绕，遮天蔽日。台壁上的石刻，是历代文人墨客遗留的诗书辞章，却因年代久远，字迹早已模糊难辨。与妻千里而来，石凳小憩，品茗看景。半个时辰不到，竟脚底升凉，盛夏酷暑似乎瞬间消遁。末了，沿形制简陋的长廊徐行，沐旧址遗光，发思古幽情。

　　昭君父王襄，母周氏，兄妹二人。开蒙启智时分，昭君与兄共读，过目不忘，过耳成诵，颇受乡邻怜爱。农忙时节，昭君与村中姐妹上山采茶，下河浣纱，养成勤劳善良的品德。及二八芳龄，已是姿色端丽，慧中秀外，遐迩闻名。适汉元帝遍选天下美女，昭君应招，遂为首选。公元前36年三月，昭君泪洒香溪，登雕花龙凤船，经长江夷陵（今宜昌），过荆州，逆汉水，越秦岭，抵达京城长安，成为汉室宫女。

　　"乡人怜昭君，筑台望之"。兴山县人，从此把昭君离别之地，依次取名为珍珠潭、小礼溪、大礼溪、平揖口、思乡溪、香溪等，至今不改。

　　作为中国古代四大美女之一的王昭君，之所以有美好传说与故事流布于青山绿水，绝非其美色秀丽，亦非画师王延寿小人作奸，而是因为出塞和亲。想那弱小女子，万里出使匈奴，该是何等壮丽之事！"以和为贵"、"以亲为荣"之举，彰显超越时空的丰富内涵和难以忘怀的魅力。难怪新中国成立以来，周恩来、董必武、郭沫若、曹禺、翦伯赞等革命家、文学家，对深明大义的王昭君给予高度评价。

　　在昭君故里，携妻行。穿行楼阁庭院，停留白玉雕像，让思绪飞越，梦回远古。

　　北方狼烟起，游牧部族匈奴，与汉朝边境战乱不断。始于汉高祖刘邦，实施和亲政策，"以绥四夷"。名稽候珊的匈奴单于呼韩邪，是匈奴领袖冒顿单于的第七代孙。在五个单于争位的内乱之际，是汉室助呼韩邪执掌权位。感恩戴德的呼韩邪于是对汉俯首称臣，且在公元前33年正月，第三次入朝，"愿汉氏以自亲"。汉元帝遂下旨，从宫中遴选佳丽，赐以公主身份以配单于。当此时，侠肝义胆的汉家女子王昭君，"乃请掖庭令求行"，自愿担当和亲使者。

临辞大会上，昭君"丰容靓饰，光明汉宫，顾影徘徊，竦动左右"。呼韩邪大喜过望，汉元帝惊愕不已，欲留昭君，又恐失大汉天子的威仪，无奈只得忍痛割爱，将昭君许配呼韩邪。怜其远嫁，元帝陪送昭君黄金、丝帛、画图等贵重嫁妆无数。为纪念大汉匈奴和亲喜事，元帝改年号为"竟宁"（取和平安宁之意）。

公元前33年春，昭君离别长安，"队队毡车细马，簇拥阏氏如画"。送亲队伍达千人之众。从京城长安出发，过冯翊、北地（今甘肃庆阳县）、上郡（今陕西榆林）、西河（今内蒙古东胜市）、朔方（今内蒙古杭锦旗），出五原（今内蒙古包头市），数月跋涉，至漠北塞外，抵达单于庭（今蒙古首都乌兰巴托附近）。

盛夏塞外，彩旗猎猎，呼韩邪在草原上举行了隆重的和亲仪式。人们高呼"单于和亲，千秋万岁"，庆贺单于昭君相亲相爱，胡汉两族天地同春。呼韩邪抱得美人归，特封昭君为"宁胡阏氏"（意为使匈奴安宁的王后）。

从此，兴山姑娘王昭君，在他乡住穹庐，食畜肉，与匈奴人民和睦相处，把汉族的农业生产知识和纺织技术带到草原，教胡人学习汉语和刺绣，深受百姓拥戴。是时，"边城晏闭，牛马布野，三世无犬吠之警，黎庶忘干戈之役"，一派太平盛世。

昭君与呼韩邪育有一子，名伊屠智牙师，为右日逐王。公元前31年，呼韩邪去世。其前妻所生长子复株累继位。按匈奴"父死妻其后母"风俗，复妻昭君。此时昭君，思念故乡，上书汉室求归，汉成帝敕令"从胡俗"，昭君无可奈何，只得改嫁复株累。尔后，与复株累生养二女。大女儿名云，为须卜（夫姓）居次（公主），次女为当于居次。又十一年，复株累故，33岁的昭君从此寡居。

远嫁他乡的昭君，何时去世，卒于何地，史书无明确记载。有传说昭君被葬于呼和浩特市南郊。其墓依大青山，傍大黑河，高33米，占地约13000平米，因墓上草色常青，名曰青冢。

昭君自有千秋在。老舍先生赞曰：诗人新谱汉宫秋，马上琵琶泪不流。壮志和亲青冢在，二千年事说从头。千百年来，神奇瑰丽的昭君传说、丰富翔实的历史典籍和灿若星河的文艺作品，共同谱写了神话般美丽的昭君出塞曲。

行走在这一方圣洁的风水宝地，让我们寄托对远在北国他乡的昭君姑娘的深切怀念。

（原载《重庆烟草》2015 年第 3 期）

2014 年夏，作者与夫人在昭君故里合影

春运窘事

　　"父母在，不远游"，父母在哪儿，哪儿就是家，这是咱中国人固守的理儿。腊月以后，在外打拼的儿女们便身不由己往售票窗口挤，为着那比较金贵的车票、船票、火车票，精心盘算着年三十赶回家中。春运一到，几乎所有的交通工具便开始了连轴转。年复一年的人口大挪移如浪潮一般，从南国到北疆，从东海到高原，铺天盖地，席卷而来。

　　这种因春节而衍生出的乾坤大轮回，不是近年来才有的事。20世纪90年代，我在部队当兵，可以享受一年一度的探亲假。每到年关，夫妻俩总要想方设法挤时间，争取从重庆赶回湖北老家过年。回家的心情，爽。再苦再累也愿意。

　　但自从有了宝贝儿子以后，那挤春运的滋味，就再也不敢说爽啦。

　　那一日，抱着蹒跚学步的儿子，顶风冒雪往家赶。同行的战友小两口，新婚宴尔，一路上争抢着与儿子逗乐，争着抢着，一不留神就把上船前专门给儿子冲奶粉用的新买热水瓶摔了个稀巴烂。好在顺长江东去的"江渝"号上有不间断的热水供应，儿子冲奶粉才有了保障。

　　首次回家过年的儿子彼时一岁半。两天两夜的江上行船，吃不好睡不宁，大人累得皮塌嘴歪，小孩整得鼻乌嘴黑。到枝城港下船，身背肩扛大小行李包，从拥挤不堪的船上下来，已与抗战时期上川江的难民无二。这里离老家还有一段距离。我们还得找旅社过夜。要到家了，战友小两口高兴，就连抱着下船的儿子，也挣着从战友怀里挣扎下来要自己走路。战友说小家伙想过年呢，回老家找婆婆爷爷要压岁钱呢……话音未落，一冲一冲往前跑的儿子绊到了，一个趔趄，摔了跟头。妻子抱起哇哇大哭的娃，见他额头上撞了一个青包，左眼皮上方瞬间变得乌黑。乖乖，要是再往前倒五公分，就是花圃边栽植的铸铁篱笆。那尖尖的铁篱笆桩，在寒风里放着幽幽冷光。吓，我与妻倒吸一口凉气，战友两口子也吓得不轻，觉得没有尽到看护之责，尴尬着，消失在黑暗之中。

乖巧可人的小男孩变成了乌鸡眼。宿在旅社，我与妻面面相觑。该死的绊筋斗。万一娃儿被刺瞎眼睛摔破脑壳，怎么向老爹老娘交代？后怕，如一部乱哄哄的录像片在脑子里回放。儿子疼着、哭着，折腾到后半夜，终于睡了。天亮时分，睡意沉沉的两口子被一阵刺鼻的尿骚味弄醒。一看身下双人大床，床单上尿液横流。儿子裆下的"尿不湿"，形同虚设……

过完年后返渝，旅途更是沧桑。因堵车，差两分钟赶脱轮船。大冬天拼出一身臭汗，好不容易挤上宜昌至重庆的班船，却不知何故，这船走走停停，走到万州码头就死活不再上行。万般无奈，只得肩挑背扛行李下船，冒着寒风走江岸，求爹爹告奶奶，搭一艘小货船上溯重庆。天知道，这小货船是艘不折不扣的"贼船"，无热水供应，无食物保证，船员们躲在船舱里，闭门不出，不知疲倦地玩着麻将，早把几个搭船的旅客忘到九霄云外。短短的水路，竟折腾了两天两夜。两天两夜里，可怜我一家三口，靠离家时老母亲卤制的20颗鸡蛋对付饥饿，害得刚刚断奶的小儿，从此见了卤鸡蛋就如见仇人……

20多年前发生的旅途窘事。至今想来，五味杂陈。

（原载《重庆日报·农村版》2016年2月26日）

邻居王大娘

　　"王大娘"是一个年轻女子的外号。当年女子风华正茂，入职信用社没两天，却被人封了这么个尊对老年人的名字，这里面自然有许多不可言说的话语。

　　路人皆知的故事是，自幼丧父失母的女子，靠姐姐一手带大。家贫，能有一碗饭吃已经不错，哪里顾得上平常女儿家的成长教育。基本处于散放状态的她，养成了说话大大咧咧，从不打扮，邋遢示人的习惯。同龄的女子，穿红戴绿，描眉涂唇，她却不修边幅，活脱脱一老大娘。听到这个不太恭敬的外号，年轻女子并不气恼，嘻嘻一笑，老王也好，大娘也罢，你爱怎么叫怎么叫。

　　信用社后来改制成了银行。银行自有银行的规矩，譬如办公场所，禁止相互喊外号；上班时间，得注重形象，你代表了银行的精神文明。笔挺的藏青色行服、白衬衣、黑皮鞋上身，王大娘的形象立马有了大改观，怎么看也算得上一玲珑美人。但"王大娘"的外号，多年来已是妇孺皆知，银行职员们一时竟改不过口来。加上她年岁直逼天命，也算是名副其实的大娘了。行长也就默认，大娘就大娘，无伤大雅。

　　从参加工作始，王大娘就坐在一线柜台旁，几十年没有挪窝。凡与她共过事的人都竖大拇指，"王大娘记性好，过目不忘。这把岁数了，还能把初中高中课本上那些娃娃背的课文，倒背如流。要不是她爹妈死得早，没准出落成一个大家闺秀。"又有人说，王大娘各方面都好，就是"一根筋"的性格让人不感冒，有时候就是转不过弯来。例如她儿子当兵退伍，板上钉钉，可以内招进银行，但王大娘是个犟拐拐，稳起。一来二去，儿子进银行的希望变成了失望，只能应聘去做公交司机。姐妹们为她打抱不平，王大娘啊，银行临时工的子女都能招进来坐柜，你娃好歹也在这坝子里工作了几十年。跟领导意思意思，儿子的事不就成了？！王大娘笑嘻嘻地说，老王我一辈子就是没明白意思意思是什么意思。再说，儿子当司机，有什么不好？

作为她的邻居，我们经常在楼梯上下打照面。隔着老远，王大娘都会笑脸相迎打招呼，声音奇大，生怕他人听不见似的。她的老公，下岗工人，穷于生计，只能在街头作摩的司机。一家人的柴米油盐，几乎全靠王大娘一人支撑。可突然有一天，邻居们说他两口子扯了离婚证。何因何故，无人知晓。离婚，对于中年女人来说，不算什么好事情。王大娘却没事一样，一个人上班，一个人回家，没见她愁眉苦脸。儿子当兵退伍回来，性格朝她，见到街坊邻居，都要叔叔伯伯阿姨叫得亲热。大家都说，王大娘教子有方。

50岁那年，王大娘从银行光荣退休。又两年，体检，查出肺癌，竟是晚期。同事们去医院看望，脱了人形的王大娘躺在病床上，仍强扮笑脸，还轻松地说，这人哪，真是不经活。当学生，考60分算及格。我这辈子，看来只能考52分了，闹了个不及格呢。一同前去探视的老行长，平素极少到医院看望谁慰问谁的，却对一介平民王大娘另眼高看。听到病入膏肓的王大娘如此说话，竟老泪纵横。出得门来，老行长仰天长叹，王大娘啊王大娘，你都到落到这步田地了，还坚强、乐观、开玩笑，是老子学的榜样。

两个月后，王大娘走了。一直微笑示人的王大娘，从此化为永恒。

我常想，这位从小失去父母养育的女子，坐了一辈子银行柜台的"王大娘"，真是有点另类。她默默无闻待在一线，服务客户千千万，从最初的打算盘、手工点钞到后来的银行柜员制电算化，日复一日，年复一年，何其机械，何其枯燥，她却能安安心心认认真真，从没出过什么差错。倘若不是因为少时苦难，凭借她的聪颖，一定能进入高等学校深造，她那过目不忘的天资，就能发挥更大的作用。人生几十年光景，说长也长，说短也短，打认识她，就没见她光鲜过几回，倒是每次遇见，都见她笑逐颜开，无忧无虑。虽是银行白领，实际上也是生活在社会的最底层，周遭的不公不平难事囧事，仿佛与她没有任何干系。你看她，笑对世界，天真到了家，这是多么积极的人生态度啊。

　　我的邻居王大娘，大名王元惠。愿你在天国，笑容依然。

（原载《重庆日报·农村版》2015 年 5 月 13 日）

宣　誓

在浏阳河畔军校进行入党宣誓，是我成人之后最庄重的仪式。

《国际歌》在学院礼堂回响，我与30余名同学静静地站立在主席台上，面朝鲜红的党旗，把紧握的右拳高高举起。一周前，学员队党支部审查了我的预备期，我按期转正为一名中共正式党员。随着《国际歌》最后一个音符消逝，礼堂内2000余师生瞬间变得鸦雀无声。金色的镰刀斧头党旗高悬，我们神情庄重，跟着领誓人宣誓——"我志愿加入中国共产党，拥护党的纲领，遵守党的章程……"铿锵誓言，撞击心海，我与我的同学们，紧张得浑身莫名地颤抖，电击般的感受，袭遍周身。

1986年冬的湖南长沙，伟人故里，朔风呼啸。三名从云南前线代职凯旋的学长，用他们血与火的经历，诠释了什么是真正的共产党人，什么是舍生忘死的战斗英雄。面对眼前经过真枪实弹洗礼的学长，年轻的军校生陷入了沉思。大家安静地聆听，认真地笔记，生怕遗漏一个细枝末节。

上军校前，我随部队在重庆援建"八一隧道"。当支部书记葛庆生告诉我组织批准我为中共预备党员的时候，我还误以为领导是在开玩笑。直到葛庆生同志板着面孔，严肃地指出我的缺点与不足时，我才如芒在背，知道党员不仅仅是个名号而已。虽然入了党，却由于施工工期紧张，营党委安排不出专门的时间来举行入党仪式，神圣的宣誓就搁浅了。教导员陈国荣把我们新发展的四名党员叫到营部集体谈话，说你们在施工中表现优秀，为部队支持地方经济建设作出了较大贡献，经受了党组织的考验，是火线入党。新党员们兴奋之余，或多或少留有遗憾。什么时候，我们才能在党旗下举手宣誓呢？

一年以后，在培养工程兵初级指挥军官的院校礼堂里，我们聆听英模报告，向党旗庄严宣誓，让人有脱胎换骨之感。从主席台上回到座位，我的心久久不能平静。这些战场归来的英雄，是我熟悉的校友，他们不是电影中的大腕明星，也不是小说中的文学形象。半年前，他们还与我们一起出操、上课、自习，也是一个个平凡而又普通的学生。党旗下一宣誓，他们就义无反顾地走上战场，成为新时代最可爱的人。换个位置，我能像他们一样吗？

军校毕业后，我辗转去了云南边陲，戍边卫国，荣立战功。回到内地后，我去连队带兵。无论是在潮湿的猫耳洞，还是在窗明几净的机关大院，无论是在部队工作还是转业地方，我牢记誓言，用心工作，多次被党委评为优秀党员。我深深知道，咱们中国老百姓，承诺事情的最简捷的举动，就是发誓。既然你在党旗下宣过誓，咱这辈子就得诚心诚意地把誓言来兑现。除非你口是心非，说的一套做的另一套，那将另当别论。

一晃20多年过去。在党的90华诞来临之际，我们学党史，强党性，颂党恩，思英烈。每当右手高举重温入党誓词的时候，眼前就会浮现出浏阳河畔首次宣誓的场景，那血脉贲张的震撼，让我头脑清醒：宣誓很简单，化作行动难。践诺，是必须用一辈子心血来完成的事情。

（原载《重庆日报》庆祝中国共产党成立90周年大型特刊）

香 熏

日子入了腊月，清冽的寒气便像穿堂风，无孔不入，把人冻得透心凉。站在城市阳台，望脚下风平浪静的嘉陵江水发呆，不消一分钟，厚厚的羽绒服就似乎被人脱了个精光。迎面而来的寒意，让我禁不住打了个冷颤。下意识缩紧脖子，赶紧把风雪帽拉过头顶，匆匆离开……严寒，考验着过惯了暖冬的重庆居民，更考验着这个不知名姓的女人——平常日子，女人以卖菜为生，进了隆冬，就专门代人熏制腊品。

我是被水巷子里飘来的浓烈的柏树枝烟味吸引过去的。水巷子正在进行城市改造。巷子出口处，新立的一堵围墙，挡住了肮脏的工地，也挡住了阵阵寒风，女人悄悄地把这块避风地，选作她的加工场。只要不影响街坊邻居出行过道，是没有人来横加干涉的。

一只硕大的汽油桶改制成的铁灶，已经被经年的烟熏火燎改变了颜色。铁灶下方，挖一扇小门，成了灶膛的灶门。铁桶上方，内装有粗铁丝制成的悬挂装置。女人用油黑发亮的铁钩，把需要熏制的猪肉腊肠一一挂好，利索地用麻袋片把铁桶上方蒙罩得里三层外三层，然后在灶膛内打火，把晴日里晒得微干的柚子壳、橘子皮和刚刚采摘来的柏树枝，一股脑儿送进灶膛。一会儿工夫，膛内便浓烟升腾，带着柏树枝和橘皮清香味的烟火开始熏烤悬挂在桶内的物品。白色的轻烟缭绕着，从麻袋片中挤出，随风飞舞。这时，整个汽油桶便成了一只蒙着头的大烟罐。香浓四溢的熏腊制品，就这样在寒冬腊月里被制作出来。

女人头戴一顶多年未洗的红色旅游帽，穿一件褪了色的蓝布长外套，腰间系着一根不知从何处寻来的废弃的皮带。她弯腰坐在铁桶前的塑料小凳上，埋着头，用火钳翻动着铁桶内的柴火。在火光的映照下，她一双粗糙得如松树皮一样的手，十分扎眼。手背上皲裂了数不清的丝丝小口，那是她没日没夜制作香薰的见证。铁桶旁边，散乱地堆放着柏枝、柚子壳、橘子皮。一大堆他人送来加工的经过腌制并风干的猪肉、香肠、鸡鸭，盛在一只破竹筐里，散发出刺鼻的咸味。"加工一次，可熏七八十斤腌腊制品，用时三个多小时，可辛苦呢。"女人抬起头，擦了擦脸上的汗水，淡淡地说。

这种熏腊肉的活计，重庆方言叫烊肉。两年前，女人从乡下来，经同乡介绍，当上了隔壁菜市场的卖菜工。一个偶然的机会，聪明的女人从城市婆婆们熏腊肉的活计里发现了商机，索性整个腊月就一只铁桶专门烊肉。虽然辛苦，但收入还算丰厚，一个月下来，比她平时卖萝卜白菜，整整多了两三百元利润。

其实烊肉，是南方城市腊月里一道无处不在的风景。熏制好的腊肉、香肠，带着浓厚的烟香味，闪亮着紫红色的光芒，香气浓郁扑鼻，是年末时节餐桌上不可或缺的美味佳肴。

女人的脸早已成了大花脸，她无暇顾及，任凭浓烟的炙烤。我不再忍心打扰她的忙碌，边走边想，——记忆深处的农村腊月，乡亲们杀了年猪、捕了鲢鱼、宰了鸡鸭，会把分割成条状的大肉、连夜罐装好的香肠、猪心、猪肝包括那一只砍劈成两半的猪头肉，抹上厚厚的盐巴、花椒，置入土缸。腌上几日后，寻一个红火太阳天，晾晒，然后齐齐挂在灶门顶端或烤火炉膛的上方，自任柴火的烟熏火燎——那是另一种形式的烊肉。而今，女人来到她陌生的城市，辛勤地打工挣钱。此时此刻，她的家里，是不是也有人在为她、为她的家人制造年夜饭的香薰呢？

（原载《重庆日报》2012 年 2 月 20 日"两江潮"）

《珠玉集》带来的缘分

　　《珠玉集》是我20世纪90年代初的一个剪报簿。那时在部队师机关作兵种参谋，闲暇时间相对较多，看书读报就成了打发光阴的最好办法。遇到眼睛一亮的文章，不忍割舍，自然要剪刀浆糊上阵，把"珠玉"收进簿子里，留待日后慢慢品读慢慢消化。不然，科室内堆积如山的报纸杂志，草草翻阅浏览标题，转过身来，就当废品送进了化浆池。好文章好资料转眼化为乌有，岂不可惜哉？于是心安理得乐此不疲。嚓嚓剪刀声中，一批有着旺盛生命力的好稿被我收藏下来，且百读不厌，并从中获益匪浅。

　　就是在这堆积如山的报章书刊中，我剪到了邢秀玲老师的《情系高原》和邓高如将军的《娘在唤我》两篇散文。邢老师的作品是散文百家（首届）征文稿；邓将军的作品是《四川日报》1992年散文征文。两篇优秀的征文，均属于典型的传统散文。我视若珍宝，剪贴下来以后，反复研读，有些段落竟能背诵。秀玲老师说："人生的许多事，都是经历了才明白。直到我在暮色中乘火车离开高原的那一刻，面对依依送别的人群，泪流满面的我骤然间对别离之情的怅怅内涵才完全理解了。"类似秀玲老师经历的离别场景，在我十多年的军旅生涯中反复出现。推己及人，我深深理解了秀玲老师对青藏高原的挚爱与难舍难分。而高如将军开篇一句"离乡为官，芝麻大点，也少听人直呼其名了，唯一一个苍凉而略带拖音的呼唤：高如——，如幽谷传音，时时响在耳畔"引起我强烈的共鸣，让我本能地想到自己的父亲母亲，想到远在千里之外的兄弟姐妹。20余年眨眼过去，剪贴簿的纸张已经发黄，我仍然对这两部作品的题目、作者大名以及文中的精彩句段记忆犹新。邢秀玲何其人也？仅从简介上知道她是一位资深的文学编辑。邓高如的名字相对熟悉，在军区报纸上以"本报讯"形式反复出现，便知道他是我们军区宣传部新闻处的处长，一位老资格的新闻人。学习了这两位与文为伍的前辈的文章，"崇拜"这个字眼久久占据我的心田。

不曾想到的是，20余年后的今天，我有幸成为重庆作家协会和重庆散文学会中的一分子。而活跃在重庆文学界的众多文朋诗友中，就有我仰慕的邢老师和邓将军。他们一位是重庆散文学会的会长，一位是重庆作协的副主席。呵呵，这世界真是奇妙，说大就大，说小就小。文学竟然还有如此"牵线搭桥"的功能，多年以前的剪报，让我神交了两位不曾谋面的老师。谁能料到，而今这两位老师，竟在不经意间成了我的师长。特别是邢秀玲老师，在我荣幸地加入散文学会后，对我关怀有加，不仅把我的拙作推荐到《川渝散文百家》并顺利入选，还邀请我参加散文家红孩先生来渝的专题讲座……老师甘当人梯的责任担当，我铭记不忘。

邢老师新作《西部神韵》出版发行了。在外地出差的我，接到参加老师新书签售会的短信，自然是高兴地回复祝贺。连夜赶回重庆的路上，我想到了那本已经残破不全的《珠玉集》，想到了剪报簿中那两篇让我反复阅读过多遍的美文。活动现场，手捧散发着油墨香味的新书，我希望在第一时间再读《情系高原》。当然是以失望告终——20年前的作品，怎么会收录进新著呢。活动主持人似乎知晓了我的心思，心有灵犀地告诉我和台下的读者群，邢老师虽然年近古稀，却笔力甚健，她的第一部散文集就是以《情系高原》作为书名。此外，还有《眼中的星空》《紫调欧罗巴》，等等。呵呵，什么时候，我才能拥有一本老师的《情系高原》呢？在那个远去的文集里，肯定收录了老师对高原的一片深情。

剪报让我认识了邢秀玲，结识了邓高如。冥冥中似有天意，苍天有眼，文学让我们合并同类项，让我们共同生活在渝州大地，共同为心爱的散文而努力，真好啊！

（原载《重庆晚报》2013年3月13日"重庆创作"）

港铁图

出门在外，见惯了陌生面孔的冷漠与生硬，不是面无表情拒人千里之外，就是双眼空洞视你如无物。在车上地铁上，即便你已累得疲惫不堪，也鲜有哪位善解人意者来搀扶你一把或把屁股下的座位让给你歇歇。有人自觉主动热情让座的故事，肯定有，但委实不多见。就我自己来说，我只能归因于自己还算年轻的面孔和军人的身板，暂时还不能入老弱病残之列，享受让座的好事，自然轮不到我的头上。从另一个角度说，日今眼目下做好事难，助人为乐是雷锋叔叔的专利。既然是专利，就不是大众化的东西。这绝不是调侃，更不是黑色幽默，而是活生生的现实。不是常听人说雷锋叔叔不在了么，即便在，也是三月来了四月回，个中原因，肯定不是一句话两句话能够说清道明。转念一想，是不是中国爹妈常挂口边教导孩子的"不要随便与陌生人说话"或多或少起了作用？兴许是吧，谁让你我是陌生人呢，这世界天高地阔，衮衮诸公，人来人往，多少人这辈子仅就一面之缘，车过身子，就永远不再谋面，凭什么给你灿烂的笑脸？因而习惯，因而坦然，因而见怪不怪。

就说问路。一件举手之劳的事情，告诉求助者解人急难，当是美德。可偏偏有人就不这样以为。在国内某地，我与朋友就亲眼看见有人在他的生意摊前端端正正供一小方牌，上书"问路五角"四个歪歪扭扭的方块字。朋友是重庆人，耿直，见状大为光火，说你这小子要了钱，去死吧，问个路，竟好意思要人钱？生意人白眼一翻，脸不红、心不跳，怎么着？你有本事就别来问我，我还留着口水养牙齿呢。一句话把人噎得半死，朋友恨不得冲上前去揍他一顿，但大庭广众之下动粗，也是不文明的行为。我赶紧当了和事佬，息事宁人。

国外是不是这样？境外会有人主动让座吗？传说高鼻子蓝眼睛的西点军校生都在学习雷锋好榜样呢。那种无聊到问个路也要找人收费的勾当，有么？

怀着这样的惴惴不安过境香港。夜晚从铜锣湾闲逛出来，随着人流，上了去中环的地铁，青岛孙就开始唠叨不停，老天爷，我们该没搭错车吧，咱们走的方向该没弄错吧。我强作镇定，说再错也错不到哪里去，这地儿卵子大点，错了，跑回来就是。

这时就有一位陌生的女士主动上前来与我们搭讪，边说边从她的精致的黄色坤包中翻出一张巴掌大小的"港铁路线图"来，涂了蔻丹的鲜红指甲指着线路图，用不太熟练的普通话告诉我们要去的地方，然后慷慨地把路线图塞到我手中，说这港铁图挺实用的，照着走，就不用问路了，肯定不会错。

是不是夜晚做梦？我下意识地看看地铁里的众生相，并无人围观看稀奇。青岛孙暗地里捏了捏我的手，我分明觉得他的手心已经变得湿漉漉——天底下，就有这种意想不到的事情发生，不管你信不信，反正我信了。

手握这张被香港女士用过且有点皱巴巴的港铁图，我们瞬间石化。一个素不相识的女人，为何对我们这些初来异地窘态毕现的人如此热情？我的大脑中一片空白，先前固有的概念与看法，顷刻间，土崩瓦解。

不经意的地铁奇遇，让我与我的同行者小小地开了眼界。一张陈旧的港铁图，强烈地改变了我们的内心，改变了我们对港岛的印象。回内地已经半年有余，我依然珍藏着那张已经没有多大用途的港铁图，从心底里珍藏起一份美好的记忆。

（原载《长江烟草》2013 年 1 月 28 日副刊）

洋　钉

　　弯腰驼背的阿婆出现在我的镜头中的时候，我实在没有料到这被人偷偷运来倒弃且积如山丘的建筑垃圾背后还藏有一个大活人。周日外拍，穿过王家大山城中之村的小区围墙，我被围墙外不知什么时候出现的腐臭垃圾山惊呆。一墙之隔，著名的住宅小区外竟是一个垃圾场。环保呢、低碳呢，真不知道是什么人在这里上演了顾头不顾尾的鸵鸟逃生术……思虑中，就被一阵翻拣瓦砾的声音吸引，循声望去，垃圾堆中，一个捡荒阿婆蹲在地上的形象，清晰地定格在我的取景框里。

　　风烛残年的阿婆，头戴一项自缝的蓝色布帽，宽大的罩衣陈旧不堪，早已分辨不出颜色，分明就是他人的施舍或从某废品收购站选来的什物。老人蹲在垃圾堆里，认真地翻寻着什么，全然不顾有人把照相机镜头对准了她。垃圾翻动处，灰尘扬起来，扑满了老人沟壑纵横的脸，一双青筋暴突的手，不停地扒拉着灰土，布帽下遮掩不住的丝丝白发，在深秋的风中舞动……

　　"可怜的母亲！"我在心底里说。老人不知从何而来，她咕噜着含混不清的语言，自言自语。沾满灰尘的双手始终没有停下来，在垃圾中"刨根问底"……终于，我听明白她说在捡洋钉。

　　"洋钉！"一个古老得锈迹斑斑的名词飘进耳鼓，我在一秒钟内知晓了，这是位从上世纪旧中国走过来的老人。怕是耄耋之年或古稀了吧，应该是儿孙绕膝夕阳无限好的时候，怎么还在这肮脏之处翻拣呢？从她身旁一个脏兮兮的超市购物袋里，可以看到废弃的饮料瓶、易拉罐和一些长短不一的电线、塑料包装袋。原来，装修工们懒得为他的顾主节约成本，装饰房屋用的大小铁钉掉在地上，就永远成为扫地出门的垃圾，"看看，还是新崭崭的呢。"阿婆终于从垃圾堆中抬起头，昏花的老眼望着我，把手中的几枚大号铁钉举给我看，"这是花钱买来的呢，就这样丢了，可惜了呀。"

"老人家，您的家人准许您出来捡荒货吗？"我十分想知道老人的来历，捡拾铁钉派何用场。

老人陌生地摇了摇头，没有言语，继续寻她的洋钉去了。我拍摄的兴趣荡然无存，对乱倒垃圾者的愤怒，化作对这孤苦伶仃老人的关切——天底下，还有多少捡荒阿婆正在垃圾中寻"洋钉"呢？

秋风鼓荡。北京石景山七旬送水老太高美运佝偻的身影在我眼前浮现，与眼前这位不知名的捡荒老人叠加。为了身残儿子和智障孙子，高美运老太太揣着救心药丸去搬运如她体重一样的送水桶，老人搬得动吗？眼前这位于垃圾中"捡洋钉"的白发阿婆，是不是也有如高美运一样一腔苦衷和难言之隐呢？

洋钉的时代是旧中国的耻辱，早已扔进了爪哇国。岁月的风霜却无法拂去老人心中的记忆，缺衣少食的年代，那进口的洋钉，可是值钱的货呢。找吧，多寻一枚是一枚。或许，这"值钱"的洋钉能够换来老人一顿饱餐；或许，变卖得钱，能为阿婆或许存在的儿孙带来一丝温暖……

趁着老人埋头寻找垃圾中的"宝贝"，我掏出口袋中仅有的两张大钞，悄悄放进她的超市购物袋里，然后转身，头也不回地离去。

（原载《重庆日报·农村版》2010年10月2日）

山村夜话

下弦月爬上东山树梢的时候，已近子夜。清凉的月光，从墨黑如铁的松林枝杈间挤出来，碎银般散撒在山坳深处的院坝上。夜风轻飐，拂过剪影似的垭口，扑向大山褶皱深处的山村，驱逐山野间蒸腾的暑气。三个时辰前，从 G75 高速公路平山收费站下道，我们进入了万盛经开区青年镇辖区——渝黔交界群山深处的一座百年古镇。由于出发时间耽搁，车抵青年镇时，已是夜色降临，天地混沌，一片苍茫。

山路弯弯，崎岖不平的机耕道，呈一线灰白向前蜿蜒。月亮还没有露脸。山野间，天光暗淡，晚归的农人肩挑背扛，大声地说着话，沿路边，埋头前行。三三两两的农用小货车和载人摩托车，擦身而过，卷起烟尘，在汽车大灯的照耀下，灰雾蒙蒙。一路向前，汽车底盘不时与嶙峋路石擦抹的声音已经麻木。我们知道，远离都市的山村，贫穷落后仍在负隅顽抗，坦荡通途，尚待时日。

终于，文友早已联系好的住宿点——燕石村到了。进得农庄，却是灯光明亮、人声鼎沸———一场乡间少有的农家"夜话"，正在热烈进行——原来是经开区文联组织了区摄影家协会、作家协会会员深入乡村采风的活动。白日里头顶骄阳走村串户步田坎接地气采风的同行们，早已放下了文人的矜持和专注，聚在一起，尽兴交流。青年镇、燕石村的父母官们抓住这难得的机会，竞相赶来，与区上来的文朋摄友清茶一杯，共话春秋。

简单地填了肚子，我们迫不及待地融入夜话阵列。镇村领导及其同僚豪放粗犷，大嗓门儿说着掏心窝子的话。说农事稼穑、扯乡间留守、道基层一线工作的辛劳。作家们坐在塑料凳上，围着铺了白色塑料膜布的木圆桌，品茗、唠嗑，听这些长年累月扎根山乡干部们娓娓而谈，时不时也吐露一下当下文学创作的不易、基层作者撰文的多艰……桌下有摇头摆尾的土狗，欢快地窜来窜去，四处寻觅地上主人遗留打扫的半截猪骨。偌大的农家院坝，已成笑语喧哗的海洋。主与客，或点火吸烟，或添水喝茶，大有相见恨晚之势。青年镇的发展靠青年，年轻有为的镇领导，敢想敢干，有闯劲。仅凭你们相邀采风，敢与我等酸腐文人称兄道弟，我们高兴还来不及呢。镇村领导朗声大笑，兄弟伙，咱们虽身居山沟沟，思想可是不敢有丝毫保守。拜托啦，拜托作家们在咱这穷乡僻壤走走看看，为乡村发展献出锦囊妙计，用你们的生花妙笔，写镇风镇貌人文风情，可好？那边厢，有摄影家忍不住技痒，早已拉开了架势，瞅准时机摁动快门，强光闪处，"咔嚓"声声，乡村夜话美景图，尽收囊中。

夜色迷离，丝毫不影响山村夜话。有人开始诵诗作赋，有人望夜空浅吟低唱，有人手牵着手，肩并着肩，走向夜色深处……青年镇的父母官们是什么时候摸黑下山的，已无人晓。只记得，对于我们这群蓦然闯入的不速之客，镇村领导和好客的主人也是礼让有加，"有朋自远方来，不亦乐乎？"端出自产的蜜桃、李子、鸭梨和煮得香喷喷的玉米棒子招待，生怕有个些微的闪失，怠慢了客人……

夜深了，燕石村渐趋平静。四周变得沉寂。沐浴清风凉月，信步踱向坝上。侧耳周遭，有夜虫低鸣，有松涛过耳，天籁忽远忽近，竟达物我两忘，不知今夕何夕。呵呵，下弦月跃起来了，北斗七星退守天外，疏星寥落。寥廓的夜空中，天朗气清，竟能看见飘浮的朵朵白云。极目平视，见远山如黛，山乡静好，大地一片安谧。

忽然，我的耳边又响起镇村领导与区县作家、摄影家们热情似火掏心掏肝的话语，想起山乡夜话的难忘情景。为着这个名唤青年镇的山乡焕发青春，大家伙都在不遗余力呢。此时，月色如水，他们该是甜梦正酣了吧。

（原载《重庆晚报》2013 年 8 月 30 日"夜雨"）

爆米花儿

夜深沉。寒风中传来断断续续的"嘣嘣"的炸响，那是久违的制作爆米花儿的声音。

天刚擦黑，个子瘦小的小伙子不知从什么地方来到了黄葛树下，一辆八成新的轻便摩托车驮着他的全部行头。等到20点的钟声敲过，街面上再也看不到逡巡城管的身影的时候，小伙子这才放心地支好摩托后架，卸下车上的爆米花机，在白天悄悄选好的公共汽车站边上，摆开他的"战场"——制作膨化食品爆米花儿。古老的营生，很快吸引了上车下车的夜行人，围拢来一群好奇的看客或买家，看他有板有眼地忙碌，啧啧称赞声，不绝于耳，直把小伙子弄得踌躇满志，得意扬扬。

黄葛树顶端的街灯，散射出昏黄的光芒，斑驳的光影，稀疏地投射在这进城谋生的小伙子身上。小伙子约莫20岁上下，圆圆的脸上洇出了细密的汗水，一身分辨不出颜色明显偏小的冬装，紧紧裹在他的身上，脚上的白色运动鞋已经变得乌黑。他镇定地坐在小马扎上，左边炉火，右边风箱，一个铁丝笼子上套着长长的布袋，随意地扔在左手边的空地上。小木箱状的风箱拉手在小伙子前后有力的拉动中，发出"嘀嗒嘀嗒"的声响，如古堡墙壁上那挂老旧的计时钟，发出清清脆响而节奏分明。在风箱的鼓动下，小炉中的煤屑喷射出幽蓝色的火焰，烘烤着小炉支架上的铸铁罐。和着拉风箱的节拍，小伙子东看看、西望望，寻找着哪些是可能的顾主，左手娴熟地转动着铸铁罐后方的小"方向盘"，铸铁罐便在炉火上飞快地作圆周运动。末了，瞅瞅方向盘中央的气压表指数已经合适，小伙子躬身起来，把火炉上的铸铁罐车一个方向，放进铁丝笼中，用一个铁杆套筒插入铸铁罐上方的机关，然后四下打量一番，扯开喉咙喊嗓子——"放炮喏放炮喏"，话音未落，一脚踩在套筒上，"嘣"的一声巨响，铸铁罐在铁丝笼中打开，罐中膨大的爆米花儿，随着冲击波，一股脑儿冲进布袋深处。烟雾弥漫处，一股香喷喷的米香味儿扑鼻而来，周遭看客"轰"地退后一步，作鸟兽散。

细细端详这街灯下快乐忙活的小伙子，嗅着爆米花儿的香甜味儿，见炉火正旺，风箱嘀嗒，时光之车仿佛突然静止，身边的物事远去了，幻化成一幅幅空灵的剪影——

街边来了爆米花儿的师傅，嘣嘣巨响过后，煤球燃烧的气味和浓浓的食香便吸引来一长溜手端大大小小铝盆、钢精锅的老人、小孩，排队等候爆米花儿。日子过得滋润的，可以爆上一斤糯米，还特别强调不需要掺糖精，那东西吃多了，不是好事情；生活过得紧巴的，捧来一茶缸玉米粒儿，也能换来堆得冒尖尖的一盆开胃的苞谷泡儿，那是全家老小过年过节的开心啊。

"炒米糖开水——"拖着长长尾音的吆喝，回响在街头巷尾。皓首老者牵着黄发孩童，喝着爆米花儿与红糖水冲泡的炒米糖开水，竟能幸福无比。一碗简单的食品，也能让苍白的生活变得热气腾腾、香浓四溢。那年那月，简单生活，除了这些，还有什么可以调剂？

还有叮叮当当敲麻糖的声音，隔三差五在背街响起。一把小小的木质杆秤，称得小买卖笑逐颜开……

还有小学校门前背着竹背篓、眼睛笑成一条线的熊家婆，从她那里，学生们可以用一分钱换来三张透过人影的薄脆……

……豪华的空调大巴静静驶来，一群下了晚自习的青春少年，嘻嘻哈哈下车，立刻被这夜色下制作爆米花儿的场面吸引。吃着肯德基、啃着汉堡包长大的城市一代，看着与他们年龄不相上下的同龄人这样制作着"膨化食品"，一个个惊奇地张大了嘴巴。

（原载《重庆日报·农村版》2010 年 1 月 20 日）

牵 手

　　进入盛夏，连续几天高温天气，山城火炉果然名不虚传，温度表水银柱在40字样附近上蹿下跳。密闭的车内，车载空调已经开到最大值，几个出风口，嘶鸣着，吐出团团冷气，依然能感觉得到车外扑面而来的滚滚热浪。天地混沌，尽情地矫情着，人变得心烦意乱，焦躁，眼冒金星。原本顺畅的大桥道路，不知何故又开始拥堵。搬家蚂蚁般的车队，一字长蛇阵停停歇歇，如一只只小乌龟趴在桥上，无可奈何。

　　不知什么时候，车窗后视镜中，出现了两个同向行走的人影，一高一矮。高的，右手撑一把皱巴巴的灰白晴雨伞，左手牵着小孩，从车后方走来。毒辣辣的阳光，洒下万道金箭，肆无忌惮地围猎着他们——大桥边的钢质栅栏和沥青人行道，肯定晒得发烫。桥面上，用肉眼也能看出暑气蒸腾，有冒青烟的感觉。

　　堵车依然一动不动。索性等那一高一矮靠近。近了，高的是女人，着黑色圆领汗衫和分不清颜色的九分裤，趿一双黄色拖鞋，身后背的，是一只农民工们常用的蓝色塑料桶，只是剪去了桶盖，变成一只滑稽可笑的背筐。桶上沿，洞穿着白色塑料绳背带，紧紧地勒进女人的肩胛。矮的小男孩，应该是女人的儿子，光头，灰色短裤，黑色小背心，卡乐兹洞洞鞋。孩子的小脸已经晒得通红，但丝毫不影响他走走停停，东张西望。可能是头一回来到城市，被大桥两边的风景吸引，早已兴奋得不知炙热酷暑。母子俩牵着手，一步一步，有点坚定的样子，执着向前。走到巨大的桥塔阴影里了，孩子一下子挣脱母亲的手，一屁股坐在地上，两只手紧抓住桥边栅栏，小光头挤进两根栏柱间，低头去看桥下东流的江水。母亲也停了下来，收了伞，喘喘气，爱怜地看着她的孩子……霎时，电光火石般的感觉穿过脑子，这不是 40 多年前我的样子么？

也是盛夏。也是日头高挂天空。也是母亲牵着我的手。弯弯山路，娘儿俩去 50 里外的姨父家"走亲戚"。回来的路上，母亲挑着一担从大湖里寻来的猪草，仍然牵着我的手，生怕我走丢了似的。其实，山路寂静，只有山间杂树上鼓噪的知了鸣叫不止，一个人影也不见。我赤着双脚，母亲也一双赤脚，山灰遍地，热汗如雨，我们没有说话，埋头赶路……

眼前的一幕，分明告诉我这是一对乡下来的母子。也许是儿子放暑假后来城里看望他打工的母亲吧。也许是母亲为儿子的一个什么承诺，冒着炎炎酷日来城里满足儿子的心愿吧。也许什么也不是，就是母子血肉亲情使然。根本不知他们从何处来，要去何处。在如此暴虐的天气下，没有打车，连廉价的公交车也舍不得坐一坐……真想把母子俩拉进开有冷气的车内，让他们凉快凉快。真想喊一声母亲，快快牵起儿子的手，热地上坐着要不得，会烫坏孩子的。但堵车慢慢移动了，我终究没有摇下车窗。

没想到，一个多小时后，从桥那边办事回来，在大桥同样的地方，又看见了先前那一对牵手向前的母子，只是这次母子俩行进的方向相反。不同的是，儿子的脸上，看得见笑，嘴巴中含有一根老冰棍儿；母亲没有打伞，身后的背筐里，看得见放了一小箱牛奶。母子俩手牵手，一步一步，朝前走，还是很坚定的样子。

阳光依然，如花盛开。突然间，仿佛暑气消退了。我的眼眶，已然湿润。

（原载《重庆日报·农村版》2015 年 9 月 16 日）

希望你像他一样

1984年4月末，昆明军区所属部队一举收服老山、者阴山。旌旗所指，攻无不克，国威军威看西南。

当年年底，在驻川某步兵师师部礼堂，我与战友们荣幸地聆听到"两山"作战英模报告团的事迹报告。我用敬慕的眼光，"零距离"注视生与死考验的战士，敬佩之余，恍若隔世。平素在故事书、影片中见到的战争场面，一下子离我们这么近；历经枪林弹雨洗礼的活生生的英雄，就在眼前。一场生动的战事报告，是一次难得的思想教育——当兵就意味着牺牲，当兵就大写着奉献，深深地烙印在年轻战士的心海深处。

其实那年，谁人不对英雄顶礼膜拜呢？！

是时，部队驻扎在重庆牛角沱出租汽车公司，奋战在向阳山下的隧道施工工地。缘起每天的信件报刊投递，战士们与上清寺邮政局的投递员成了熟人。熟人姓闽名楠，合川县人，十六七岁的小女孩，个子不高，圆圆脸，蓄一头黑亮短发，很乖巧的样子。不论天晴下雨，这位见人就浅浅一笑的投递员都是一身邮政绿，背着鼓囊囊的帆布邮包，准时准点把一大堆报纸杂志信件送到部队办公室。我在营部工作，耳闻目睹闽楠姑娘爱岗敬业，真心实意为兵们服务，便悄悄写了一篇表扬稿《给战士带来佳音的人》，在创刊不久的《重庆晚报》上发表。一来二去，闽楠一见到我这喜好写文章的"解放军叔叔"，总是脸上红霞飞。

成为朋友后，集邮的小爱好就有了发展空间。时不时，我会拿着首日封、纪念封之类的邮品去找闽楠盖邮戳。一日中午，去两路口办事，顺路又拐进了邮政局大门。闽楠正忙着分拣信件，见我到来，立马从柜台里面跑出，塞给我一张报纸，语气有些急促地说："好生看看，希望你像他一样！"接过报纸，愕然之中，赠报人已经转身消失。

是刚到的当日报纸，散发着淡淡的油墨清香。头版刊载的，是记述1985年中国十大英模人物之一臧雷同志的长篇通讯，并配有主人公戎装在身指挥作战的大幅照片。英武、潇洒、豪气干云的战地英雄形象，紧紧吸引了我的目光。可以肯定，闽楠已经读过这篇报道。我边看臧雷的英勇事迹，边揣摸闽楠说那一句话的心态。我在心底里说，人家是老山前线的大英雄，我是和平年代的小兵一个，怎么可能像他一样？

后来发生的事，就有些无巧不成书的味道了。自得到闽楠赠报后，不知何故，从此再也没有与她谋面。又过半年，施工结束了，我们撤离重庆班师回营。几个月后，我去了南方一所军校学习。更为奇巧的是，踏着硝烟归来的臧雷同志，竟与我在军校相遇——我们成了师生关系。听臧教员在课堂上侃侃而谈，我的脑海中免不了会迸出那位重庆姑娘的话语：希望你像他一样！

我要像他一样！军校毕业后，上苍眷顾，我得到了去云南前线参加作战的宝贵机会。艰苦的战地生活，锤炼着和平年代军人的意志和品格，也成为我从军生涯中最为荣光的日子……

现在想来，闽楠姑娘赠我报纸并"嘱托"，应该是想在第一时间与我分享对英雄的喜爱之情。那是一个崇拜英雄的年代呵，对披坚执锐血洒疆场将士的挚爱，是我们那一代人共同的心愿。

郁达夫说："没有英雄的民族是可怜的民族，而有了英雄却不崇敬英雄的民族则是没有希望的堕落之邦！"30多年过去了，小姑娘怕也是人到中年了吧。朋友，可否记得当年旧事，还有浓烈的英雄情结否？

（原载贵州《劳动时报》2016年4月8日"职工文学"）

乘着音乐的翅膀

空旷的操场，少了平日里孩子们奔跑嬉戏的身影。寒假来临，整个民族艺校，寂静中带有丝丝冷意。礼堂里，更难见到鲜花般孩童的笑脸。一个人走在楼内廊道，竟能听见脚步的回声。

年过半百甚至花甲古稀的男男女女，步履匆匆，从四面八方赶来，完全不理会身边的冷色调。初见面，顿感萧杀的人生冬季已经伴随了他们。退休了，是含饴弄孙，还是茕茕孑立？是独坐街头，一双不再明亮的昏眼打量日渐陌生的世界，还是于无所事事中苦度暮年？来不及思考这些天下老人必须面对的人生命题，他们已经鱼贯而入，麻利地褪下臃肿的羽绒服，低头整理随身背来的乐器。冬日里，午后寂寞时光，杂乱的调弦声，咿咿呀呀，盘旋在这所学校冷清的礼堂。

当指挥棒划过头顶，乱如一团丝麻的杂音，突然间消逝了。美轮美奂的旋律，飘飘荡荡，氤氲般，从舞台上生发开来。精灵般的乐音缭绕，把《雪莲花》优美的意境呈献。紧接着，张择端笔下的《清明上河图》，幻化成连绵不绝的乐章。指挥家突然年轻了十岁，激情澎湃，专注乐队里跳动的每一个音符。刚才还是大爷大妈的人，瞬间变身专业乐手，他们面对乐谱，拉弓、弹拨、吹奏、打击，一招一式，章法老道，功力深厚，行云流水般的民乐展演，就这样訇然奏响。

重庆民族艺校南方实验乐团。一支纯粹得不能再纯粹的草根乐团。在此进行例行的民乐排演。

全团 60 来号人，绝大多数是退休老人，平均年龄在 60 岁上下。共同的爱好，把他们集合在一起，凝聚成一个团结友爱的整体。区作协相邀，作家与音乐家联欢。初以为是一次消遣或者应景。只到美妙的乐音从这些不再年轻的中老年人手上、口中飘逸出来，我才认真地打量起这一群让人肃然起敬的音乐家。对，尊一声音乐家，在下这厢有礼了！

弦音撩拨人心。"音乐是上天给人类最伟大的礼物，只有音乐能够说明安静与静穆。"沉静在音乐的世界里，我记起了柴可夫斯基的话语。是的，音乐有节拍、有律动，纵然你心事重重，躁动不安，一俟音乐声起，你会不由自主地安静下来，顿悟，放下，进而抵达无我的境地。乘着音乐的翅膀，人生不老；有音乐相伴，就是永远年轻的资本啊。

台上的张姓团长，玉树临风，奉献了笛子独奏《塞上风情》。笛曲悠扬，信天游回荡在黄土高原，主人公对家乡的眷恋与不舍、对未来美好生活的憧憬与向往，仿佛原音重现。间或，经典的琵琶协奏曲《草原小姐妹》舞动起来，轻松活跃、欢快明朗的音乐之声，不期然把人带入内蒙古大草原的旖旎风光之中，龙梅、玉荣小姐妹草原放牧的天真烂漫，如现目前。末了，12位女士上阵，怀抱月琴，手握沙锤，奏响《游击队之歌》。鲜见的弹拨乐，竟让原本雄浑激越的曲调，暗含阴柔之美。一曲终了，掌声雷动，首席月琴演奏者的脸上，分明露出了羞赧的红晕；敲击扬琴的女士，与她的同伴欢快地点头致谢，其情其状，恰如少女时代得到了老师的口头表扬。

最让人感怀的，是一位戴着眼镜的男乐手，自告奋勇上台，在扬琴的伴奏下，拉起了《二泉映月》。这是我民乐中的最爱，百听不厌。乐手半闭着眼，运弓自如，把悲切而又细腻的胡琴声呈献。深沉中蕴含质朴，感伤中凸显苍劲的曲调，如泣如诉，似乎有道不完的苦情话，流不完的辛酸泪。难怪当年指挥大师小泽征尔来华聆听二胡名曲《二泉映月》时，断肠之感顿生，恨不得"跪下来听"。刚柔相济的阿炳代表作，让琴师和听众如醉如痴，乘着音乐的翅膀，联想孤独者的心境，体味夜行人的伤感，感受对命运的不屈服，向往光明美好生活，岂是一个爽字可以形容？

同行的江北区作协主席姜孝德告诉我，南方实验民族乐团不简单！纯粹的业余乐团，占领精神高地不说，还培养出了一个农民工子弟乐队，且分文不取，是完全彻底的不为名、不逐利。说者无意，听者动容，憾未见到那些从农村进城来的孩子们的表演。细端详，眼前这群快乐的音乐人，一个个神采奕奕，精神焕发，仿佛回到了青春年少时候。回味姜先生的话，我深信不疑，是什么使他们老有所为？只能是"红烛"行为，只能是难能可贵的"人梯"精神。

曾在专业剧场音乐厅里，欣赏过英国、德国交响乐团大师们的演奏；上海民族乐团来渝巡演，我也现场为音乐家们精湛的演技鼓掌喝彩。今天，面对这一群乘着音乐翅膀飞翔的重庆草根音乐人，我由衷地竖起大拇指，音乐使人感性，艺术使人年轻，真好！

（原载《江北文化》2016 年 2 月 5 日）

老电影

　　"汤晓丹拍的黑白片过瘾，吴老贵冲进长江前已经牺牲了。只有小马一人过河。""为拍那只站在荷叶箭杆上的小鸟，摄影师在洪湖岸边苦苦等待了三天。""你看那攻城的镜头，就是在荆州城河边拍的。那解放军架浮桥的竹跳板，还是在沙市工地上借来的。"……

　　看着银幕上闪烁的画面，父亲会轻声告诉我一些电影外的故事。在简陋的露天影院里，我记住了父亲的话，思量父亲真是不简单，一个做建筑活的工匠，怎么知道得这么多？这些文艺类的"奇闻轶事"，他是从哪里得来的呢？

　　20世纪80年代初，文化百废待兴。我生活的长江边上古镇，中学老师订阅的《大众电影》杂志，可以让全校学生痴狂般借来借去；一本不知从何而来的《小说月报》，即便掉了封面、卷了书页，仍是文学爱好者眼中珍宝，都想"据为己有"。那时候，生活很平淡，日子很无奈，大街上见不到花花绿绿的广告，书报杂志少得可怜，资讯闭塞，互联网更是天方夜谭，就连8英寸的黑白电视机，也非寻常百姓家所能拥有。去镇上唯一的露天电影院看电影，便成了小镇百姓打发光阴的单项选择。父亲做着泥水活路，晚来顾不得歇息，总会领着我们兄弟仨去电影院，从电影音画中寻找乐趣。

　　坐在冰冷的砖砌水泥四方凳上，头上是墨黑夜空或朗月高照，数百街坊邻居，兴高采烈地观看一部又一部战斗故事片、古装戏曲片、木偶动画片……多半是刚刚解禁的"文革"前老电影或朝鲜、越南、阿尔巴尼亚的外国片。鲜有彩色片上映，那小镇便如过节一般热闹，电影院的上座率顿时翻倍，一部片子竟可以连续放上三五天。那一日看重拍的彩色片《渡江侦察记》，故事情节有所删减，游击队队长刘四姐的扮演者换成了漂亮的女明星张金玲，解放军侦察员个个身手了得，却引来父亲在黑白与彩色之间的比较唠叨。色彩斑斓的《小花》演完，不仅小说《桐柏英雄》家喻户晓，片中插曲《绒花》更似山中清泉，一夜间在全镇淙淙流淌……

日子走到今天，当年乐电影不疲的老辈子们一个一个不见了，就连少不更事的孩子，也是风尘满面。套用一句老话，世事沧桑，时间都去哪儿啦？

那带来无穷欢乐、写满多少人成长记忆的老电影，未必都进了蛛网密布的仓库？我心依旧。不喜好网络游戏，也不"迷恋"韩剧美剧，便寻来电影碟片，"躲进小楼成一统"，老电影里觅知音。

"老掉牙的东西！"吃洋快餐长大的90后儿子自然不会明白，甚至对他父亲"抱残守缺"的举动，不屑一顾。年轻人哪里知道，这些情节简单、制作不够精工的老电影，是那一代人的精神寄托，维系着他们永不褪色的情感记忆呢。

多年以后，再看《五朵金花》《党的女儿》《早春二月》《海霞》《知音》《地道战》《小兵张嘎》，人一下子回到了花季时代，儿时的生活场景，仿佛原音重现。听闻《卖花姑娘》《南江村的妇女》《瓦尔特保卫萨拉热窝》《大篷车》熟悉的旋律，青春少年郎的身影若隐若现。呵呵，亲爱的父亲唠叨的话语，又在耳畔响起。与父亲一起看电影的日子，就在昨日……

情牵老电影。岁月不老，芳华永驻。

（原载《重庆日报·农村版》2015年7月21日）

站地铁的老程

　　乐活，即以健康及自给自足的方式简单生活。在交通出行方面，乐活族们主张多走路，少坐车；多乘地铁轻轨等公共交通，少开车……因其环保理念顺应社会发展趋势，一时风靡全世界。在咱们重庆，乐活族有么？有！站地铁的老程，就是活生生的例子。

　　朋友老程，刚从领导岗位退下，借调市局工作。军人出身的他，身材魁梧，声若洪钟，开朗、幽默、乐观，虽年近花甲，精神头儿旺盛，唱歌跳舞有板有眼，办事利索，根本不像行将步入退休生活的老同志，其举手投足，丝毫不逊刚出道的年轻人。

　　这是何故？老程曰：生活规律，心态好。而其中还有一项要诀，就是——站，地，铁！

　　自打来主城上班，老程就爱上了方便快捷的轨道交通，心甘情愿当上了轨道族，即便在红旗河沟、两路口地铁站换乘，于人山人海之中挤得满头大汗也不变初衷。他说，自己爱运动、喜健身，但平时案头工作堆积如山，哪有大块时间来保证锻炼？来到市局后，工作压力倍增不说，生活节奏明显加快，最最让人不习惯的，是那水泥森林之中，人多、楼密、车流如潮，见首不现尾的堵车长龙是为常态，如果某一日畅行无阻，反倒成了咄咄怪事……经过观察了解，老程果断放弃了自驾上下班，选择地铁出行。

　　进入明亮的地铁车厢后，即便有空位，老程往往也不会落座，而是寻个地方，手握拉环，稳稳站定，气沉丹田。随着呼啸穿行的地铁，老程悄悄地提臀、收腹、昂首、挺胸，练内功、锤腿力，顺便打望身边叽叽喳喳如喜鹊闹枝的小字辈，看一看长江、嘉陵江两岸日新月异的风光，于是心态放松，神清气爽。出了地铁轻轨站，老程甩开膀子大步走，轻松自在。一动一静之中，工作与健身，悉数完成，实可谓一举多得。

只可怜了那辆新潮的SUV爱车，整天价停放在车库里吃灰尘。老程说，乐活乐活，就要少开车，为环保作贡献。等哪天退下来不上班了，他还要做一只闲云野鹤，四海云游呢。为了退休后的健康生活，现在就要站好地铁轻轨，当好轨道族，这是为将来储备身体、积蓄力量……

（原载重庆《都市热报》2015年6月4日，获"轨道交通一路有你"
优秀征文二等奖）

回家过年，真美

　　当腊月的隆冬雪花飘舞四野银装素裹的时候，当耳熟能详的"红萝卜，蜜蜜甜，看到看到要过年"童谣响彻街巷里弄的时候，当人们又在关于"春晚"的闲谈中寄望于这道日渐式微的年夜大餐的时候，"年"的脚步声，便在四季更迭后渐行渐近了。又是回家过年时，真美！

　　回家过年的心情，是每天能够"回家看看"者所无法理喻的。辛勤劳作的打工仔，外地求学的学子，客居他乡的游子，每逢佳节倍思亲！回家过年，拜高祖，看父母，流连故园乡里，照面恩师亲朋，其乐融融。或许啥也不做，就想在回家过年的人海浪涌中挤一挤、钻一钻，感受一下年的滋味。于是，中国农历春节前后的人文景观——春运——应运而生。看，年前的车站、码头、候机楼，到处是人头攒动，到处是熙熙攘攘，到处是携眷带儿、肩扛背托行囊而行色匆匆的归家人。尽管他们一路颠簸车马劳顿，尽管他们身心俱疲倦容难消，但他们的心情是舒畅的、愉悦的，抑制不住的回家过年的兴奋与激动，完全可以从其挤车占位之猴一样敏捷的动作中读出。因为，腊月寒冬夜，风雪夜归人，披星戴月踏夜色回家过年的滋味，美啊。

　　回家过年，真美！"爆竹声中一岁除，春风送暖入屠苏。千门万户曈曈日，总把新桃换旧符。"挂灯笼、贴春联，此时的中国人，一身唐装中山装在身，更像中国人；回家过年，让人们在温馨的年夜饭里觥筹交错，一醉方休；回家过年，让归家的儿女与老人围炉夜话，尽享亲情与团圆的幸福；回家过年，让你捧着手机，不停地收发微信短信，祝福四海亲朋好友来年家和人美万事兴。在氤氲的年夜里看"春晚"守岁，在如炒豆般炸响的爆竹声中喜迎新年，在迎新纳福的吆喝声里穿新衣戴新帽，给逝去的先辈焚香化纸追思恩情，给福如东海的长辈磕头拜年，给牙牙学语的孩子发上红包"压岁钱"。遇到乡野四邻走亲访友，便双手抱拳，互道一声"新年发财""过了热闹年"！别样的传统习俗，让中华民族"约定俗成"的过年习俗再添新意；让回家过年的人们倍感家庭的温馨、亲人的温情、故乡的温暖。

回家过年，真美！回家过年，能让白发亲娘倚门望儿归的满腹惆怅化为团聚的喜悦；能让兄弟姐妹聚首欢言共享一年辛勤劳动果实的奢望成为现实；能让新时代的贺知章们驻足久违的街头、村庄，细细端详儿时嬉戏玩耍的场所；能让双鬓染霜的邻家"小伙"再见老屋，重温儿时旧梦，甚至童心大发，与素不相识的侄男侄女们来一场争强好胜的"斗鸡"或手舞足蹈的"官兵捉强盗"。

回家过年，真美！不经意间游走街头巷尾或田间村头，看看"旧貌换新颜"的故乡，瞅瞅长满青苔布满岁月年轮的老屋，翻读记忆中的老照片，你会不由自主地感叹时光如白驹过隙，你会感叹岁月的风刀霜剑又在父母、在姐妹、在伙伴、在自己的额头上平添一道让人揪心的沟壑。睹物思人，幽情薄发，感恩父母，怀念故人，你会低眉长吟"年年岁岁花相似，岁岁年年人不同"，你会不由自主地发出"天若有情天亦老，人间正道是沧桑"的归家感言。情到深处人孤独，兴许还会为此一掬清泪。

回家过年，真美！尽管短短的七八天时光在过年的氛围里稍纵即逝，短暂的小聚之后又是更长久的别离；尽管过年后的喜悦还未消弭，归期又至，你又要踏上征程，但此时此刻的你，就像加足了油的汽车一样一越千里，就像喝下壮行酒后出征的勇士义无反顾。面对母亲默默无语两眼泪，面对父亲沟壑纵横的老脸，此时你的心情，虽有一丝淡淡的离愁别绪上心头，但更多的，是立志、是追求、是发奋，是对新生活的向往、是对美好中国梦的希冀……

回家过年啊，真美！

（原载《重庆晚报》2015 年 2 月 16 日 "重庆创作"）

如歌金融 激情燃烧

穿过如织的人流，行走解放碑，我与我的金融同仁携手并肩，迎来黎明，送走晚霞。

12年前，当新世纪第一缕曙光照耀渝州大地的时候，我从军队转业，荣幸地成为一名央行人。三年后，伴随着国家金融改革的激越鼓点，我迈进了银行监管机构的大门。十年一瞬，老去的是沧桑岁月，迎来的是重庆直辖市的荣光；十年匆匆，重庆金融鼎力支持地方经济发展，创造了一个又一个辉煌。无论是在央行还是在监管机构，我为自己是一名金融人而自豪，为自己以金融为业而感奋。十年如歌，人生里程中，不可小觑的十年，记录下我激情燃烧的岁月——

20世纪二三十年代，在今天的重庆渝中区新华路、打铜街至望龙门一带，是重庆城最为繁华的金融中心。作为当时全国三大商埠之一的山城重庆，商贾云集，买卖兴隆。美丰银行、川康平民商业银行、川盐银行、和成银行应运而生，为商贸交易提供信用，这是重庆金融的发端。史海钩沉，守望着开埠时期的金融老街，我记忆的文件夹中总会时不时闪耀出沧海桑田的火花。

抗战时期，陪都年代，远道而来的中央银行、中国银行等重要金融机构，以陕西街为中心，加上原有的地方银行，构成了抗战时期全中国大后方国统区的经济、金融中心。重庆金融的历史，平添厚重一笔。

新中国成立后，解放碑下的金融人，筚路蓝缕，创业维艰，一把算盘打天下，创造出红彤彤的新天地。新世纪以来，银行货币、证券、保险、债券、基金、创投、担保、信托、外汇、黄金、产权……在高科技业态庇护下，如雨后春笋，蓬勃生起，遍地开花！

特别是近十年，得益于党中央的英明领导和历届市委市政府的率领，勤劳朴实的重庆人，低调务实，埋头苦干，富民兴渝，巴山渝水终成一方沸腾的热土。金融事业，插上了科学发展的翅膀，海内外优秀的金融业经营人才如过江之鲫，重庆银行、重庆三峡银行、重庆农商行改制成功，机构纷纷抢滩登陆，仅外资银行一项，就从无到有，已经发展到13家……重庆金融，兴旺发达，如日中天，长江上游金融中心的宏伟蓝图，正在变为现实。

十年风雨，作为一名为党的金融事业摇旗呐喊的宣传干部，我亲历了重庆金融改革与发展的艰辛和快乐，眼见为实，体验、接触得最多的，不是一串串枯燥的数据，不是一份份晦涩的报表，也不是林林总总的中资外资银行齐聚山城，更不是那堆积如山的现金和黄金白银……发自内心深处的感悟，实实在在地说，是那些年轻的、年老的、风华正茂的、年富力强的同事们饱满的工作热情，是他们为重庆金融展翅腾飞献出青春热血的举动和在平凡工作岗位上默默无闻的敬业，正是千千万万个金融人的无私奉献，才有了重庆金融壮丽的事业。

行走在左岸的CBD，我的眼前常常幻化出一个又一个熟悉的金融人的身影，他们的事迹，曾经在我的笔下汩汩流淌。我为重庆金融科学发展而骄傲，更为十年来携手同行的人生历程而感奋。

（原载《重庆日报》2012年10月19日，获重庆金融征文散文类一等奖）

重返 2003

　　铅色的天空飘着秋雨，办公室三位秘书合力把白底黑字的"中国银行业监督管理委员会重庆监管局"匾牌挂在机关大门边。室内，温暖如春，笑语盈盈。一个小型的干部会议刚刚结束，从北京来渝视察的中国银监会副主席李伟先生，起身向局领导表示祝贺。"咔嚓"的快门声里，时间定格在2003年10月12日。这一天，是农历九月十七，星期天，重庆银监局挂牌成立的日子。

　　新单位新气象。喜悦，写满重庆银监局145名干部职工的脸。经过三个月的紧张筹备，重庆银行业监管新的篇章从此翻开。挂牌之日，尽管没有彩旗气球，尽管没有锣鼓鞭炮，中国人司空见惯的开张庆典仪式踪迹全无，但丝毫不影响这个崭新的机构横空出世。

　　当李副主席在局领导洪虹等人的陪同下走进办公室看望职工的时候，我双手紧握李主席的手，一股暖流袭遍周身。时间过得真快，人生的又一个转折点已经越过，专司银行监管的航船已经起锚。

　　两天前，我奉命从人民银行调到银监局工作。原单位的同事们频频与我举杯，恋恋不舍地送我一个轻便旅行箱作为纪念。拎着这充满同志友情的纪念品，是否意味在新的岗位上我将东奔西走，浪迹天涯？我知道，万事开头难。新成立的单位，肯定有千难万险在等待我们去克服，专业化的监管道路，绝非坦途，我们任重道远。

　　2003年实在是个多事之秋，"非典"让人谈虎色变。当全国"两会"批准设立国资委、银监会、商务部等新机构的消息传来，我隐隐约约感到，这不单单是中国行政体制改革的信号，而且标志着中国金融改革的春天已经来临，长期争论不休的银监分设，不再是纸上谈兵。4月28日，中国银监会在京隆重成立。身处基层的我们，在面临"分家"的日子里，每一个银行监管人的内心，恰如静水深流。我们一边抗击"非典"，一边照常完成着各项事务，更多的，是注目北京，通过各种管道，研判金融改革的走向，憧憬即将诞生的银监局。

按照规定，我不属于人民银行与银监"一刀切"的人员，但我有权利对自己的命运做出新的选择。新世纪来临时候，我从军队转业到人行党委职能部门工作。在面临人生之路又一次抉择的时候，我反反复复地思考、掂量、权衡，"两弊相衡取其轻，两利相权取其重"。当看到老领导义无反顾地开始繁忙的筹备工作，当看到监管处室年轻的同事们摩拳擦掌跃跃欲试的劲头，我定下了重新"就业"的决心，婉言谢绝了分管行领导的多次挽留，果决地迈入银监局大门。我深知，"成立银监会，是深化金融改革，加强金融监管，完善金融市场体系，促进我国金融业更好地应对加入世界贸易组织挑战的一个重大举措"。我为自己成为银监队伍中的一员而自豪，我为我的选择无怨无悔。

开局的日子是忙碌的、辛苦的，又是快乐的。学习监管标准，更新监管理念，掌握"约法三章"，关注金融运行情况，及时提出监管对策。同时，建章立制，规范流程，优化机制，改进旧有工作方式。我与年轻的同事们夜以继日，加班加点，克服人手少、任务重、办公环境差等不利因素，埋头苦干。短短三个月里，我们两次搬迁办公室，三次下基层调研，四个同事挤在一间狭小的办公室里办公。尽管异常忙碌，但我们感到从未有过的充实与快乐，顺利地组织了全局处级干部"三个代表"重要思想学习培训和中心组赴力帆集团参观学习，迎接了银监会党委宣传部来渝调研，率先建立完善了宣传阵地，第一时间制定了局党委中心组学习制度，第一时间创刊了《宣传工作通讯》、《理论学习参考》……12月17日，银监会《宣传动态》第1期全文章刊载我撰写的信息《重庆银监局党委与时俱进抓好开局思想政治工作》，赢得了宣传思想工作"开门红"。

2003年，在人生的长河中，只是一朵不起眼的浪花。然而这一年，是中国银行业监管元年，是具有里程碑意义的一年。从此，在银监会党委的英明领导下，银行监管人战胜前进道路上的艰难险阻，冲过一个又一个暗礁险滩，乘风破浪，勇往直前。

物换星移，转眼 8 年。8 年来，中国银监会依法行政，认真履职，不断提高监管有效性，加强监管文化建设，监管队伍能力得到提高，银行业改革发展取得让世人瞩目的成绩，实现了历史性跨越。俗话说：大河涨水小河满。8 年耕耘，中国银监人披肝沥胆，舍小家，顾大家，为监管事业贡献智慧和力量。或多，或少，大家都有了可圈可点的成绩，都有了引为自豪的进步……

"天若有情天欲老，人间正道是沧桑"。重返 2003，倍感银监事业的艰辛与不易。路正长，事业未竟，我们将高扬旗帜，科学发展，转变方式，向前、向前、永远向前。

（原载北京《金融文化》2011 年 11 月，获中国银监会
"我这八年"网络征文银奖）

责任·使命·信念

——来自重庆梁平监管办事处的采访报道

"强震来临，求生是人的本能，你们为什么如此冷静？"在梁平监管办事处采访，我反复追问这个看似不该问的问题。

"责任！""使命！""信念！"……办事处主任唐林与他的同事们七嘴八舌。简短得不能再简短的话语，折射出这个仅有4个人的监管团队在大灾降临时保护员工生命安全和银行财产不受损失的强烈责任意识，反映出梁平监管办在当地银行业金融机构"至高无上"的威信以及关键时刻表现出的无坚不摧的凝聚力。

无情的8级汶川特大地震，刹那间让梁平县成为重庆市受震灾最为严重的地区——文化镇中心小学教学楼瞬间坍塌，5条鲜活的生命消失，36人受伤；梁山镇一居民躲避余震时受伤死亡；全县50000余间房屋倒塌，130000人不同程度地受灾；县域银行业金融机构104个网点有16个受损，最严重的只能暂时停业，众多营业场所和职工宿舍成为危房，粗略统计损失达1600万……

责任重于泰山，信念坚如磐石。灾难面前，唐林与他的同事们临危不惧，果断处置，舍小家顾大家，心系灾情，加强金融监管与服务，维护了梁平县金融稳定，书写了基层监管人抗震救灾新篇章。

责任在胸——沉稳应对　靠前指挥

监管办事处办公点位于梁平县人行办公大楼顶层。"5·12"汶川特大地震袭来之时，唐林正像往常一样在办公室工作，王爱农、何袁玲、曾广勤正在上楼途中。一阵剧烈的摇晃，猝不及防。在突如其来的不详且毫无心理防备的情况下，唐林迅速反应，第一时间通过座机向分局报告楼房有强烈摇晃的情况，并迅速与同志们撤离到楼下院坝。

20分钟后，唐林冒着不断出现的余震上楼，通过互联网查询信息。当确认是四川汶川发生地震后，立即向同志们发出指令：启动应急措施，分头通知辖内各银行主要负责人，坚守岗位，保护财产，掌握网点情况，视情可以临时关门。监管办事处人员闻风而动，兵分两路，一组步行到城区各银行网点现场处置混乱局面；一组通过电话不间断收集各行、社信息，掌握第一手情况。

此时的梁平县城，满大街传来的是文化小学、礼让小学坍塌、学生被埋、伤亡事件发生、银行网点请求停业、县城店铺关门的消息，惊慌失措的人们不顾一切地向城外梁平机场开阔地方向奔跑。唐林与王爱农面不改色，却是挤过人群朝城中方向跑去。当他们气喘吁吁，跑步到双桂路信用分社、重庆银行梁平支行、农村信用联社营业部等9个网点时，临柜人员恐慌的情绪大为好转。唐林简单地通报了地震信息，迅速稳定了局面。返回办事处后，唐林与同事们再次电话联系各行社负责人，提出要求，加强指导，并迅速将处置地震灾情的信息报送上级机关，一直工作到凌晨2点。

13日一大早，唐林等3名同志赶往因灾受损较为严重的文化、礼让、龙门、新盛、聚奎等乡镇的农业银行及信用社网点，查看灾情，提示注意人身及财产安全。银行网点的员工感激万分："没想到监管部门的同志在最危险的时候赶到网点看望我们，到乡镇来查看灾情比我们的领导还要早，监管干部真是高素质。"

使命驱动——忘我工作 维稳保平安

采访中，我记下了唐林的工作日志。震灾发生后短短的一周时间，唐林带着他的团队，夜以继日，加班加点、连轴转、高效率——

13日下午，以工作动态形式将县域银行业灾情报送县委县府抗震救灾指挥部和万州银监分局，同时出台4条措施，通过传真和党政信息网邮件系统发送各银行机构，要求各行、社主要领导高度重视安全保卫及值班守库工作，确保银行稳定及金融服务，启动应急措施，迅速摸排险情，畅通信息渠道，履行社会责任，加强值班制度；

14日，翻印银监会、重庆银监局抗震救灾紧急通知，向全辖金融机构发送监管办收集整理的"防震要点"资料；

15日，到信用联社指导救灾工作，与理事长、主任交换意见；

16日，会同县工商银行对城区所有网点ATM机进行巡查；

18日，将重庆市地震局发出余震防范通知的主要内容和分局3点具体指示用手机群发到各银行主要负责人以及镇乡受灾网点负责人手中，提示做好防止次生灾害发生的应急准备工作；

19日，举国哀悼地震遇难同胞。办事处全体同志在办公室集体默哀；

20日，随同重庆银监局局长肖远企、副局长李卫东、万州分局局长刘建平赴梁平受灾最重的网点，看望慰问受灾职工；

21日和22日，根据受灾情况，先后发出了统计评估受灾损失、实行抗震救灾中网点应急管理紧急通知……

震灾无情人有情。在从未遇到过的强震面前，梁平监管办全体同志牢记监管工作者的使命，在上级党委的领导和指挥下，坚守岗位、靠前指导、履职尽责，确保了辖区金融稳定和金融服务有序开展，保证了无监管人员及家属伤亡、无银行员工伤亡、无重大安全责任事故发生。全辖104个银行网点在5月13日全部恢复营业，16个受灾受损网点进入危房评估鉴定阶段，2个网点实行了紧急撤并和迁址，1个网点金库临时转移。

在监管办事处的号召、要求和督促下，县域银行业金融机构积极投入到抗震救灾斗争中去，涌现出许多感人事迹。其中：工商银行梁平支行实行了行长带头夜间值班守库，信用联社 19 日夜间紧急排险，兵分 4 路巡查农村 57 个网点，直到次日凌晨 5 点才返回县城；农行、工行开辟救灾捐款服务"绿色通道"，各金融机构履行社会责任，奉献爱心，单位和职工两次捐款累计达 20 多万元。

信念使然——悲情撼天　坚守岗位

震灾来袭，万众同悲。怀着坚定的信念，唐林与他的同事们舍小家顾大家，在社会公众特别是被监管机构面前树立了无私无畏的监管者形象——

地震发生时，唐林首先想到的是向上级报告情况，迅速处置突发事件。而此时，他无暇顾及在梁平县中医院因胆囊切除住院的岳父和紧急停课放学的女儿。当看到女儿惊慌失措地跑到自己面前的时候，唐林分身乏术，只得带着女儿去监管现场——监管办事处主任带着女儿和监管员不顾安危往网点奔跑——在众人争相逃散的时候，这一感人的情景让被监管机构员工潸然泪下。

主监管员助理何袁玲的弟媳是四川省农行干校的教师，震灾来临时，他们因故被困崇州，地震让 19 个同行人一下子死去 7 个。在这种亲人遇难的危难时刻，何袁玲坚守岗位并未请假离岗。

非现场监管员曾广勤带着腿伤深入乡镇查看灾情，而她的家已在震灾中受损，根本没有时间去整理修复。

非现场监管员王爱农的岳父 12 日病危，13 日去世。而王爱农这位坚强的汉子没有顾得上去看护病危的岳父，仍然坚持到城区各网点安抚网点员工。岳父远行后，王爱农与家人简单地处理了老人的后事，迅速返回到工作岗位……

（此文参加中国银监会"大爱无边，真诚奉献"征文，

获纪实类优秀作品奖）

四

方行走

SiFangXingZou

风雨牛车水

　　旅游新加坡，牛车水不得不去。

　　首先是"牛车水"这个听起来怪怪的地名，吸引人的眼球。据说早年新加坡少有自来水设备，全市饮水，主要靠笨重的牛车自郊外运来市中心。于是这个以牛车拖载生活用水的区域，就被唤作牛车水，久而久之，便成其为地名。牛车水范围较广，北起新加坡河，南至麦士威路，东到丝丝街，西至新桥路，约2.6平方公里。这个范围，基本上也就是过去新加坡的市中心，因而吸引了大量的外来人口，尤以华人为众。年长月久，牛车水就成了新加坡的唐人街或者中国城。

　　我慕名寻访牛车水，却是因了文友的长篇小说《南洋红头巾》。女作家彤子用她细腻的文笔，描摹了广东三水一群穷苦妇女在上世纪初漂洋过海下南洋谋生的故事。红头巾们会不会就是在牛车水落脚安生的呢？新加坡这个华人为众的国度，华人们的先辈远涉重洋来到异域开疆拓土，其境遇境况如何呢？牛车水，是否刻写了值得后来人景仰凭吊的奇闻轶事？

　　时值正月，牛车水的样子，果然如中国大陆的某一个街镇。街道不宽，却到处张灯结彩，挤满了唐装、红装在身的华人，在假夏天的温暖里，平静地享受着中国年。天桥上、楼宇旁，红纸金线扎就的飞天巨龙穿街过巷，器宇轩昂地向路人恭贺新禧。逼仄的街道旁，密密匝匝拥挤着数不尽的店家。牛车水大厦前的开阔地上，下棋对弈者聚精会神，谈天说地者海阔天空，闲来无事者东张西望。佛牙寺龙华院金碧辉煌，钟鼓齐鸣，香火鼎盛，不同肤色、不同语言的善男信女，专注地焚香膜拜……穿过拥挤的人流和商铺，我寻找着，突然发现了街边矗立着的三层小楼——牛车水原貌馆。

馆前，一尊黑色泥塑妇人像蹲在路边，妇人头上鲜艳的红头巾十分抢眼——她弯腰系着鞋带，正在等待来车把她送往建筑工地。走进馆内，光线有点暗，冷不丁让人回到19世纪末20世纪初。迎面而来的，是老态龙钟的红头巾卢亚桂的黑白画像，"我们是来自广东三水县李开村的农民。……离乡背井来新加坡找工作。"红头巾苍老的声音，穿越时空，听来让人不寒而栗。彼时的晚上，红头巾们挤在简陋狭小鱼档似的小房中，苦盼天明；晨光乍现，卢亚桂们戴上独具三水特色的红头巾，到街边等车，然后去往建筑工地做苦力。

牛车水，正是红头巾们赖以生存的栖息地。

原貌馆名副其实，原貌展示了早年新加坡华人的生活场景。生活在这里的华人，多半是穷困潦倒的穷人。他们漂洋过海，来到蛮荒的南洋，靠出卖苦力为生。这些远离家国的苦力，没有尊严，没有自由，被当成"猪仔"一样，到处贩卖……

别原貌馆，逛广合源街、源顺街、豆腐街，观大华戏院、怡和轩，近两百年来新加坡发展的轮廓了然在胸。特别是怡和轩，值得书写玩味。当年卢沟桥事变不久，怡和轩主席陈嘉庚被殖民地政府指定为抗战救亡总领袖，怡和轩从此成为东南亚抗日救亡的总机关。全面声援中国的南洋华侨筹赈祖国难民总会的抗日运动，就发生在这里。是时，牛车水热烈如沸腾之水，到处有演剧、游艺、捐香、卖花、卖物等募捐活动。华侨儿女，心向祖国，投入到轰轰烈烈的抗日救亡运动之中。不幸的是，新加坡沦陷以后，牛车水因此而付出了沉重的代价，疯狂的侵略者，开始了"大检证"，惨遭屠戮的新加坡人，达两万余众……

风雨牛车水，百年沧桑地。走在这块不是中国地的中国地上，我深深记住了这一方热土的名字。

（原载北京《中国城乡金融报》2012年5月18日副刊）

拿什么雕刻时光

当代建筑物寿命愈来愈短，已是不争的事实。显而易见的例子，就是1994 年代竣工的浙江某地居民楼，20 年光阴不到，就莫名其妙地"自然"夭折。君行当下名山大川，遇见真正名副其实的明代先前建筑，能有几例？任意走进一处还没有被城市规划、没有被推土机、挖掘机张牙舞爪肆虐的街区，见那年纪约莫二三十岁的建筑，总会有沧海桑田感袭来——哪一幢房，哪一栋楼，不是苍老得斑驳陆离呢？

原本应该坚固牢靠传世百代的建筑，怎么变得如此不堪一击？想我发蒙时的小学、念我与同学勤工俭学一砖一瓦修造起来的中学，还有我诞生的那间青砖黛瓦屋，以及父母大人含辛茹苦建造起来的两处老房子，在不到 40 年的光阴里，早已在这个地球上前前后后消失，消失得无影无踪，只把美好的记忆，留驻依稀梦中。

在明媚的太湖之滨，在这座显耀苏南工匠精湛技艺的雕花楼里，走走停停，联想万端，突然心生异议，"不堪一击"的话题，又一次涌上心头——是什么原因，造成现代、当代建筑物如此短命短寿？作为人世间匆匆过客，我们该拿什么来雕刻时光？假以时日，子孙们该去何处游览眼前这玲珑样、不重复、品味高大上的雕花大楼？

眼前的"江南独一楼"，辉煌夺目，令人目眩。已然矗立近百年的老楼，历经战火兵乱朝代更迭，躲过"文革"生死浩劫，却是风雨不动安如山。置身其中，顿觉时光倒流。不容易！小闯将们万马齐喑破"四旧"的年代，这里成了公社堆放集体财产的仓库或权力机关的办公楼，万幸中，免除了封资修打倒砸烂的厄运，逃过了付之一炬，真真一个劫后余生是也。

于是今日，民国初期建筑春在楼，春常在，花不败。原汁原味的手工雕刻，鲜花般灿烂；光可鉴人的油漆门窗柱梁，古朴鲜亮，就连那一片片远涉重洋自德意志而来的灰色铸铁雕花栏板，虽历90余年时光销蚀，仍旧散发出簇新的光芒。楼主金家兄弟，于20世纪20年代为母亲造此楼尽孝的拳拳之心，辉耀日月，泽被后世。更让我等后来人啧啧点赞、称奇的，却是这楼宇宏敞的气度，是这堂皇富丽中的梁、柱、窗、栅和身价不菲的红木家什摆件，是那设计精巧，满室无所不雕、无处不刻的精工雕琢。龙凤呈祥、渔樵耕读、花鸟鱼虫、戏文图案……各式各样的传统雕花图案，层次分明，形象生动，含意隽永。苏南友人说，这一栋二层小楼，典型的江南民居，集数百能工巧匠之精力，修造时间达数年之久。主人家、石木雕瓦漆各路匠人和无以计数的帮工，慢工出细活，极尽修造、雕刻之能事，铺排出一座精致、豪华、奢侈的雕花大楼来。

穿行楼梯廊道，静听历史回声，与满室珠光宝气撞个满怀。恍惚间，如遇民国初年身着青花旗袍、烫着大波浪，款款前行的贵妇人。又仿佛穿越云端上界，美滋滋一个跟头栽进琼楼玉宇的神话境地。看来还是慢的好哇，心急吃不了热豆腐。慢慢磨、细细琢、缕精品、出绝活，就这样把悠久传统、把厚重文化、把精湛技艺，留给岁月，传给子孙，实在是功德无量、善莫大焉。

2000多年前，古罗马建筑师维特鲁威秉持实用、坚固、美观三原则，于地中海之北，留下了无与伦比的罗马建筑。而我泱泱东方古国的精美建筑，哪儿去了呢？除去兵火毁损原因之外，是不是自20世纪中叶以来，因指标不足、资金匮乏、材料短缺，因多快好省争上游和工匠师傅们有意无意地偷工减料，仅满足于适用和经济，呼隆隆齐刷刷制造出大批量的豆腐渣工程来？至关重要的建筑坚固原则缺失，必埋下短命、短寿的伏笔，亦深种下坍塌、倒毙的风险。这是严酷环境急功近利使然，更是浮躁不安的世风所致吧。

时至今日，建筑日新月异，有钢筋水泥和高科技工艺作保证，有强大的雄厚资金当后盾，但，实用、坚固、美观的建筑原则，回归了吗？海浪般涌来的建筑巨浪，哪一处，不是似曾相识？哪一处，不是简单轻率的复制？走南行北，有几座新城，能让你过目不忘留下印象？设若没有道路指示牌和文字提示，没有当地的乡音飘荡，你断然不知道身在何处，是南国还是北方。"三天一层楼"的快速度，是特定时间节点的颂歌，但违背自然规律，不求坚固质量，大干快上蜂拥而出的了无风格的楼宇、面目雷同可憎的建筑，严重地说，实在是粗制滥造。时光无情，检验这些大地上凝固的艺术作品，老天爷可是不会讲丝毫情面的。回眸身后，林立之建筑物、构造件，哪个敢在时光雕刀面前挺胸亮膛？哪个敢在百年之后纵情歌唱？

打小，我们荣耀长城、赵州桥、拙政园。长大成人，我们骄傲故宫、天坛、颐和园。而今，城里人向着穷乡僻壤里的古镇村落竖起大拇指。节假日，更是朝着所谓的名胜佳境扑去，哪怕千里迢迢也在所不辞。然而，看得越多，失望越多，抱怨越多。埋怨那毫无文化意味的仿古假制，心痛那金贵的老街旧巷，被灌满铜臭的商业气息淹没殆尽，心惧那一波又一波汹涌来袭的"快餐文化"和遍地开花的假古董、真赝品。触目惊心的快、快、快，浮躁得让人纠结。举目四顾心茫然，什么都在赶，什么都在抢，什么都在一万年太久只争朝夕。而时间长河，依旧以它固有的节律，静静流淌；规律之花，断不因你急匆匆快马加鞭而改变她娇美的容颜。岁月如此静好，闹不明白，为何都要急急急慌不择路。

且行且思量。静观古人留下的大美遗制，问天问地问自己，人生一世，究竟该拿什么来雕刻时光？是不是应该，平浮躁心，消功利气，学苏南工匠，刻刀在手，潜心向阳？用真心、用深情、用责任，工雕琢技法，刻天下宁静，雕万世芬芳呢？

（原载《重庆烟草》2014 年第 11 期。获中国银监会 2014 年
《银监会 e 报》优质稿件文艺类一等奖）

台北印象

　　20世纪70年代的小学生发蒙，语文教科书中有一句口号课文，"我们一定要解放台湾"。黄口小儿摸头不是脑，台湾在哪里？为何要解放？进得初中念地理，囫囵吞枣，背记台湾省会叫台北。那一年学校拔尖考试，地理试卷最后的论述题就是，为什么说台湾是祖国的宝岛？这意思是说，那时绝大多数大陆人，对宝岛对台北的印象，怕是都来源于书本。

　　青年时追星，被"月亮公主"孟庭苇"忽悠"得如痴如醉。一首《冬季到台北来看雨》，是在课堂上戴着耳塞听完的。藏在抽屉间的卡式录放机，送来细腻婉转、纯净透明的声音，听得让人像丢了魂儿。台上教授唾沫星子乱飞，我脑子中转悠的，却是想象中的台北，是空灵缥缈的孟庭苇。台北多雨、多雾还是多情？思忖长衫马褂宽边礼帽的汉子，携丁香一样的伊人款款作细步，风中、雨中，情更浓，岂是一个浪漫了得的呢。

　　这都是名不副实。真正的台北印象，还是今日形成。这些年来，直航宝岛的大门洞开，来去自如的方便，吸引大陆同胞纷至沓来。有诗人说，近一甲子的隔膜，隔不断血浓于水；60年的隔海相望，望不断旷世亲情！

　　秋叶渐红的季节，抵达台北。与出国去异域不同，台北初印象，是满目繁体字入眼帘，是国语温暖盈耳间。尽管从儿时起就记住了台湾，真正建立印象的，却是在40多年后的今天。虽时空悠长，却无半点生涩，更没有你们我们的生分。热情有加的台北地陪吴先生和黄姓司机，倾力作陪，生怕怠慢了海峡对岸的客人。其实，一家人不讲两家话，机场初谋面，导游先生纯正的国语和笑脸，已让我们温暖如春，有回家的感觉。

122

　　其次是摩托。台北人称机车。原以为咱重庆山高坡陡，摩托成帮，到了台北才知道，简直是小巫见大巫。随便走进一条街巷，总能见到形形色色的机车或奔跑或停放。驻足通衢大道，所见摩托阵式，就只能形容为铺天盖地了。在红灯亮起的刹那，黑压压机车群如潮水涌来，停候在白色的交通标志线内。车手皆着各式头盔，看不清面容，辨不明男女。一俟绿灯放行，摩托阵如万马奔腾，呼啸向前，其势不可挡之状，不得不说让人惊心动魄。成千上万的机车鱼贯前行，却鲜有交通事故发生，更无司空见惯的喇叭怪叫。台北摩托车，绝对的一大风景，吸引来客的眼球，让人叹为观止。

　　捷运更是得去体验。虽然地铁、轻轨在大陆遍地开花，已算不得什么新鲜事，我却单为台北人乘坐捷运的习惯折服。夜走板南线，从龙山寺站上车，至市政府站下车，逛星光三越，走诚品书店，然后原路折返。一来一去，台北捷运的有序与规整，印入脑海。先是购票，热情的服务生忙不迭提供帮助。再是众人上下电动扶梯，左行右立，自成规矩，无一人唐突。进得车内，乘客照旧众多甚至拥挤，却鲜有大呼小叫。或立或坐的同行人，多半捧有书本在安静阅读。乘客再多，那进门处的博爱座——专为老弱病残幼准备的座位——却是空空荡荡。没有人争抢，更没有人赖在上面不起来。瞬间，我想到了雷锋叔叔让座的故事，想到了常挂嘴边的文明、素质。

　　观光台北，走马观花。台北中山纪念馆、台北101摩天巨楼、艋舺夜市、士林官邸、故宫博物院、中正纪念堂……碧海蓝天，罡风浩荡。国际大都市，却远离都市惯常的浮躁，远离恼人的汽车喇叭声，远离高声武气的喧哗与争吵。无论走到哪个角落，干净、整洁得让人心悸。这是垃圾分类不落地理念使然。因了干净，所有的建筑便灵动起来。因为整洁，台北的印象便自然而然，靓丽如花，如丁香一样温婉的女子。

（原载《重庆日报》2013年11月18日"两江潮"）

徒步神龙峡的多个理由

　　长约 4.2 公里的南川神龙峡核心景区道路，爬坡上坎，蜿蜒曲折，我是一步不落地进行了来回丈量。行走、观赏、拍摄，几乎把景区内的每一个景点走完，这应该是我个人旅游史上不多见的事情。

　　徒步峡谷，不是吝啬银子不愿乘坐景区内舒适快捷的电瓶车观光，也不是在返程时候舍不得体验那惊险刺激但绝对安全的水上漂流，在漂流者一路尖叫与惊叫声中激流勇进，而是神龙峡风光委实迷人，迷得我只能用抽象的语言来形容这座充满神话色彩的风水宝地。山之南，峰峦叠嶂，壁立千仞；山之北，奇石异树，流泉飞瀑，更有溪流潺潺，鱼翔浅底，山潭幽湖，波澜不惊，峡中清风浩荡、鸟鸣深涧……第一时间，我被神龙峡的妩媚容颜迷惑了，被神龙峡的蔓妙身姿倾倒了，如见到我的初恋情人一样，禁不住心旌摇曳。徒步，且不是匆匆前行，而是月上柳梢头，人约黄昏后，心驰神往，去赴那一场步步惊心的约会。

　　毫不夸张地说，初入景区时，还有微恙在身，被这天然氧吧中饱含负氧离子的清新空气洗礼沐浴一番，不知不觉间，已是神清气爽，身轻体健。平日里久坐写字楼，案牍劳形，亚健康不请自来。多想突出水泥森林重围，奔向大自然，拥抱山水田园，放松心情，健身健心呢。今日里，喜得养生休闲机会，我岂能轻易放过、错过？走吧，走吧，浪漫地走，优雅地行，我要用这种既健身又环保的方式，亲密接触这一方神奇的水土；我需要放慢节奏，用心、用情、用饱含深情的注目，来欣赏这一幅雄奇绝美的山水田园图。

　　首次进入神龙峡，是一个暑热未了的秋日上午。进得山门，峡内气温立马比外面世界低了至少三度。山风轻拂处，游客竞相随。沿随山就势蜿蜒向前的人行步道走走看看，丝毫不觉得有什么负累，更没有平常爬山攀登走不了三五分钟就大汗淋漓的尴尬。尤为欣喜的是，总能见到身穿橘红色工装的景区工人在保洁，把道路清扫得几乎纤尘不染。听到我等游客发自内心的夸赞，景区工人开心地笑了，用他们的南川方言，表示感谢，欢迎我们来神龙峡观光赏景、祈福养生。

逛罢神风洞、烟雨廊、豹子岭，揖别众多的瀑布群，穿过竹林幽径，不知不觉间，来到了里隐湖畔。是所谓山有多高，水有多深，真没料到峡中还潜藏着一方圣湖。湖水幽静，如神女沐浴的宝镜，镶嵌在峡谷中央，倒映着秀丽山影。湖岸，筑有神话传说般的木屋别墅，更有生意兴隆的半边街商铺林立，餐饮发达。殷勤的店老板，笑呵呵招徕顾客。尽管食客众多，人声鼎沸，却极容易在碧玉般的幽潭边上闹中取静，来一番怡然自得的快意小憩。或看悠闲的钓客散漫地垂钓，或仰望湖岸两侧巍峨山岗，放眼遍山茂林修竹，于醉人深绿中养眼怡情。这时，有人愉快地提醒，您别发思古幽情，好景致，还在后头呢。

果然，湖之上，有两仪广场，有青铜宝鼎，有九龙步道，更有云中漫步、玉龙飞瀑、千年古藤、神龙古洞……始于明朝初年的祈雨、祈福文化，在此厚重积淀。走起来吧，我贪婪地吮吸着林中如兰的清新空气，步履轻快，如履平地，登临盼龙亭，戏水飞龙潭，祈福神龙洞，放眼眺望，山川峡谷，云蒸霞蔚，气象万千。

行走在依山盘旋的飞龙栈道上，我突然对建造景区道路者心升无限感激。于悬崖绝壁上，掘就近三公里远的水泥栈道，工程量何等巨大，施工难度可想而知，仅是钢筋、水泥、河砂、碎石这些笨重的工程材料，全凭人力肩挑背负上来，该是凝聚了多少劳动者的汗水和辛劳？思忖间，见悬崖上正有三五不知名姓的工人腰系保险绳在作业。他们汗流满面，默默无闻，猿猴般穿行山涧，为的是把绝美的神龙峡风光呈现于世人面前，带给后人一片荫凉。为此，我，还有我们，还有什么理由不好生走走看看呢！

（原载《重庆日报》2012 年 9 月 12 日"两江潮"）

125

花开富贵

　　专程到重庆垫江赏花，这是第三回。

　　某年春末夏初一个雨后初晴的日子，慕垫江牡丹花开之名，与同事相约去了明月山。一行人气喘吁吁上得山来，却因"雨打芭蕉柳梢青"，牡丹早已零落成泥，难见芳踪，无奈何做到此一游状，悻悻然下山。出得山门时，无意中抬头，见高大门楣上方有前重庆市长王鸿举先生龙飞凤舞手书"花开富贵"四字，暗喜，心情竟大好。赏花不成观书法，也不枉走此一遭。第二回，与三五文友春天里结伴，去垫江大观看油菜花。记得那天阳光灿烂，游人如织，我等老夫聊发少年狂，花海徜徉如蜂儿采蜜，过足了一把赏花瘾。更为重要的是，踏花归来马蹄香，回味垫江花世界，胸中时时涌动着对那一方水土的爱恋，便一气呵成小作《山那边哟好地方》，对那明艳如金的油菜花海作一番圣洁的礼赞。拙作变成铅字时，不由得再思起明月山山门上那俊秀飘逸的"花开富贵"——呵呵，花开富贵，名闻遐迩的垫江牡丹，我何时才能一睹你的芳容呢？

　　这年暮春，机会终于来临。出差三峡，东道主说垫江牡丹花开正艳，正是赏花时节，何不做一回雅趣的"采花大盗"呢？说者无意，听者有心。差事结束，巧遇周末，返程时便顺道去了一趟太平镇明月山。

　　果然了得！横贯垫江全境的明月山，灵山秀水，滋养了垫江这个农业大县。数年不见，太平镇出落得如花仙子一般。还未见到明月山门，远处青山之上巨大的楷体"牡丹源"已经奔来眼底。正值牡丹花节，四面八方涌来的赏花客，早已把进山的公路挤得满满当当。随着慢慢前行的车流人

126

流，当地友人一脸喜气，文绉绉地说——垫江山水牡丹自汉武帝年间种植，迄今已有2400多年历史。《太平广记》《太平御览》均有明确记载。又煞有介事地介绍，明月山上牡丹，生长在海拔400~1000米的石灰石土壤里，呈自然立体分布，与山、水、云、雾、石、花、树浑然一体，成为我们垫江一大特色。此地牡丹，其根入药，谓之丹皮。其花门类繁多，具有较高观赏价值。乡民们因种牡丹而拉动旅游业，创造了不菲的GDP，几乎改写了垫江农业大县的历史。咱们垫江人，热情好客，以花为美，护花为荣，每遇花开之日，就是咱垫江满城丰收之时，人们载歌载舞，喜迎八方宾朋。其情其景，恰如白居易诗云：花开花落二十日，一城之人皆若狂……

"花开富贵满城香！"我冲口而出，还套用一句广告词，"那么垫江，非去不可啰！"一车人闻之，哈哈大笑，击掌相庆。

下车。登山。沿弯弯山路徐行。清风送爽处，各色牡丹在绿叶衬托下，迎风绽放，把雍容华贵、富丽堂皇之千娇百媚呈现于青山碧草之上，"娇含嫩脸春妆薄，红蘸香绡艳色轻"，好一个花团锦簇集合地，赏不尽国色天香满园春。爱美的游人，头戴牡丹花环，以花为背景，拍照留念。更有护花使者，奔前跑后为花儿般的心上人选景造型，媲美花仙。好花的摄友与画者，专心致志，恨不能用镜头、用画笔写下这人间尤物的大美。兴之所至，一位高挽云鬟环佩钉铛的妙龄女郎，再也顾不得美女的矜持，面对山岗上壮观花海，大声吟咏起来："牡丹芳，黄金蕊绽红玉房。千片赤英霞烂烂，百枝绛点灯煌煌。照地初开锦绣段，当风不结兰麝囊……"

牡丹故里行，花城垫江游。回味无穷的赏花之旅，兴味益然。我说，值得一去的中国牡丹城，除了洛阳，还有垫江，山美水美，花开富贵的垫江等着您。您，何时动身？

（原载《重庆日报》2012年5月17日"两江潮"）

寻访地坛

　　合上史铁生散文《我与地坛》卷本，为美文触及心灵的追问击掌叫好，同时，对那个"荒凉但并不衰败"的古园也产生了寻访之意。先生笔下的园子，究竟是一个什么样子？里面潜藏着什么魔幻世界，竟能成为一个重度残疾人的精神家园和灵魂依附呢？

　　就骑车出发，去了京北的地坛。

　　地坛内人声鼎沸。如千篇一律的城市公园一样，这个昔称方泽园现名地坛公园的所在，拥有遮天蔽日的苍松翠柏，拥有巧夺天工的假山奇石，拥有南国风情的小桥流水。行走在平坦的园中小径，实难见到铁生笔下的荒凉与冷寂，有的是首都绿化工人辛勤劳作的结晶；漫步在集养生、布道、观光为一体的园中园，并没有见到丝毫衰败景象，倒是满眼芳菲蓬勃，一派欣欣向荣。

　　这是古园？想那故宫的大气磅礴、天坛的肃穆庄严，兀自猜测地坛作为一方皇家园林，也应该不差分毫。但，遍寻园中，结论是那个史书中记载的明清皇帝祭祀土地的神坛已经悄然远去了。古园之名，似乎牵强附会。寻寻觅觅，好不容易，我在偏安一隅发现了少量雕栏玉砌和青色方砖，静望这见证历史风云的遗存，算是些微感受了地坛往日的森严与荣耀。

　　嘈杂喧嚣中，我随口探询三两路人，您知道史铁生么？他曾经来过这里。路人皆摇头，用怪异的眼光看我，史铁生？没听说过。他是玩鸟的还是打拳的？呵呵，满心希望化为失望，我苦笑，自嘲，某某，你这作派不是书呆子是什么？时下，还有几人能面朝文学大海，去看心灵深处的春暖花开？少于思索与追求的人们，除了吃喝玩乐，就是放纵光阴，即或算得上学习求知的，也是猎奇般翻翻报刊，沉迷互联网……被垃圾信息与文字左右大脑。罢罢罢，去欣赏林中白衣老者舞太极的白鹤亮翅吧、去看那嬉笑着奔跑着跳跃着追赶蝴蝶的孩子吧……铁生，千里迢迢来看你，空遗追问待后人。

我心不甘，一个人继续朝公园深处走。铁生，究竟是坐在哪方地块哪棵树下静思、凝望，孤独地送走一个又一个春夏秋冬的呢？或许当时这园子因了物事变迁，真的是荒废了、破败了，他于满眼凄凉中触景生情，继而联想到自己多舛的命运，自然而然把个人命运升华至深奥的哲学问题，就有了"一个人出生了，这就不再是一个可以辩论的问题，而只是上帝交给他的一个事实"的千年一叹。真的是难为他了，扶轮问路的不屈之躯，寂寞地行走在少有人至的荒园。陪伴周遭的，是风声、雨声，是四季更迭，是寒来暑往。除却至爱母亲的照料，环绕身边的，便是无尽的孤寂。此情此景，先生却没有抑郁，更没有沉沦，难以置信地挺立起来，并从古园自然景象中洞悉生命的奇观，品味生与死的哲理，思虑命运，一步三叹，"死是一件不必急于求成的事，死是一个必然会降临的日子"。振聋发聩的呐喊，是心与心撞击后发出的共鸣……

忽然，一阵悦耳的京胡声从林间深处传来，随风飘入耳鼓的，是京剧《武家坡》中王宝钏的唱段。我神情为之一振，快步趋前，原来是林间深处一回廊，端坐一潇洒老者操琴，站立一美貌少妇亮嗓。琴音、曲声清脆悠扬。细端详，老者洋洋得意，少妇声情并茂，唱、念、做、打与手、眼、身、法、步，不输精湛，竟引来八九行人侧耳聆听，鼓掌称赞……自娱自乐的快乐与开心，就这样在地坛中荡漾。

字正腔圆的唱腔与琴声中，我慢慢沉静下来。人生旅途，气象万千，若少了苦思与冥想，过一天算一天，让时光匆匆而过，岂不是浪费生命？！

这，是不是铁生先生笔下寄托的真意呢？

（原载《重庆日报》2012 年 4 月 3 日"两江潮"）

重回黄桷坪

走在这条据说称得上世界之最的涂鸦街，便走进了一个安详静谧的所在。黄桷坪，经过短暂的阵痛过后，惊艳绝美得无与伦比。走在黄桷坪，置身这迷漫着浓烈艺术气息的老街，重新审视这块熟悉而又陌生的土地，心情逐渐亮堂起来。

黄桷坪在重庆九龙坡，因四川美院因坦克库因一群非著名黄漂的存在而在重庆人心中驻足扎根。三年前，经大画家罗中立先生创意，政府搭台，以创意闻名的涂鸦街横空出世。尽管居家之所离这里不消一刻钟车程，但我却一直没有找到光顾的机会。

内心里十分想去。滚滚红尘中，不尽烦恼与功名缠身，怎一个浮躁了得？有人简单地归结是转型、是市场、是体制机制的缘由，其实，任何凡夫俗子，是无法摆脱虚名浮利的羁绊的。如我一样的人至中年，人生旅途过半，是多么渴望能够放慢急速奔走的脚步，置灵魂于休息之床，拥片刻安宁，让疲惫的身心得到些微的舒缓，把一腔无端的急切、慌乱、无序来悉数释放。如是，那该是多么美好惬意的一桩事情。走在黄桷坪，我分明找到了这种愉快的感觉。

直辖前夕，在离黄桷坪不过千米的一处土建工地组织施工，免不了与众工友把黄桷坪弹丸小街的众餐馆悉数光顾。——那个时候，川美的大门似乎没有完全洞开，"黄漂"的说法如天方夜谭，坦克库还是名副其实的军事重地，浪漫多情的501艺术基地，还是一个储运公司的仓库。因交通不便，黄桷坪仿佛被爱情遗忘的角落，破败的老街，陈旧的建筑，管理的无序，杂乱无章的符号，写满整个街头。记得最清楚的一件事：一餐不算丰盛的工友生日宴后，众食客二斤黄汤灌下，红着眼睛就成了老子天下第一，不知何事，就在大街上与大盖帽们操练起来。双方都有背景，个个都不是省油的灯，练家子一般，乒乒乓乓；围观者人山人海，起哄的、叫好的、添乱的……把个黄桷坪弄得乌烟瘴气。那时的黄桷坪，天空灰蒙蒙，地上脏水流，无所事事的土著，东游西逛，实在没什么好看的好玩的。

离开工地，转眼13年，再花大把的时间去黄桷坪，就成了一种奢望。两年前，几位文友在501旁边的一处酒吧召唤，匆匆赶去，说了不到三句话，又被事务所累，连501的大门在何方也没有弄个明白就驾车离去。前些天，从友人处听到黄桷坪、九龙两大电厂即将搬迁，向着铅色的天空没日没夜吐着烟尘的两大烟囱即将寿终正寝的消息，就想，无论如何，要回黄桷坪看看，完成这个同城之约。

在这个薄雾迷离的冬日，我关了电话，静静地穿行在黄桷坪的大街小巷。细细打量这涂满夸张图画的建筑群——整条街整幢楼整面墙全成了艺术家的调色板，成了美术家的天然画板。马路宽了，小巷亮了，行道树迎风摇曳。挂着各式各样招徕门牌的酒吧、画室、粮油店、小餐馆比肩而立，安静得让人生奇。随便走进哪一家小店，都可以让你自在轻松地找到休闲的乐子。没有了大声武气的喊叫，有的是谦和文明的语言；远去了脏乱差，迎来了真善美。井然有序的秩序，迅速改写着我记忆中的黄桷坪——涂鸦一条街的诞生，改变了衰落破败的街区，催生了创意集市，更值得书写的，是生活在这老街上的人们生活方式的改变。原来，艺术与人文的渐近熏陶，愚顽的人与喧嚣的事，都是可以变得高雅、变得安静的。

心情出奇地好，尽管不远处那两根巨大无比的工业时代的象征挺立着，仍然在排放着最后的白烟。这可是一个时代的绝唱，电厂即将走他乡，黄桷坪的明天，会更美丽宁静、更端庄安详。

不经意间走进街边小书店，满屋书香扑面而来。这是一位雕刻家为结交文朋诗友而萌生的创意。一个学生志愿者正替她的老师守护着店铺。见有客人光顾，埋头上网的女志愿者站起来，说，欢迎老师光顾。您随意阅读吧，要是看上心仪的读物，可以购买，也可以物易物。言毕，笑意盈盈。

其实这雕刻家是我的一个朋友。只是没想到他在涂鸦街上拥有这样一片温馨之地。四个简陋的书架，干净利落地摆放着主人淘来的件件精品，不同版本不同文字的文学、美术、设计、图片以及新近流行的杂志，琳琅满目，足见雕刻家学养深厚、用心良苦——他不也是在追求心灵的寄托，寻求灵魂的安宁么。

在这方不到十平方米的斗室里，我或立或坐，忘情地阅读起来，竟忘记了要去送别大烟囱的念想。在这闹中取静的街边小店，安静地幸福地畅游书海。末了，还淘到3本朝思暮想的读本，算是行走黄桷坪的又一个惊喜。

（原载《重庆日报》2010年12月2日"品味周刊两江潮"）

恋上"微旅游"

多年以前，妻子供职的单位"人少汤酽"，作为职工福利，老板每年都要给他们一次外出旅游的机会。尽管旅行归来，一个个累得疲惫不堪，但他们仍然抑制不住兴奋，眉飞色舞地诉说旅途见闻，生怕人家不知道此行途中的欢乐。绘声绘色的情景描述，让我这少有旅游机会的旁听者分享了快乐，同时也让我这个局外人心生羡慕，甚至有些眼红。

后来的日子，渐入佳境，有公休假了，有黄金周了，满世界旅游机会，也就慢慢多了起来，从此，再也用不着羡慕别人高兴而去快乐而归。旅游，渐渐成为百姓大众生活的家常便饭。

但走着走着，心就厌了。虽说天南海北游走，增长了见识，开阔了眼界，满足了寻幽探奇的心理，但细细想来，哪里不是"山清清水碧碧，高山流水韵依依"呢？哪里不是高楼大厦、庙宇道观和虚有其表的人造"景点"呢？遇上旅游旺季，那个车马行船，舟车劳顿，行路如打仗行军，人挤人、车堵车，怎一个乱字了得？"上车睡觉，下车撒尿，到了景点就拍照"，累得上气不接下气。回得家来盘点，除却一沓"到此一游"的照片和一叠花花绿绿的景点门票外，脑袋瓜子里实难找出可以称之为"快乐"的只言片语，旅行过的地方，亦如过眼云烟。严重的是，几天过后，竟连地名也记不起来了。

"旅游其实就是自找罪受。"相信大多数资深旅行者有此感喟。此言貌似对旅游大不敬，实则多多少少道破了现代旅行者的内心苦闷。

忽一日，爱好周边驴行的好友邀约去郊外露营。心想咱重庆这"非去不可"的地方，吸引了多少国内国外的旅行家来周游。而自己身在此山中，不识真面目，实足可惜。再说，这种微型旅游，时间不长，花费不多，路程也适中，就试试看吧。

没料到一试就试出了"真感情"。那日周末，我们相约去了主城近旁的一处村寨——走在高负氧离子充斥的乡间小路上，清风拂面，竟物我两忘。看那连天接云的紫色花开，赏那奇形怪状的瓜果菜蔬，兴之所至，还与友人开心地玩起了真实版的"农场偷菜"。夜晚来临，明月高挂，我们梦回少年，随一群乡野顽童在田坎上追赶嬉戏，捕捉那忽明忽暗飘舞的萤火虫。夜阑人静时，我与妻端坐农家院坝，仰首星空，静听天籁。待到黎明天光泛亮，随早起的乡民去田间地头，看庄稼上晶莹欲滴的露珠，聆听禾苗拔节的声音。然后，在乡村公路上骑一辆脚踏车，随意游走，惹来一群汪汪乱叫的农家土狗，在车子后面紧追慢撵……

人生何处无风景？不经意间，与风靡当下的"微旅游"，撞个满怀。

简捷、随性、价廉物美的"微旅游"，少了时间约束，不用做烦琐攻略，用不着考虑行程，带了家人，约上友人，想怎么走就怎么走，想看什么就看什么，随遇而安，闲适随意，既满足了"走走看看"的欲望，又锻炼了身体，增进了亲情与友情，何乐而不为？！

而今，每遇假日或周末，我总要与文朋诗友结伴"微旅游"。或驾车，或徒步，少则半日，多不过一天。就近寻得心仪去处，登高望远，看"天高云淡，望断南飞雁"。或行走田野，"喜看稻菽千重浪，遍地英雄下夕烟"。观林山雾海，品农家茶饭，闻啁啾鸟语。或者，乘坐公交、地铁，独自一人去了城中某名人旧居、遗址故园，一杯香茗在手，睹物沉思，深究细品，咀嚼回味，来一番心灵深处的时空穿越……

（原载《重庆晚报》2012 年 9 月 19 日"夜雨"）

青青士兵草

正午的阳光热烈而明媚，照耀着北新加坡的克兰芝。在这远离了市声与嘈杂的郊原，除了为数不多悠闲的赛马拥趸往赛马公会方向疾疾而行外，实难见到什么人影。干净的柏油车行道上，风一般驶过漂亮的大巴或计程车。高架轻轨脱箭一样飞奔，车声轻轻，仿佛隔了数层隔音壁传来。真一个安详宁静呢。

这是一片安静的土地。目力所及，天空高远辽阔，罡风翻拂着白云苍狗。风儿沙沙，轻拂着脚下绿得耀眼的青青草地。我已知，这片宁静安详的土地，曾经失去了宁静。70年前，北来的日寇与殖民统治的英军，在这异域陌生的土地上，兵戎相见。霎时间，枪炮轰鸣、战马嘶鸣、血海悲歌响彻克兰芝的天地。悲剧令人震颤，故事永不忘怀。

站立在克兰芝阵亡战士公坟前，为守墓人精心修剪的青草坪一声叹息，更为青草地上阵列般排列的墓碑震撼。在这方寄托亡灵哀思之所，我带着儿子，放缓脚步，不敢大声言语，生怕惊扰这白色墓碑下数以千计的灵魂。金辉撒满大地，4000余名二战牺牲的兵士，安眠在克兰芝的青草地下。高高的白色纪念墙上，镌刻着24000名为自由而死的战士的名字。"他们的英名长存于每一个人心中"。我轻轻念叨着纪念墙上的题词，绕着墓园游走，为殉难者志哀。

修葺一新的墓碑前，种植着五颜六色的鲜花与植物，精细得没有一处雷同。小小的大理石墓碑上，雕刻着战士的姓名与年龄，18岁、19岁、21岁、25岁……年轻的士兵，为自由而战，舍身赴死。这里没有中国同胞，绝大部分是西方的兵士，他们信奉上帝、相信耶稣，为着不同的目的，把热血抛撒在异国他乡。年轻的逝者来自遥远的国度，短暂的人生就这样被疯狂的战争机器化作永恒。

作为一名曾经走上战场的中国老兵，其世界观价值观显然不同，我不愿对青草地下的西方士兵或雇佣军作任何评价。唯一的共鸣，是同为披坚执锐的军人，对先行者的肃然起敬。我清楚地知道，这些士兵中有崇高，也有卑微；有欢乐，也有痛苦；有凶猛彪悍，也有温柔如水，但无论其信仰什么、宗教如何，一俟自由受到侵害，听闻号令起，慷慨赴战场，且在所不辞。这是军人的神圣使命，是军人的价值所在。

从军时候，我曾带着女友在云南麻栗坡烈士陵园参观、悼念，为我的同龄人血洒南疆的英勇壮烈而感动，也为当地老乡风传的夜晚常听陵园中有集合号令声、有冲锋喊杀声、有嘹亮军歌声而泪奔。转业这些年来，我曾与同事们在邯郸晋冀鲁豫烈士陵园凭吊，仿佛听到解放战争的进军冲锋号响彻云霄；利用节假日，我带家人多次前往重庆鹅岭公园苏军烈士纪念碑、南山空军抗战纪念园缅怀，为的是重温历史，珍惜和平的来之不易。无论走到哪处纪念地，印象尤为深刻的，是那生长在陵园角落里的青青草——它们静静生长，自生自灭，默默陪伴着那些长眠地下为正义、为自由、为民族而慷慨赴死的战士。我想，芬芳青青草，不正是那万千伟岸士兵的化身么？

在克兰芝，在北新加坡这宁静安详之所，我又一次被碧绿耀眼的青青草震撼。愿这生生不息的士兵草，长享阳光普照，四季碧绿鲜嫩，让这青春的颜色，化着牺牲的典范，为不死士兵写照。

（原载《重庆晚报》2012 年 8 月 4 日"夜雨"）

寻访马鞍场

发蒙初年，在昏暗的电灯光下，家人教我习字念书。一本不知从何得来且没有封面的语文课本，被我翻得卷了角。正式上学时，我已能结结巴巴读完朱德写的散文《回忆我的母亲》。懵懂中，知道了朱德元帅热爱他的母亲，记住了四川仪陇县马鞍场这个陌生的地名。我以为，这篇著名的祭母文，不仅教我识字断句，更重要的，是对我进行了启蒙般的感恩教育。从朱老总朴素且充满深情的文字中，我简单地领略到作为人子，应该不忘父亲母亲养育之恩的道理。

那时的四川，在一个孩童幼小的心灵里，不亚于远在天边。而朱德总司令，是与毛泽东主席齐名的领袖。郭兰英不是这样唱《绣金匾》的吗，"……二绣总司令，革命的老英雄，为人民谋生存，能过好光景。"望着贴在墙上的朱德总司令慈祥的笑脸，我胡乱猜想，总司令那么大的官儿，还念念不忘他的母亲呢。那个生他养他的马鞍场，是个什么样子呢？

1988年代，我成长为一名解放军少尉军官。驻地南充离老总的故乡仪陇县不太远。一日接到命令，我所在的工兵分队将前去朱德故居修路。干部会后，我暗自高兴，儿时的愿望就要实现了。马鞍场让人神往，我将好生看看那里的山、那里的水、那里的人……可是，修路行动尚未开始，我突然接到调令，只身前往云南前线。造访朱德元帅故居的机会，与我擦肩而过，未能穿着威武的军装向马鞍场敬礼，成为我念叨多年的一桩憾事。

后来东奔西走，从部队到地方，总是无法找到去仪陇马鞍场的机会。生活在这个匆匆忙忙的时代，想要实现一个梦想，受多种因素制约，有时候，真的就是一个梦想而已。

这一次，趁着中秋和国庆 63 周年八天长假，我决计北上四川，去寻访梦中的马鞍场。万万没料到的是，由于高速公路临时免费，致使本应畅快的自驾出行，成为一场比耐心比意志的接力。重庆到仪陇，若顺当成行，也就四五个小时车程。实在没有想到在这一个特殊时点踏上寻访路，我与夫人假道高速路和省道乡村道，走走停停，会花去大半天时间。

在仪陇老县城，我们简单地参观了朱德纪念园。说是简单，概因纪念园的规模委实太小。或许是年深月久的原因，纪念园墙壁上各类人物题写的碑帖已经变得模糊不清。一架空军捐赠的米格 15 战斗机，孤零零地停放在草坪上任凭日晒雨淋。两间小小的元帅生平纪念室，资料也不够齐全，塑像做工粗陋……一位管理员心不在焉地说，你们还是去马鞍场吧，那里才是元帅真正的故里啊。

千里来寻元帅家，马鞍场何处？天高地远，道路如此拥塞，个别乡村地段甚至无路可走，去，还是不去呢？

夫人轻轻地说，回去把那篇小学课文再细读一遍，就当是到了故居吧。呵呵，我的母亲，我的马鞍场，电光火石般的记忆在心头叠加。此行此刻，近在咫尺了，我找不出半途而废的理由！

一路颠簸。靠着一台老旧的 GPS，走上一两公里土路，就停下来询问路人，又是翻山越岭三个多小时，皇天不负苦心人，我们终于站在了马鞍场琳琅山的土地上。

依然是游人如织，依然是到处塞车，但这已不是问题。见到马鞍场，如见到久别的亲人。来到琳琅山，清风送爽，先前的疲惫烦恼一扫光。夫人已彻底被我的执着感染了，放弃了在车中待我归来的约定，兴奋地与我行走在这片秀美的山青水暖之地，流连故居纪念馆，拜谒元帅旧居，徜徉朱德父母居所，把一个个动人的传说深深铭记……

（原载《重庆晚报》2013 年 1 月 30 日 "重庆创作"）

神秘的金银滩大草原

多年前，在漫漫黄沙戈壁中狼奔豕突进入东风航天城的时候，还以为这里就是蘑菇云升起的地方。一行人仰望戈壁滩上已成文物的"东方红"卫星发射塔沉思，我们的原子弹在哪里生产？在哪里爆轰？虽有疑问，但谁也没有发问。作为职场中人，我们都知道对军事机密只能敬而远之。

而今秘密不再，金银滩大草原早已成为旅游胜地。但是请原谅，我是以旅游者的身份，走进青海湖后，才知道世间存有这个芳名的。更让我料想不到的是，多年前在东风航天城思考的答案，原来就在这里。第一时间里，曾为军人的我，对这片草原肃然起敬——金银滩草原辽阔壮美的背后，是原子人为积贫积弱的中国挺直腰杆贡献了撒手锏。

1958 年冬，代号为"221"的核武器研制基地建设工程启动。各路建设大军和科研工作者从四面八方汇聚金银滩。靠着三顶帐篷起家，建设者们盖厂房、修铁路、建公路，开荒种地、饲养牛羊，开始了常人难以想象的创业生涯。六年风雨，换来中国第一个核武器研制基地诞生。从此，这片方圆 1170 平方公里的禁区便与祖国的和平安宁紧紧铆在一起。

气势恢宏的纪念馆，离当年研制基地核心区咫尺之遥。走进纪念馆，一枚退役下来的东风导弹静静伫立大厅。绕着这威武不屈的卫国长剑前行，原子人 30 余年默默无闻铸造"和平之盾"的历史清晰呈现，国人扬眉吐气的"两弹一星"秘密昭然若揭——1964 年 10 月 16 日，第一颗原子弹在罗布泊爆炸；1966 年 10 月 27 日，核导弹准确命中靶场目标；1967 年 6 月 17 日，第一颗氢弹成功爆炸，随之实现航弹、导弹武器化……所有这些惊心动魄的研究与试制，就悄然发生在这片神秘的草原上。端详一件件珍贵实物，默诵一段段不朽记叙，我们为共和国决策者气吞山河的宏才大略而感喟，为先辈们战斗在高原的艰难历程与无私奉献而敬佩。

在众多的黑白资料照片中，一帧四位女大学生的合照深深吸引了我。在照片前，我驻足良久。崇敬、感激、感动……搜索枯肠，我无法寻觅到准确表达心境的文字。风华正茂的女大学生，响应号召从繁华的上海来到高远苍凉的草原深处，为国防事业贡献青春。女生爱美的天性，驱使她们央求摄影师违例拍下这禁区内唯一的生活小照。然而，受钢铁般纪律的约束，她们无法收藏底片，更不能向外人哪怕是亲爱的家人述说这张照片背后的故事。她们只能默默收下这张记录青春风采的珍贵宝贝，在30多年的时间长河里，不曾打开一丝情感的缝隙，——固守秘密30年。

陪同参观的朋友滔滔不绝，告诉我们这四位古稀之年的女大学生都还健在。来年草原将有一个大型纪念活动，计划邀请她们回到曾经生活战斗过的地方。呵呵，那将是一个欢欣鼓舞的时刻，一个让人挥洒幸福热泪的时刻。回首往事，英雄的老人该是有多少追忆，该是有多少豪情啊。

离开金银滩草原的时候，敬意更浓。既为这片神秘的土地，更为那一批渐行渐远的卫国志士。这时，悠扬的牧歌在耳边响起，真切诉说我的恋恋不舍……因为我们今生有缘，让我有个心愿，等到草原最美的季节，陪你一起看草原。看那蓝蓝的天，听那悠扬的歌，看那白云轻轻飘，让爱留心间……

（原载《重庆晚报》2011年11月18日）

回望三角坝

离开三角坝已有月余，夜宿高山之上的情景常常在眼前浮现。什么时候，才能再会那世外桃源般的三角坝呢？

三角坝属重庆市奉节县，大名兴隆镇。是长江以南连绵群山深处少有的一块地势平坦之地，因呈三角形且与湖北恩施相邻，便有了这个土得掉渣的名儿。三角坝距奉节天坑地缝不过两华里远，天南海北来此旅游观光的人们，若想在山上过夜，非三角坝莫属。

忙里偷闲就来到这远离城市喧嚣的去处。一车从奉节新县城颠簸着、摇摆着、晃荡上山的人，早已被绵延不尽的崇山峻岭弄得疲惫不堪。车窗外再好的景致也无心浏览，就怨那人间胜景天坑地缝怎么躲藏在这遥远的老深山呢。终于，车子轰鸣着上了山顶，终于看到了青瓦白墙屋舍俨然的兴隆镇。在一处挂有"退伍军人培训中心"牌子的招待所，放下简单行李，好客的兴隆分理处荣主任便在楼下大声吆喝准备开饭。

进了食堂，土菜早已摆上餐桌。丰满的老板娘与荣主任是老相识，见到陌生来客也不脸红，手脚麻利地把一罐乳白色的蜂蜜和一坛自酿的白酒摆在主任面前，"好生整。"荣主任谢过老板娘，笑眯眯慢悠悠地揭开酒坛盖子，用匙子舀了粉白如膏的蜂蜜兑进白酒中，有滋有味地轻轻搅拌，一坛白酒，眨眼间就变成了黄灿灿的液体。满桌人等，眼睛随着荣主任操作的手移动，嘴巴不由自主地抿了一抿。食堂不大，酒香与蜜味混杂着，弥漫开来，室内空气也变得甜丝丝的。不待荣主任吩咐，男女食客，竞相把手中的杯子酌满。心急的，埋头便是一大口，把腻人的杯中物吞进肚里，激动地大吼一声，"好安逸！"

荣主任就端了杯，热情地招呼大伙喝酒吃菜。老板娘一旁抿着嘴笑，拿着公筷，给大家奉菜，"都是自家园子里种的，保证新鲜无害。慢慢用了。"荣主任眼见酒坛将要现底，忙向老板娘递眼色，却被陪同上山的奉节朋友喝住："你硬是想让我们在这里脱衣服么？"蜂蜜酒好喝，稍不留神便会腾云驾雾醉八仙。奉节朋友说，他去年冬天陪内蒙古来的朋友经停此处，隆冬腊月一坛酒，竟喝得北方朋友脱了棉衣赤膊上阵，一个劲地夸咱重庆人的生活比蜜甜。说话间，有人果然脸红筋胀，眼神开始发飘，舌头打着卷儿，"好酒、好酒，再，再来一杯……"

蜂蜜土酒下肚，浑身的疲惫烟消云散，为去地缝行走备足了精力。进了地缝天井峡，冷风袭来，脚杆立马变得轻飘飘，如踩上一团棉花。话就更多了，把少有人来的深深地缝，叫唤得回声阵阵。在地缝里，我们看"碧玉潭"、"象鼻山"、观"罗盘峡"、"将军岩"，为深不可测的"黑眼"（石洞）叫绝，为"小河坝"的绝美风景忘情呼喊。峡谷中刚刚经历过一场暴雨，原有的游览路径，已经被洪水冲得无影无踪，我们只得学孙悟空在滚滚乱石上跳舞，踽踽前行。走得累了，找一方石头歇息，仰视龇牙咧嘴的悬崖绝壁，望一线天之上的蓝天白云，顿觉人在大自然面前是何等的渺小。呵呵，千百万年的地动山摇，大自然的神奇造化，把世间绝境奉献给人类。我们战战兢兢穿越地心，朝觐一般。

游完地缝再回三角坝，已是夜幕低垂。没料到这群山深处的小镇，竟也是如此的闹热。铺了柏油的街道两旁，华灯初上，把新栽种的银杏照耀得树影婆娑。容纳数千人的镇中心广场，播放着悠扬的乐曲。夜暗下的男女老幼，和着音乐节拍，或唱或舞，竟也像城里人一样，把时兴的红歌坝坝舞演绎得像模像样。一位年过七旬、头发花白的老太，穿着不合身的碎花衬衣，在广场中央开始了自编自创的"独舞"，引来围观者齐声叫好。人来疯一样的老太于是跳得更加起劲，手舞足蹈，没了牙的嘴里还哼唱着不知名的曲子，把我们逗得哈哈大笑。

夜深了。小镇不眠。荣主任送我们返回招待所，说明天一早去看有"天下第一坑"之称的天坑。同行的朋友个个面露难色，地缝才走半天，已是脚力不济,双腿打闪。想那奉节小寨天坑,往返一趟路程都需要数个小时,心就畏惧,只怕是只能在坑口上望上一望到此一游了。说着夜话,我无意中仰望星空,竟看见耀眼的北头七星高挂在深蓝的天幕之上。啊,在这天朗气清繁星灿烂的高山之巅,竟能与久违多年的天象"勺子"碰面,我真的从内心深处开始嫉妒生活在这里的人们了。

荣主任停下脚步,静静地陪我望星空。身边,路灯把写有"环境是最大的资源,生态是永久的财富"字样的标语牌照得通体透亮,也仿佛照亮了三角坝的明天……

(原载《重庆晚报》2011年8月12日副刊)

走马重庆生态大观园

此大观园非曹雪芹笔下贾府为贵妃省亲而修造的行宫，亦非北京人为拍摄电视剧在明清皇家菜园上仿造出的古典园林，更不同于上海、南京、济南的同名游乐城。这是咱重庆人自己的大观园。一座占地近280平方公里的生态大观园横空出世，新鲜得如同三月春风里的乳燕，在统筹城乡建设的天空里，翩翩起舞，惊艳翱翔。

经渝湘高速，不消一小时车程，便是南川区大观出道口。静若处子的重庆生态大观园，在这喧嚣远遁的所在，恭迎八方宾朋。驻足园区，无论朝哪个方向眺望，丘陵沟壑满布葱绿，翠竹、幽草、绿树，还有那玉带飘逸的溪流，把清新怡人的山野气息送给远道而来的客人。通衢大道边，乡村集镇，粉饰一新。商铺货物，琳琅满目，尤以当地风味土产为甚。再往前行，但见丛林深处、田畴之侧，是成幢、成片的民居。屋舍俨然处，有鸡、鸭、鹅安步当车。白墙青瓦之上，湛蓝的天幕彩云朵朵。"名园一自邀游赏，未许凡人到此来。"好一个世外桃源呵，烦人的负累、世事的忧愁、旅途的疲惫，在满眼青葱中烟消云散。徜徉在惠风和畅里，怎一个舒适了得。

原名土溪水库的黎香湖，经大观园人的辛勤治理，已是浩浩渺渺、波光粼粼。临湖远眺，见青山碧水，和谐共生。阳光下，一艘轻快的冲锋舟驶过湖上，船首如犁，翻剪出雪白的浪花。微风送爽，分明传来舟中人欢乐的歌声。船行处，不知名的水鸟鸣叫着从岸边水草中惊起。黎香湖，诗意的栖息地，应是生态园区的点睛之笔。在这里，渐入佳境的动与静，构成一幅虚幻的剪影，让你神思飞越、浮想联翩。

掩映在松林中的别墅群，更是气势磅礴。无法想象，这山野田畴之上，竟有规整有序如花园般的居然之家。大红灯笼高高挂，乍一看，你十二万分地以为是到了城市某一处牛气冲天的富贵楼盘。其实不然，这是几代人栖息土房、石屋的农民兄弟，经过宅基地置换等一系列流转过程后的结果。"做梦也没有想到的是，咱们不仅洗掉脚上泥巴，上田做了园区工人，而且还能够住上祖辈们想都不敢想的别墅。"新居中人，众口一词。和着背景音乐的丝竹之声，清风、绿地、松涛、白云，就这样走入寻常百姓家。幸福得如在梦中的农民兄弟开怀大笑，在这重庆市唯一的生态农业示范区里，他们与投资商携手耕耘，为着心中那个即将诞生的国家现代农业示范区，自豪地延续中国现代农民的光荣与梦想。"土地节约集约有增量，农民安居乐业有保障"，塔吊林立，别墅区在生长。农民安居示范工程，不仅改变了农民居者有其屋的概念，而且用这杂糅了汉、欧建筑格调的现代风情小镇，愉快地向世人诉说什么是现代农村、现代农业和现代农民。

行走在这片集种植、养殖、观赏、旅游、研发、培训、加工、交易、物流一条龙产业链和产业集群为一体的热土上，分明感到万亩种植园和千亩产业园的足音正在沸腾的山乡响起。青山环抱，林木葳蕤，妙不可言的郁郁葱葱，让人乐而忘返。看吧，连天接云的菁菁香草如紫色锦缎，披拂在生机盎然的村落，在热烈的阳光下，鲜艳而明亮。看吧，一垄垄硕大的蔬菜大棚里，快乐的菜农正把城里人朝思暮想的无公害蔬果打包装车，运往超市。呵呵，险些忘了那方精致的湿地生态园，把江南水乡风情尽情演绎。穿行在石板小径，杂花生树，群莺乱飞，芳香四溢。处处美景，纷至沓来。就想，寻一个烟雨迷蒙日子，携红粉佳人、约三五知己，在这山水田园里一醉方休，那该是多么优哉游哉的美妙事情啊。

"衔山抱水建来精，多少工夫筑始成。天上人间诸景备，芳园应赐大观名。"走马南川生态大观园，还有多少美景遗漏？我开始悄悄盘算起再来的日子。

（原载《重庆晚报》2011 年 7 月 8 日"重晚副刊文学"）

江边有座庵

　　远远地，就见到了无名山下的单间瓦屋，孤零零耸于山嘴，如孙大圣与妖怪斗法时的化身，唯一不同的，是屋后没有原形毕露的旗杆。孤独的瓦屋，名翠云庵。这当地人称之为花庙的庵，白墙青瓦，四角飞檐，两扇一人多高的半圆形拱门，仿佛怪兽的两只眼睛，越过荒芜了的水田旱地，望着百米开外潺潺的江流发愣。

　　江与庵，都是这片田野上的自然存在。庵是翻新的。光绪二十八年前的模样与形状，早已无考。经年的风吹雨打，或许兴隆鼎盛过的翠云庵，人老色衰，仅存两块字迹模糊的残存石碑和烟熏火燎的穿斗屋架立于山野。近年，有留守村民古道热肠，不忍这寄托百姓心思与牵挂的庙宇毁于风吹雨淋，自觉承担起会首之职，联手村委，八方化缘，募集善款，小兴土木，让濒于坍塌的花庙重现。为四方乡亲提供了一处焚香拜神的去处，也算是一桩积德的善事。

　　江也是新修的。与其说是江，不如说是一条勉为其难的小河沟。江河的概念，因安放在田坎边半尺见方的水泥碑上的简略记注——农川江而来。所谓农川江，应该是长江上一条完全可以忽略不计的支流的支流。或许多年以前，农川江算得上真正意义上的江，从遥远的大山深处发源，蜿蜒而流，水光潋滟，润泽一川田土。可是时下，这一条经过水务局花巨资整治过的江，想破诸位脑壳，也难想象出它竟会是一条江。呵呵，除了两岸断断续续的石砌堡坎给农川江带来河渠的形状外，其余的，简直就是洪荒时代的模样复现。十来米见宽的河床上，淤泥已经干涸，杂草藤蔓疯长，不知从何处冲刷而来的塑料袋、包装盒、死猪羊，连同废弃的破衣烂衫，杂乱不堪，沿河沟无规则地四处铺张。由于上游一道道拦水坝的缘故，到了庵前的江段，仅剩一米左右的流水在有气无力地流淌，散发出刺鼻的腥臭味。水流在此，懒懒散散，竟变成了黑的颜色，无法想象这墨黑如漆的生命之源是如何与阳光发生光合作用的。驻足江边，肮脏，零乱，无序，如一团乱麻，充塞脑际，不忍卒视。

走近庵前，见鞭炮碎屑铺地，与干枯的黄泥杂陈。风起处，扬起黄尘漫天。两只怪兽眼，真是俗不可耐。门边刻有楷书楹联，均为我佛慈悲老天保佑之类，竟有别字掺杂其间。花庙徒有门洞，了无遮风挡雨之门。屋内左右粉墙，潦草地涂有喜雀登枝和哪吒闹海图。两米见高的水泥预制板案台上，供奉大大小小数尊造型各异的泥胎菩萨。水泥空心砖替代了香炉，善男信女顶礼膜拜遗下的香灰、蜡油在案前堆积，板结成泥。三两草编蒲团，被野戏的牧童踩了黄泥……没有尼姑值守的庵，空余粗陋泥胎菩萨、光绪年间木屋架、残存石碑和香灰，与庵前厚厚一层鞭炮纸屑相映成趣。这香灰、这炮屑、这面壁的磕头作揖，就能带来好运，捎来平安康泰？祈福于此，真的能安心么？

庵前，江边，早春二月，有风过耳。山根下，不知什么时候出现了一男一女老者。老年男子裤腿高挽，一屁股坐在田埂上，叭搭叭搭吸着旱烟，有一句无一句地与女人絮叨。白发苍苍的农妇佝偻着腰，手脚不停地清理着田间荒草，懒心无肠地与老头说话。不远处的坡地上，两个学龄前孩童，可能是俩老的孙儿吧，正趴在地上，手执松针，专注地从地孔中掏引还在沉睡冬眠的虫豸……

江边有庵，庵中无人，那庵前残留的爆竹纸屑，记忆着曾经的闹热与虔诚，强烈地撞击着参观人的视神经。转过身来，江中垃圾与缓慢流动的黑液，又一次挤入眼帘。远眺山乡，但见桃花灼灼，李花烂漫，山野葱绿，明艳艳的油菜花怒放春色，带来丝丝温暖。间或，有鸡鸣犬吠，有唢呐声起，不知是哪户农家又在操办婚丧嫁娶了。流连在如画山乡，无法排遣的孤独与寂寞，于心头萦绕，奈何乡间留守图，空写下，一声叹息。

（原载《南川日报》2013年4月2日副刊）

换　乘

　　小别重庆数月，再回渝州，最新鲜的感受，是重庆生活中有了"换乘"这个热得发烫的词语。坐轻轨、换乘地铁、换乘火车去远方。飞速发展的轨道交通，给年轻的直辖市插上腾飞的翅膀。

　　虽然身处京城公干，心却时时牵挂家乡。在国家某部委宽敞明亮的办公室里，行政秘书每天早上会准时送来隔天的《重庆日报》——她知道我来自美丽的山城。这时，不管工作节奏多么紧张，我也会放下手中的"活路"，心无旁骛地把家乡报纸细细浏览，连报缝中的小广告也不会轻易放过。或者，忙里偷闲，网上冲浪，点击华龙网、大渝网，从网络空间、从报章杂志，悉心感受千山万水之外的渝州心跳，把第二故乡的巨变尽收眼底。资讯告诉我，重庆地铁已经开通！多少代重庆乡亲梦寐以求的地下铁，已经融入重庆生活。

　　回家的感觉，真好。时值假日，处处人潮涌动。超强的人气吸引，我信步登上轻轨2号线，随车体验。车到大坪站，换乘地铁1号线。换乘，这个过去在重庆人口头语中少有的词儿，不经意间闯进脑海，让人猛一个激灵——换乘来啦，别走错方向。

　　不疾不徐沿扶梯上行，空气中飘逸着清新，满眼都是新崭崭、亮堂堂。漂亮的地铁站，如初出深闺的美少女揭开了罩头的彩纱，羞涩、腼腆地出现在匆匆前行的旅人面前。不消两分钟，我已从轻轨站来到了地铁站候车。望着深色玻璃墙反射出自己东张西望"看西洋镜"的模样，竟有点脸红。

　　在北京，最方便的出行工具自然是地铁。只要你愿意不断换乘，区区

2元车票，可以心随车动，送你到想去的地方。在上海，战友带我走马观花看市容，乘坐的也是地铁。"这家伙特方便，不堵、准时。"多年未见面的战友，把他的乘车卡递给我使用。两人嘻嘻哈哈，穿越到了青春年少时代，抛开人到中年的丝丝矜持，开始不断地换乘，竟在一天之内，把大上海一览无遗。那时我就想，咱重庆，什么时候也能有换乘呢？

说曹操，曹操到。玻璃墙中的我，为在重庆的首次换乘而浅笑，轻松、愉快、舒适的体验，袭满周身。一道强烈的车灯光远远射来，地铁来了。

还未明白大坪经两路口过七星岗到小什字的地下铁是如何蜿蜒的，列车已经呼啸向前到达终点。不过十来分钟，我出现在熟悉的民族路上。先前没有换乘，坐轻轨上下班，只能在解放碑站下车，然后步行15分钟才能到达目的地。因了这个愉快的换乘，那15分钟的步行竟也省下了。呵呵，无缝对接的换乘，织就快捷通畅的现代交通之网，成倍提升咱老百姓的幸福指数，让我们尽享科学发展的美妙。

作别地铁，心生感慨。轻轨、地铁这些新生事物初来乍到，需要我们精心呵护。就想，没有电动扶梯的梯级间，能否增设一道无障碍滑行道，让拖带笨重行李者能够轻松自如地爬坡上坎？差旅在途，行李的负累，常常会让人心力交瘁狼狈不堪。倘若手拖拉杆箱，漫行在人性化的步道上轻松换乘，真的是可以让负重者感激不尽的。这是其一。其二，排队有序上下车、乘扶梯左行右立、车中主动为老弱病残孕让座这些提示标识应尽量醒目，车中提示语音能否"声音再大一点点"，让不自觉者脸热心跳呢？当然，解决这些关乎素质的问题，绝不是轨道交通一个部门的事儿。提高社会的文明程度，恰如我们当初期盼换乘一样，需要假以时日，更需要你我他的努力，从今日做起，从现在做起。

（原载《重庆日报》2011年12月9日"两江潮"）

家在两江

恋家使然，每一回乘航机离开或抵达重庆，心头都会有难舍难分或游子归巢的念想。如果天气晴朗，我总会伴随着飞机的起降，透过舷窗看大地，对机翼下的景致来一次全景式"扫描"，聊以慰藉对家的眷恋。

家在两江。云端下进入我视线范围的，正是长江以北、嘉陵江以东的两江新区。这个继上海浦东新区、天津滨海新区之后诞生，规划面积达1200平方公里的国家级工业开发区，是重庆的骄傲，此时此刻正享受着温暖的阳光。看吧，五彩祥瑞缭绕，白云生处人家，群山万壑连绵，势如黛色波涛。离主城愈近，两江山水城轮廓愈明朗。一半山水一半城，天光云影，气象万千。山谷平坝，云烟氤氲，水库河面，薄雾蒸蒸，玉带般飘向远方的长江嘉陵江，把巍巍嵯峨的铜锣山明月山环抱。新区内，新修的通衢大道、伟岸的钢混大桥、幽深的穿山隧洞，把绿意盎然的秀丽河山编织成一方锦绣。空港之北，到处是热火朝天的工地；机场南去，高楼林立，车水马龙，国际大都市的雏形渐入佳境。人说山城美，风光无限好。渝州笑迎八方客，给人留下美好印象的，多半于两江始。因为，江北空港在这里，悦来国际会展中心在这里，龙头寺火车北站在这里，江北嘴金融城在这里，就连内陆唯一的寸滩保税港区，也在这里。传承重庆大美，让世人把深情的目光投向这片热土的功劳，两江首屈一指。

十多年前，重庆向北的造城烽烟未起，老重庆蛰居于先祖遗留的土地上安贫乐道，龙溪镇、黄泥磅、冉家坝一带，还是农民兄弟战天斗地的广阔天地。忽如一夜春风来，重庆之北的土地苏醒了，两江新区由概念化为现实。无以计数的高楼大厦似春笋拔节，齐刷刷冒出地面。两江惊艳，让重庆乡亲目瞪口呆，让外地来客张大嘴巴，一个个竖起剪刀手，"真真一个大城市，哦耶！"

随着城市重心北移的跫音，我举家从母城迁徙到两江。朋友开玩笑说，你这是从城市回到乡村。我笑答：非也。今日两江，不可小觑。这里，虽然没有面朝大海，但绝对的是春暖花开。

搬家到两江后，为认识这块熟悉而又陌生的土地，我开始关注这个年轻的工业开发区。GDP、工业总产值、基础设施建设、民生环保投入……枯燥乏味的经济数据罗列没有意义，口号标语于我更无兴趣。作为一名宣传工作者，我了解到这个面积相当于浦东新区30倍、滨海新区20倍的两江新区内，有着成千上万南来北往的建设者在此挥汗如雨建功立业。新区成立三年来，道路建设、民生工程等"八大攻坚战"攻无不克；三个"百日大会战"，平地卷起狂飙巨澜，让两江大地脱胎换骨地覆天翻。

那一日，在尘土飞扬的一横线王家沟大桥工地，我与友人见到了来自一线的建设者。头戴安全帽的项目经理告诉我们何谓"一横线"，介绍王家沟大桥在城市交通节点中将发挥的重要作用。零距离接触筑路工人，仰望身旁正在建设的高大粗壮的水泥桥墩、高耸入云的塔机和搭建得密不透风的施工脚手架，瞬间，我们明白了什么是低调务实，什么是少说多干。两江新区腾飞，该是蕴涵了多少人无法言说的艰辛付出与无私奉献。

驰骋于两江大道，我们走进新区所属的鱼复、水土、龙兴工业园，参观长安汽车总装车间流水线，欣赏长客轨道人在轻轨车内巧手装配，流连影视城民国街，徜徉龙湾森林公园，驻足农民安置小区，观光直升机厂房训练基地……末了，登高远眺成片开发的水厂、公租房、变电站和现代化的云计算中心机房，无限憧憬与感慨在心头升起，竟无语凝噎。

归家时分，管委会门前，我惊喜地邂逅一匹四蹄生风奔腾向前的红马。昂首奋蹄的红马城雕，鬃毛飞扬，灵动生辉。这取材于徐悲鸿著名奔马图的城市雕塑，象征着千千万万两江建设者开疆拓土奋发有为。是的，在实现伟大中国梦的今天，我们需要一马当先，更需要万马奔腾。如是，两江新区在西部崛起的光荣与梦想，不是倚马可待的事么？

家在两江，真好啊。

（此文获"恢宏史诗 美丽两江——庆祝两江新区工业开发区成立三周年"征文大赛优秀奖，收录《恢宏史诗美丽两江——两江新区成立三周年征文大赛作品集》）

遍地外景

时不时在街头碰到着装花花绿绿的人，他们摆弄着摄影机、遮光板、发电机，把高杆矮脚的聚光灯立了一地。就想，这又是什么电影电视剧组在赶工制作吧。这个判断，缘起前些年《疯狂的石头》摄制组在罗汉寺门前拍外景。那天上班路过，看到浑身涂满黑稀泥的男主角黄渤从下水道窨井盖中钻进钻出，忍不住好奇，就立在路边看了稀奇，结果太忘情，把上班头等大事忘得一干二净，害得领导连连摇头，"拍个电影，有什么好瞧的？不就是拍个外景吗？"

领导的言下之意，是说你小子不该刘姥姥进大观园般傻乎乎。是是是，错了。转过身来就一脸坏笑——神秘的影视剧制作，过去只是在文字上见过一二，从事的职业所限，能够看到活灵活现的真导演、真演员、摄制组在你面前制作电影，就认为是千载难逢的好机会——过了这村，就没那店，好奇心，有时候真的是无法控制的。什么矜持、什么体面、什么稳重，得了吧，挤进人堆里，围观再说。

这种不服气的想法，随着近些年重庆的高速发展声名鹊起而渐渐消失。昔日陪都，自1997年直辖以降，出落得大气磅礴，古老的吊脚楼与现代化的高楼大厦比肩，立体的城市风光，多彩的自然景致，丰厚的抗战红色人文资源，独特的城市风格与市井气息，使偌大个重庆城市与乡村，俨然成了天然的摄影棚，吸引了各路英雄好汉来渝州施展拳脚。据好事者统计，仅2009年，就有7部影视剧在重庆开机。早些时候上演的《十面埋伏》《好奇害死猫》《三峡好人》……哪一部不能觅到重庆的影子呢？难怪现在冷不丁就能在马路上、商场里迎面碰到过去只能在电视屏幕和电影银幕上晃动的那叫着"明星"的小人人呢。

假日里闲散，就破了从不看国产电视连续剧的"规矩"，买来蝶片，把都市情感剧《不如跳舞》以及正在热播的《江姐》，一集不拉地欣赏完毕。除去剧情让人多多少少悟到新的感受外，更多的，是在脑海中充分建立起"遍地外景"这个概念。张国立与刘蓓，十年以后再牵手，就在离我家仅三百米开外的天桥、餐厅、步行街上，演绎了他们现实主义的情感，让熟视无睹的杨家坪、南滨路、解放碑、轻轨、索道、重庆大学校园，在银屏上变得越发光鲜起来，美如青春活力的少年。原来，我朝夕相处的家园，看起来竟是如此的美轮美奂。再看丁柳元演绎的新的江姐形象，在重庆人熟悉得不能再熟悉的茶馆、水码头、石板街巷穿行，完成 20 世纪 40 年代忠贞共产党员的神圣使命，让人既生时光倒流之感，也不期然望着屏幕上的古旧之物，叹出一声"换了人间"。旧的重庆永远地走进历史，新的重庆让世人惊艳。

新重庆，哪一处不能进入摄影机镜头呢？

新重庆，哪一方不是导演青睐的外景地呢？

美国《外交政策》用它刁钻的眼，发布 2010 全球城市指数，破天荒把重庆摆在世界之城的第 65 位，并赞美这是中国的未来，是扬子江上的芝加哥。作为重庆市民，我的虚荣心在得到极大满足的同时，转念一想，日今眼目下的重庆，遍地外景，恍若天然的电影城，难怪外国人竖起大拇指，应该得嘛！

（原载《重庆晚报》2011 年 4 月 15 日"重晚副刊·文学"

《我爱重庆文学作品专辑》第一辑）

永　新

从车窗往外看，永新凤凰山绵延不绝，房前屋后，山峦沟壑，到处是春花飘舞，到处是花潮涌动。朗朗晴空，艳阳高挂，漫天花讯捎来了春的消息。花如海，雪纷飞，来凤凰山观赏梨花的我们，迫不及待地跳下车去，与暗香浮动的永新香雪海撞了个满怀。

十里崇山峻岭，万亩梨花海洋。置身花丛，"忽如一夜春风来，千树万树梨花开"，经典的诗句，不由自主地吟诵出来。与志趣相投的友人漫步花径，与心爱的人儿牵手花海，吮吸着山野清新的绿氧，弄花香满衣，周身便沾满了梨花的芬芳。穿行花树下，或凝神注目，赏晶莹的花瓣与虬枝绿叶相偎；或凑近花蕾，恨不得让那飘忽不定的幽香来冲刷你的五脏六腑。徜徉在凤凰山里，被漫山遍野的欢歌笑语感染，被花团锦簇的花的海洋包围，心鼓就激越地敲打起来，忧郁、烦恼、愁肠和生活中的种种不快，顿时跑到爪哇国里去了。一身的轻松愉快，让白发老者年轻了十岁，让青春少年红扑扑的脸蛋与梨花绿叶相映红，一下子引来快门声声，留下欢笑，留下倩影，留下永新梨花缤纷、香飘四海……

友人相约永新时，我还以为是远去江西，脑海里浮现出的是三湾改编，是支部建在连上那著名的红色故事……友人笑着提醒，我们此去的永新，是非著名的綦江县永新镇——重庆城外南去，一小时高速车程，凤凰山下小镇是也。

就这样认识了身边的永新。春三月，一群文朋诗友，早就有了外出踏青的想法，一听到"柳色黄金嫩，梨花白雪香"的永新梨花节，便嘻嘻哈

155

哈凑起了赏花的闹热。拣了春暖花开的日子，换一袭春装，上渝黔高速，出綦江，去寻那漫天飘舞的精灵，聆听花开的声音。

没想到，要幸会凤凰山万亩花海，还得费尽一番周折。兴致勃勃地奔到半山腰，如我等闻香而至的八方游人，早已把山道弯弯挤了个水泄不通，纵然是越野奔驰，也只能望着没有尽头的车流兴叹。梨花仙子如一位羞赧的少女藏在深闺人未识，想掀起盖头轻轻松松一睹芳容，先得考量一下来客的性情。

随行友人中有两位土生土长的永新人，尽管已经功成名就生活在繁华的都市，却始终忘不了家乡的一草一木，感念着故乡的山水恩情。见到堵车窘境，便让我们少安毋躁，热情地邀我们先去山脚游览古镇，待过了游客高峰再来上山，不慌不忙地看花赏景尝梨花酒，岂不一举两得？

且说且行。掉转车头，不消十分钟，永新镇张开双臂迎接了我们。走在古镇的青石板路上，看老街上鹤发童颜老人懒洋洋地晒着太阳，看茶馆里悠闲自在玩着麻将、纸牌的银发一族，竟生隔世之感。时间在这里仿佛停止了，喧嚣的市声远去，镇中保留完好的后街，如苍苍老者，慈祥而爱怜地打量着远道而来的我们。偷得浮生半日闲，我们为梨花而来，却先把关注的目光投向永新的过去，冥冥之中似有神助，赏梨花、逛古镇，两全其美。窃喜，身心便彻底放松，慢下了来去如风的节奏，缓慢的步履，与永新故旧神交。

这就是老去永新的写真。旧式的建筑物上布满了岁月的风尘，穿斗结构的木屋记载着逝去的风雨。穿小巷，过拱门，岌岌可危倾覆在即的禹王庙出现在眼前，青瓦木柱的庙宇已四壁透风，窗棂上精工的木雕已然腐朽，只有当年供销社那板壁上隐约可见的标语口号，向我们诉说着这里曾经发生的火红故事。啊，往事越千年，旧的永远去了，新的层出不穷。在这个新旧交替的所在，我们用镜头作笔，记录风雨桥上剃头匠快乐地忙活、记录叮叮当当埋头制作蜂窝煤炉的作坊师傅、记录小摊小贩手中招徕孩童的五花风筝，幻想着纸鸢飞舞在凤凰山麓，世外桃源天人合一的想念便在脑际久久萦绕……

别了旧城，一街之隔，已是商贸融通、歌舞升平的永新新区，车水马龙的景象把我们拉回 21 世纪的今天。这时，午后的斜阳温暖地照在脸上，凝重的情愫不再，看花的心情，变得愈加急迫。你看，彩旗引路，十里花香，扑鼻而来，那身披云霞、仪态万方的永新梨花仙子，正站在高高的凤凰山巅，向我们招手呢……

（原载《重庆晚报》2012 年 5 月 4 日 "夜雨"）

散步在蛇口的雨夜

工作原因，每一次出差深圳，都下榻在蛇口一家银行培训中心。据说这里正是当年深圳改革开放的始发地呢。每一次来，放了行李，都要推窗望远，看深圳的天蓝、风清，赏蛇口的花红、树绿，总是感觉眼前或高或低的建筑物显得清爽如新，景致好，用学生腔说是爽心悦目。

晚餐后，忍不住就想出去走走看看。还未出大门，却迎来瓢泼大雨。这南国的风雨，像极了三岁小孩儿的脾气，小脸儿变得忒快。一个时辰前，天空还是湛蓝湛蓝，朵朵白云天上飘，转眼间什么也看不见了，幕天席地的雨从空中跳将下来，砸在地上冒出阵阵白烟。犯愁间，就见一顶大红雨伞如花样盛开在头顶——原来是培训中心漂亮的服务生为我撑开了雨具。这深圳土地上的孩子，文化素质就是不一样。可人贴心的服务，温馨、温暖，有幸福的暖流袭遍周身。谢过女生，接了伞，一个人向夜色中走去。

漫无边际，向左向右都没关系。撑着雨伞行走近半个小时，除身边驶过几辆公交或私家车外，终未能碰上什么热闹或稀奇古怪。蛇口真静呢，街道两边的商场小店，间或亮着白晃晃的灯光，鲜有顾客光临。即便有人来购买，也是直奔主题，选了货品就赶路。偶尔碰上一两位路人，也是行色匆匆。道路两边的阔叶林在雨中摇曳，幽幽街灯散漫慵懒地照在枝叶上，反射出忽明忽暗的光。深圳雨夜，想找一个悠闲自在的人唠叨，怕是难了。忙碌惯了的深圳人，都去了哪里呢？

时间就是金钱，效率就是生命。走着走着，脑海中蹦出了这直接描写蛇口速度、深圳速度的著名口号，应该就是在脚下这块土地上诞生的吧。

1981年，国门刚打开，蛇口人的意识就异乎寻常的超前，他们想到的是效率，追求的是速度。"三天一层楼"的造楼进度，成为国人心中的美丽神话，传颂经年。弹指30年过去，看来这里的效率与速度，依然如故。

2001年夏，随中国金融职工政研会访问广东，头一回在广州、南海、东莞、珠海、深圳等地留下足迹，应该说有太多的心得体会，却因种种主观的、客观的借口，未能留下对中国改革开放最前沿印象的只言片语。时至今日，再理当年初来深圳观光的心情，却似雾里观花，始终理不出个头绪。是什么，促使这个广东的小渔村在30年的光景里，蜕变成一个国际化大都市的呢？

不知不觉，走到了南海大道。大道上车多起来，人多起来，霓虹灯耀眼。此时的深圳城，如一架结构精密的仪器，正按着它的速率作有规律的摆动。突然，我的眼前一亮，一块蓝底白字的标语牌矗立在面前，"空谈误国，实干兴邦"，多么亲切的话语！标语让我周身一振，如遇见多年不见的老友。是啊，敢为天下先的深圳人，早已知道无谓的争论、虚浮的形式，只能是劳心费神于事无补，唯有脚踏实地憋着劲儿往前闯，才是硬理儿。正是这种朴实理念的驱使，才让蛇口与深圳当之无愧地成为中国改革开放的桥头堡、排头兵。

空谈误国，实干兴邦。准确的答案就在这里。这是深圳的根、蛇口的魂。深圳人铭记在心——实干，唯有实干，才有了深圳的昨天、今天和明天。

雨未停，夜已深。在蛇口的雨夜，我找寻着深圳人的足迹……

（原载《长江烟草》2012年12月18日文学版）

不老的磨西

出川西海螺沟国家级风景区大门，东行百米，是一片苍然古朴的街区，这便是磨西老街。

老街老矣，被踩踏得溜光水滑的青石板街道两旁，低矮破旧的黄墙黑瓦，无声地诉说着流逝的岁月。满脸沧桑的老人，在炎夏的七月天，仍裹着黑得发亮的棉袄，蜷缩在自家门前的小土台上，吧嗒旱烟烤着太阳；光屁股的孩童，藏在爷爷奶奶身后，瞪大圆溜溜的双眼，紧盯陌生的来客。静寂如眠的老街。只有三三两两东张西望行色匆匆的游人、几只摆尾觅食流浪撒欢的小狗，以及间或从小巷里窜出的摩托车那夸张的引擎声突突响起，这才让老街有了些微活气……时间大概在磨西凝固了，尽管百米开外的海螺沟与磨西新街充斥着五光十色的现代生活。

行走在老去的磨西，目力所至，我努力把她昔日的荣光搜寻。这儿，是红军长征进入甘孜藏区最先经过的地方！谁料到如今竟是这样的冷寂落寞。

磨西台地，势如横卧山谷中的一条巨龙。史载：二千多年前游牧于此的古羌族部落人称之为"龙"和"磨西面"，磨西地名由此而来。这里，四面环山，流水纵贯，气候宜人，土质肥沃，谷物丰产，是川西"茶马古道"的必经之路和重要驿站。其时磨西，商贾云集，物易频繁，充满生机。1706年，出入藏区的物质、贸易，转由泸县新筑成的铁索桥前往康定，磨西的繁华才日渐式微。

真正让磨西青史留名的，是1935年初夏那漫天风雨中的七天七夜。

是时，红一方面军在石棉强渡大渡河后，兵分两路，夹江而上，剑指泸定。川军为阻拦红军北上，早已炸毁了磨西通往泸定的唯一通道雅家埂河上的桥梁。受阻红军一边冒雨砍树架桥，一边埋锅造饭。两小时后，先遣部队通过临时架起的便桥，翻越摩岗岭，星夜兼程，举火把与隔河相向而行增援泸定的川军赛跑，这是后话。

从5月28日至6月3日，红二师和红三、五、九军团以及军委机关近两万人顶风冒雨进入磨西，在磨西台地留下深深足迹。七天七夜，磨西老街成为红色海洋。红军发动群众，打土豪，放粮仓，不仅得到军粮补充，而且将部分粮食分给干人（穷人）；磨西农户为红军带路、背水、送柴、烧茶、煮饭，红军离去后主动掩护和收留掉队、受伤、患病的战士。更有意义的是，毛泽东在他下榻的磨西天主教堂神父房召集朱德、周恩来、王稼祥、张闻天、秦邦宪、陈云、邓小平开会，确定了五项动议：一是红军不去康定，因兵员、粮食得不到补充。二是通知部队有序通过泸定桥，先人后马。三是征求陈云同志意见，中央拟派他出川到上海恢复被敌人破坏的党组织，去苏联向共产国际汇报中国革命的情况。四是抓紧筹集补充行军用粮食。五是过了泸定桥，中央和军委开会研究北上路线问题。这就是入载中共史册的"磨西会议"。

不老的磨西，永远的磨西。

在坐西朝东十字架高耸的天主教堂里，年逾古稀的值班老人领着我们参观神父房。踏着"吱吱"发响的木梯上到二楼，我见到了原样布置的主席卧室和当年开会的简陋桌椅。端详红军留下的大刀、梭标和长矛，耳边仿佛回响起震耳欲聋的杀敌声和健儿们北上抗日的呐喊……

时光如水，物是人非。70余年后的今天，毛泽东小住的磨西天主教堂已经辟为四川革命纪念地，这是磨西老街上唯一得到修葺的建筑。这幢至今仍会响起天主福音的教堂，记忆着那段不朽的红色历史，为天南海北的旅人诉说着磨西的前世今生，算是磨西不老的证明。

（原载《长江烟草》2011年3月8日文学版）

秋老虎与青松岭

炎夏难度,吃不甘胃睡不安身,是身处南方"火炉"中人的切肤体验。曝晒户外,则汗流浃背,头晕眼花;躲进空调屋,虽凉爽,但待久了有空调病之虞。无奈何只有扳着指头数天天,竟似度日如年。每当晨曦初露,于半梦半醒间,要做的第一件事,就是翻看手机短信查找天气预报,盼星星望月亮,只盼气温往下降。好不容易熬过了三伏,迎来了立秋,实指望秋风渐起,把难耐暑热扔到九霄云外,哪知道秋老虎说来就来,老天爷仍然绷紧一张热辣脸,万道金光洒人间,让我等盼望清凉秋日的想法化为泡影。

长夜难眠度苦夏,最是惧怕秋老虎。

秋老虎实在不可小觑。本应虚晃一枪的秋老虎,这些年真有了三分真老虎的威风,一出笼,便如锅炉工样,猛往灶膛子里投送燃料,三下两下,就把密不透风的座座水泥森林,烘烤成蒸桑拿的洗澡堂子,让这星罗棋布的大城小镇,没有风雨、少了清凉,融汇成千上万台加氟空调形成的热岛效应,只让瘦子张口喘粗气、胖子汗水似淋浴。

逃离,别无选择。哪里凉快哪里去。一路狂奔,夜上青松岭。

此青松岭,非电影中的青松岭。真实的位置就在远郊万盛石林镇。沿崎岖盘山公路旋转,群山万壑间,终于有了松涛阵阵。山岭开阔处,一片新农村集镇出现在车灯光下,道路纵横,屋舍俨然,世外桃源一般。新铺装的柏油公路边,竟安装有现代化的风电太阳能路灯。山垭口,"青松岭宾馆"敞开怀抱,接纳了我们这一群被暑热逼得"走投无路"的客人。下

162

车伊始，凉风袭人，顿觉夜色笼罩的青松岭是一杯冰镇西瓜汁，解暑解渴，解忧解闷。

这是个别样的清凉世界。此时山下城内，气温表的水银柱死死咬在40度上下，青松岭上却是晚来风急。迎接我们的店老板，竟如过冬一般着一袭长袖衣裤。放了行李，赶紧出屋，信步沿公路徐行，贪婪享受自然风，让巴适凉意，驱散满身燥热。一秒钟内，青松岭把我们从秋老虎肆虐的炎夏带到了秋高气爽的晚秋。

小镇夜色正浓。头顶星河璀璨，深蓝色的夜空，清朗高远。路边或高或低的房间内，传出歇暑休闲人嘻嘻哈哈的说笑打闹声。宽敞的院坝内，静静地停满了大大小小各式车辆。现代化的路灯明亮，照耀着黑白相间的柏油路。连绵不断的虫鸣蛙鼓，此起彼伏，催人入眠。在外待了一会儿，竟感手足冰凉。回得房来，浓浓的睡意袭来，我们倒头便睡，再睁开双眼时，已是次日中午。

窗外仍然是红火大太阳，远处松林中，一阵紧似一阵的知了唱和，但已然没有了袭人的滚滚热浪。走出屋外，虽日头当空，辐射强烈，但只要撑一柄防晒伞，再强的紫外线也徒唤奈何。随便往哪棵树荫下面一站，清风凉意便从脚底升起。呵呵，凶神恶煞的秋老虎，在高高的青松岭面前，俯首称臣。

消夏歇凉何处寻？远郊石林青松岭。

就想，究竟是大气环流改变为秋老虎助桀为虐，还是日益加重的工业污染、环境破坏致秋老虎一年更比一年厉害？有人说战胜自然，我看这顶多是个一厢情愿的口号。违背了自然规律，无异于自毁江山。现如今，现代化的生活方式带给人们超值享受，同时也让这样那样的秋老虎们大行其道，这些屡见不鲜的冤家对头，于现实生活中，还少吗？

站在暂时还算原始的青松岭上，望着半山腰处已在连片开发渐成气候的楼房民居，我突然心生后怕，再过些年，青松岭还是我们歇凉避暑的必择之地么？

（原载《长江烟草》2012年9月8日文学版）

沧桑云联塔

　　用朝圣一样的心情去看家乡的云联塔，完全出于无奈。有着1600余年历史的古城在年复一年的改天换地后，沦落为一个普普通通的乡镇。走在这个曾经的县衙，跟走进中国任何一座新兴的乡镇一样，没有丝毫区别。一座失却了记忆的城，没了底蕴，如同初出道人的档案，薄薄的一页两页，能够让人三分钟看穿五脏六腑。幸好，城东的云联塔还在——孤零零耸立于水库西南角的残缺不全的砖塔，成为家乡区别于千百乡镇的唯一符号。回家，只能看看这心中永远的图腾罢。

　　云联塔修造于清道光年间，厚重的石砌塔底，衬托起五层砖木石结构塔身，虽历经百年风雨，依然矗立城东高地，把古城的悲欢离合记忆。20世纪60年代后期，无辜的云联塔成了"封资修"的代名词，自然逃脱不了悲惨命运，被"造反有理"的狂热分子作为四旧之物，用履带式拖拉机和手腕粗细的麻绳一夜间毁掉塔顶。从此云联塔，风吹雨淋无人理，沦落荒郊野外，濒临坍塌。

　　万幸的是，遭遇灭顶之灾的云联塔在1981年代引起了省上的注意，拨专款让县里修复。家父所在的镇建筑队领受了任务，一群木工、瓦工师傅，在竹脚手架上攀上爬下，用简易"铁瓜子"把沉重的砖石水泥吊上塔顶，大清遗塔内外，洒下了百年后子孙们辛勤的汗水。两个月后，云联塔起死回生，喜迎第二春。阳光温暖，照耀初夏的大地。那灰白色的砖砌水泥新顶，仿照传说中的石塔顶造型，虽有些不伦不类，却总算是给这见证着古镇来龙去脉的沧桑宝塔戴上了一顶挡风避雨的帽子。完工后，经领导同意，父亲在塔顶第五层的墙壁上镶嵌一块半尺见方的修复记事牌，刻下了参与修复工程的领班、木工、瓦工的名字。

30年后的立春日来看塔，既是消遣也算是凭吊。云联塔塔基外围，不知何时增加了一圈保护的砖墙。塔外飞檐翘角上的风铃还是不见踪影，空余黑洞洞的系铃孔，如流泪人的眼睛，注视着世事变迁。塔内二三四层的木楼板仍然空空如也，仅存第五层的木板中间，还被人恶作剧地烧出一个黑乎乎的大洞。镌刻有父辈们姓名的黑色记事牌，早已被"到此一游"的人画成了大花脸。仔细辨认石牌上数个熟悉的师傅的名字，竟仅存一人还健康地活在这个世间。30年，两代人，说长不长，道短不短。物是人非的况味，让观塔者的心情，平添一分沉甸甸的重。

登塔之前，我去寻访了我的小学、中学。小学校是新中国成立前一栋大地主的庭院，前庭后院的青瓦白墙，厚厚的杉木板壁暗香盈动，既是古色古香的内饰，也把我们的启蒙之所分隔成独立的天空。细雨纷飞或白雪飘落时候，两个古旧的天井边挤满了抬头看雨雪的孩子。书声琅琅的快乐园地，却在我刚上中学那年的夏天被无端拆除，一座有着百年历史的老式江南庭院，眨眼间灰飞烟灭。而在中学建校劳动的口号声中，我与老师、同学们顶着酷暑帮建筑工人搬砖挑灰，亲手建造了自己的中学校。在那所宽敞明亮的校园里，我们豆蔻年华，意气风发。30年后再去故地"上学"，迎接我的，却是衰草荒地，仅存的一排教师办公室，已变身为一家养猪场堆放饲料的场所——我的青春年少的印迹，随风飘散，无影无踪。

离云联塔不远处，是家乡久负盛名的高中校园，也出人意料地变成了一条长不过千米的水泥公路。路两边，是毫无章法的民居和门面店铺。记载着师生情谊、同学友爱的教室、办公楼、学生宿舍以及那挥汗如雨迎战高考的自习室，早已成为梦中的回忆……

历史就是这样向前推进的？我们从哪里来，到哪里去的古老的哲学命题，或许永远都找不到答案。幸亏，云联塔还健在，这唯一记录着古城历史的尤物，给家乡人一丝曾经拥有的荣耀，也给我们关联人带来一丝恒久的温馨。

留学法国的友人，于节前发来她在鲁昂的见闻，让我欣喜地阅读异域之邦的风情。那古朴得让人心惧的欧式建筑，传闻竟是文艺复兴时期大师们的杰作，虽白发苍苍，古意森然，却闪耀着迷人的光芒。回头想，若按时下同胞们的审美眼光和政绩观念考量，如此老得掉牙祖祖级别的房屋，留它何用？怕是不知道早已拆除过几回回了呢。

　　但愿，父亲参与修复的云联塔能成为传世文物。触目惊心的拆字和那随意性的"规划"，永远别玷污这古城人心中的圣地。

（原载湖北《荆州晚报》2011 年 4 月 28）

土楼礼赞

抵达闽南漳州，崇山峻岭间的土楼便时不时跃入眼帘。立于高处，俯瞰脚下书洋镇上坂村田螺坑著名的"四菜一汤"土楼群，震惊、震撼、壮观、雄伟、大美这些形容词立刻充满脑际。山风浩荡，阳光温暖，高天流云。我从重庆来，旅途劳顿，已见人疲马乏。入了南靖，与土楼撞个满怀，心便荡漾起来。又如一坛尘封经年的老酒，被不经意打开，醇厚绵长的酒香，沁人肺腑，催人振作。呵呵，福建土楼，一扇厚重的历史大门洞开，把我带回遥远的唐宋元明清。

有人在耳边喋喋不休，指着半山腰处的土楼告诉我，这是按照"金木水火土"五行相生次序建造的四圆一方土楼，算是福建土楼中的经典。关于这"四菜一汤"土楼的赞美，当数联合国教科文组织顾问蒂文斯·安德先生的话最为权威——"世界上独一无二的神话般的山村建筑模式"。日本建筑学家茂木计一郎则用文学语言煽情，描绘田螺坑土楼是"天上掉下的飞碟，地上长出的蘑菇"。

不清楚那位东瀛建筑家是不是兼具文学家的天赋，仅就这用飞碟和蘑菇来形象比拟中国闽南数不胜数的大小土楼，就足以让后来人惊艳，一动一静的比喻，简直就是神来之笔。静卧群山深处苍松翠竹河流边的土楼啊，黄墙黑瓦，恰似飞碟降临，有如雨后鲜菇，从远古走来，闪耀着历史的光芒，安静地守望着人世沧桑，记载着变幻风云。此时此刻，不论你来自何方，无论你芳龄几何，面对这或圆或方高大古朴的土楼民居，你会心如止水，不得不顶礼膜拜，不得不把思想的镜头闪回到数百年前甚至远古。

　　土楼是福建的符号，更是闽南客家人的家园。始于先秦，中原便是兵火交锋之地。为避频仍战乱，客家先人扶老携幼，举族南迁，越黄河、渡长江，含辛茹苦，颠沛流离，前前后后来到了山高水长、偏安一隅少了兵燹的闽南定居。似一粒生命力极强的种子，无论播种在哪里，只要有土地、水分和阳光，这粒种子就可以生根、发芽、开花、结果一样，客家先人正是被命运的狂风吹落到穷乡僻壤，他们没有屈服消沉，没有一蹶不振，更没有自生自灭。作客他乡的种子，在这片相对安宁的环境里，在这块丰饶的水土上，悄然萌芽，深深扎根，于风雨雷电之中，苗壮成长。凭着坚忍的意志、抱团的精神、艰辛的劳作……客家人不断发展、壮大。从八闽大地到南洋海外，客家人的名字，星火燎原，渐成大汉民族的优秀群体。

　　穿梭于林林总总或大或小的土楼前，我仰望、注目、膜拜，聆听客家人千百年来历经苦难沧桑奋斗的故事。在这夯土筑城的世界里，起源于中原大地的客家文化，满目皆然。壮观土楼，从人文角度观之，"一统世界无贵贱，平分空间无大小"，方圆之间，聚族而居，叔伯兄弟，姊妹妯娌，军民团结如一人；楼内小门一闭，又自成一家，彼此独立，家家户户，尽享天伦，真可谓天人合一，其乐融融是也。

　　青山逶迤，涧溪纵横，与星罗棋布的大小土楼交相辉映。漫步在闽南乡间，石桥、古道、村庄、田畴，浑然天成。流连土楼，再浮躁再狂乱的心境也会遁迹无形。这里，远离了干戈，远离了喧嚣，远离了争强好胜，远离了锱铢必较。客家人日出而作，日落而息，忠孝为本，耕读传家，真真一个世外桃源境，天地人融合。绝美宜人的乡野风光、悠然自得的农家情趣，怕是晋人陶潜笔下也难觅芳踪吧。

　　神奇壮美的土楼奇观，古拙大气的福建土楼，维系着客家人数百年来的光荣与梦想。她是连接中华远古文明血脉的桥梁与纽带，也是承载华夏子孙勇敢智慧优秀传统的象征，更是世界文化遗产中一朵精美绝伦的奇葩。

（原载《重庆思想政治工作》2015年第二期"百花园地"）

约会青海湖

学生时候背诵地理，囫囵吞枣记住了有关青海湖的知识点，如中国最大内陆咸水湖、总面积达 4500 平方公里。湖中鸟岛虽不足平方公里，却繁衍生息着近十万只候鸟，鸟儿翱翔时遮天蔽日，是亚洲密度最大的鸟禽繁殖场。青海湖附近，栖息着世界濒危动物中华对角羚，属国家一级保护动物……什么时候，才能约会青海湖，亲眼一睹她靓丽的丰姿呢？

这个儿时的想法，终于在今年的八月末得以实现。

出了机场，早已把轻微的高原反应抛在脑后，快步登上东道主早已备好的大巴，径奔西去。透过奔驰茶色玻璃车窗，我们兴奋地看深蓝得让人心惧的天空，眺天际线上影影绰绰的峰峦，望无边无垠的草原牧场……一车从内地初来高原的人，在这离天空更近的地方，被强烈的异域新鲜感刺激着，被陌生的原生态风光感染着，被路边手牵雪白牦牛招徕游人的藏族同胞吸引着，无以复加的快乐与开心，写在每一个人的脸上。

翻过当年文成公主入藏经停的日月山，大草原一马平川，倒淌河静水无声。笔直的柏油公路两旁，间或闪现出一片片耀眼的金黄来，那是辛勤农人播种的油菜。明艳的油菜花迎风摇曳，如铺呈草原之上的金色地毯，在青色牧场的映衬下金光灿烂。满车同行人，为车窗外扑面而来的美景吸引，咔嚓的相机快门声与发自内心深处的赞叹，不绝于耳。赤橙黄绿青蓝紫，置身高原，你必须对色彩异常敏感。

人们的惊叹还未停顿下来，高原的罡风已把厚重如絮的团团白云从头顶攫去天边。这时，天地交汇处，浮现出一片蔚蓝的颜色，从地平线上向两边延展开去。是海市蜃楼？还是高原独有的自然奇观？目力所及处，皆是辽阔无边的蓝。车中有人惊呼起来，"青海湖，那就是青海湖！"

那就是青海湖么？蔚蓝的湖水一动不动地悬浮在地平线上，神话般的人间仙境，让人心旌摇曳。随着大巴飞驰，青海湖愈来愈清晰，越来越明亮。近了，近了，满眼汪洋碧波奔来眼底，这哪里是湖，分明就是浩瀚无垠的大海呀！

当载着我们的大巴在二郎剑景区停下时，欢快的鼓点、激越的长号响起，盛装的藏族男女青年长袖善舞，手捧洁白、金黄的哈达欢迎我们。在湖边留影后，我们登上白色游艇向湖心驶去。驻足船头，凭海临风，怎一个愉悦了得。极目远眺，但见碧水共长天一色，水鸟伴湟鱼起舞，雪山与白云交融。

《中国国家地理》是这样赞美你的，众多湖泊都以瑰丽秀奇为人所爱，青海湖单单把瑰丽舒展为平淡，把秀奇变幻成壮阔。诚哉斯言！在这里，草原和大海相依相偎，草原的优美、海的浩瀚与湖的沉静罗织在一起，铸成了青海湖的博大之美。约会你哟，青海湖，让青之韵、海之情、湖之魂顷刻间映入记忆大海，实在是人生爽心乐事。

青海湖，我的梦中之湖！正如年轻漂亮的藏族导游所说，青海湖在博大壮丽中不失俊秀温柔，在磅礴奔放中不失含蓄委婉。在这人间绝代圣境里，我们思绪飞越，思虑青海湖的前世今生；在这天下第一神湖里，我们乘风破浪，在码头上观赏圣洁的"吉祥四瑞"，在湖中以鱼雷发射基地为背景嬉戏……时间悄悄流走，好客的东道主催促我们赶往下一个目的地。我们知道，青海湖太大了，此行短暂，已经无法观赏缥缈神秘的海心山了，无法登临万鸟翔集的鸟岛了，无法去多姿多彩的仙女湾、金沙湾、沙岛景区漫步了。依依不舍地环湖行进，风光旖旎的湖滨传来拍岸涛声，像是在为我们击掌送别。

留下些许遗憾吧。青藏高原上的明珠哟，来年，再来看你……

（原载《南川日报》2011 年 11 月 8 日）

在烽烟点燃的地方

你从远古走来，披 800 余年风霜雨雪，该有多少烟云过眼。其实儿时就在教科书中结识了你，后来电影导演又把你带上银幕推到国人面前。呵呵，卢沟桥，烽烟点燃的地方，硝烟散尽 74 年后的八月，在这个闷热得让人匀不过气来的周末，我把虔诚的旅痕印在了这片见证烽火岁月的中国地。

仰望高高的宛平城墙，俯视至今犹在的深深弹坑，我的眼前幻化出两军交锋对垒图，密密麻麻的红蓝箭头交织处，分明是旗帜翻飞、弹雨如林，战马嘶鸣声、国民革命军第 29 军将士抗争的呐喊声，在卢沟桥上渐行渐远化为永恒。那年那月，太阳的光辉照耀着永定河两岸的焦土，遍地火光冲天而起，侵略者狰狞恐怖、膏药旗耀武扬威，把中国人永世不忘的仇恨与耻辱在此定格。卢沟桥，唱一曲苍凉悲歌，把我的思绪从现实带回遥远——

这是怎样的一个所在呢？艳阳下的卢沟桥难见人影。沧桑之桥，跨越永定河，静静地向西延伸。古桥虽经整饰，桥身两侧整齐的雕花石栏却依然沉稳坚毅，五百大小石狮神态各异、栩栩如生，威武而沉静的气韵瞬间袭遍周身。桥还是那座桥，水还是那些水，1937 年 7 月 7 日夜发生在这里的剑影刀光，仿佛在凝思中音画重现。是夜，日军在卢沟桥附近军事演习，却借口失踪一名士兵，蛮横无理地要求进入中国军队防守的宛平城内搜查，遭守军严词拒绝后，豺狼的尾巴暴露无遗，悍然向宛平城发动袭击。英勇的宋哲元部官兵，是可忍，孰不可忍，举枪挥刀，奋起还击！

一寸河山一寸血,中国人民不可辱。五百石狮齐咆哮,永定河水朝天啸。卢沟风云激荡,抗战雷霆,霹雳华夏。不屈的中国人,牢记血海深仇,从地上爬起来,擦干血迹,从此广结同盟,枪口对外,大刀向鬼子头上砍去!

轻轻走过卢沟桥,不忍看桥面铺路石那深深下陷的车辙,该是辗去了多少悲欢离合?不老卢沟桥,你诞生在金大定二十九年(1189年),清康熙时因水毁而重建。因了动人美丽的"卢沟晓月"人间仙境,乾隆帝御笔赐美名,钦点出美轮美奂的意境。想那一轮圆月挂天边,永定河水碧波万顷,风帆点点桨声不绝。岸边垂杨随风舞,月照桥身护栏狮。如水的月光,洒在你这出入京都、迎来送往的门户之地,竟引得意大利大旅行家马可·波罗夸赞不绝。"落日卢沟桥上柳,送人几度出京华。"你本应承载礼仪之邦的博大仁爱与忠义,却不料因事变的硝烟浸染而芳名千古。

桥东的宛平县城,始建于明崇祯十一年(1638年)。东西两端入口出口,各有城门森森的威严门、顺治门。城内建筑,除了庄重大气的中国人民抗日战争纪念馆,皆为古风尚存的民居。不解的是,走在这个本应有厚重文化氛围的老街,我却惊讶到处都是贩卖所谓奇石的商铺。虽说是天下之大,无奇不有,但怎么也想不明白会有这么多的奇石在此云集。

一天的日子眨眼过去,夕阳西下时,我作别卢沟桥。回去的路上,想得最多的,是来战地观光的旅人为什么那样稀少?卢沟桥的枪声已经成为历史的回声,随着岁月的更迭,东北抗联、保卫华北、兵出黄河、百团大战、地雷战、地道战等等那些曾经激发出民族精气神的英雄事,是否也会渐渐褪色?在当下,还有多少人会忆起那些宁死不当亡国奴而以命相搏的先辈们呢?但愿卢沟桥的枪炮轰鸣声声在耳,但愿抗战八年那些富有传奇色彩的故事不仅仅成为新新人类手中把玩的电脑游戏,如是,才是对那些为了民族独立解放而殉难的英烈们的真情告慰……

(原载湖北《松滋作家》2011年第6期)

千里江陵一日还

　　老家在湖北，客居在重庆，就有了无数回长江行船。初驻足船头船尾，仰望沿江两岸瑰丽风光，沉醉远古的三峡神话，总会引来无尽遐想。但行走多了，观得久了，那隆隆的轮机声便成了恼人的噪音，不论上溯下行，总得有个三两天，漫漫旅程变得索然无味……20多年间，江上旅行，我期盼——什么时候，才能真正实现千里江陵一日还？

　　走陆路也够折腾。那蜿蜒崇山峻岭间的318国道，弯急坡陡，塌方滑坡滚石的危险时刻相伴。那就坐火车吧。从菜园坝火车站北去的列车，通宵的咣咣当当，黎明时分在襄樊站换乘长途汽车，待灰头土脸抵达江陵境内，已是万家灯火时分。20世纪90年代，蜜月之旅后从成都返渝，在拥挤的大巴上，我与新婚妻子蜷缩在人堆里，彻夜难眠。川中盆地中的两大都市，竟有相距十多个小时的车程。1992年前，重庆江山里还找不到一条真正意义上的高速公路，行路难，难行路——宝贵的光阴，就这样消耗在看不到头的路上或堵车长龙之中。如我一样饱受舟车劳顿堵车之苦的人们，期盼着畅达的交通。巴渝腾飞，经济跨越，更需要畅通重庆。

　　期盼的双眼便一次次向交通事业行注目礼。那年，成渝高速公路歌乐山隧道初通，我们"享受特权"，开着特种车从新桥到白市驿一溜烟跑过，兴奋过后便把翻越歌乐山盘山公路经常堵在山洞里吃灰的痛楚永远忘记；直辖前夜，修修停停达六年之久的长江李家沱大桥终于蹒跚着向我们走来，作为立交广场的建设者之一，我参与了大桥的竣工通车典礼，与成千上万"踩桥"的市民一道，随同共和国交通部部长一起欢呼，把幸福的泪水尽情挥洒……直辖的礼炮回响在巴山渝水，重庆交通从此插上飞越的翅膀，渝长（寿）高速、渝涪高速、渝万高速、渝黔高速、渝遂高速、渝湘高速，纷至沓来。

确切地说，重庆城每三个月换一版地图的说法，得益于交通的日新月异。在一条条高速坦途竣工之后，在渝怀铁路建成实现孙中山先生建国梦想之后，在南川、綦江、永川、涪陵、垫江等远郊区县逐步融入主城之后，在诗意的轻轨穿越古渝州天上地下的时候，在一座座流光溢彩的巨桥飞架南北为重庆赢来"桥梁之都"美誉的时候，我们知道，"天堑变通途"，畅通重庆之梦，在年轻的直辖市里已经幻化成现实。

重庆是我的第二故乡，而生我养我的故园，毕竟在江陵侧畔的松滋河啊。

去年盛夏，终于按捺不住千里走鄂西的心情，携一家老小，出主城、奔垫江、下石柱，驱车体验了先行通车的沪渝高速重庆段的快捷。半年后，这条连接重庆、湖北、上海的希望之路全线贯通，惹得归心似箭的同乡们纷纷驾车回乡过大年——早上轻轻松松从重庆主城出发，不及日落时候，已经安坐湖北老家喝茶。乡党在电话中兴奋异常，说："太快了太快了，比坐火箭还快！"

千里江陵一日还！大唐诗仙之言，为畅通重庆作了绝佳注脚。我想，直辖创造了幸福，直辖改变了家园。那已经成为历史的慢摇苦熬的江上之旅，那栉风沐雨的翻山越岭，就让它留作记忆夹中永远的一页吧。

（原载《重庆日报》2010 年 6 月 24 日"两江潮"）

游园散记

2010 年步入尾声的时候，颐和园的秋阳终于慷慨地照耀在我的身上。无意凑热闹，偏巧赶上了世界旅游日，摩肩接踵来自世界各地的游人，把偌大一个园林塞得满满。入得园内，一张导游图在手，信马由缰，东奔西走，转眼便是日头偏西。

其实，慕"世界上造景最丰富、建筑最集中，保存最完整的皇家园林"之名而来，是要遂我儿时的一个心愿——40 年时光匆匆，颐和园，几回回梦里依稀，醒来却依然是脑子中那几幅静止的画面。

那年寒冬，父亲把屋内涂抹黄泥的墙壁刷上了白石灰，黑黢黢的茅草屋内，顿时亮堂起来，有了乡下农人住屋少有的生气。第二天大早，父母冒着风雪，各挑一担松枝、劈柴上街，换回了过年的猪肉、羊腿、煤油、火柴和食盐。最让我们兄弟欢呼雀跃的，还有几张我们重未见过的散发着油墨香味的年画！这是我记事以来，家中头一回购买年画。父亲满脸得意，打开卷成筒状的年画，在母亲的帮助下，用稠糊的米汤，把年画小心翼翼地粘贴在正堂屋墙壁中央毛泽东主席画像两旁。年画上新墙，满屋喜洋洋。这是那时乡村农户家中极少有的贴年画迎新年，引来了看稀奇的乡亲们，在我家推进拥出——瞧一瞧年画上的别样风景，开一开山里人的眼界。那一年的腊月底正月初，是我与弟弟最兴奋最开心的日子。

父亲指着画中的图案告诉我们，说这是北京的颐和园，清朝皇帝妃子们住的地方。年幼的我与弟弟，根本不知道什么清朝，更不知道皇帝妃子，只有似懂非懂地点头。心头想的是，那画中的湖、画中的桥、画中冬日带雪的柳树，可比生产队周围的小山包上矮松树标致得多。有事无事，便会站在年画前，痴痴地看那银装素裹的十七孔桥、清晏舫、铜牛和白雪皑皑的苏堤。原来北京，除了黑白电影《新闻简报》上见到的天安门、人民大会堂外，还有这么漂亮的颐和园啊，住在那么清爽的地方，可真是神仙过的日子呢。什么时候，我能见到真实的颐和园呢？

长大后读了一些书，才浅显地知道了颐和园的来龙去脉。1750 年，乾隆皇帝为母祝寿，在西山山水相连之处大兴土木，修建清漪花园。110 年后，这皇家园林却惨被英法联军焚毁。1886 年，慈禧太后挪用海军经费重建，改名颐和园。谁知在 20 世纪头一年，又遭八国联军严重破坏……直到 1924 年天朝倾覆土崩瓦解数年之后，这与紫禁城连接着中国第一条电话线的森严壁垒之处才辟为公园，没有顶戴花翎的平头百姓才能大大方方走进园内观赏亭台楼阁奇花异卉。世事兴废，沧海桑田，一本颐和园的历史，可以说浓缩了中国近代民族的苦难。今天，我轻松愉快地踏进这昔日的皇家园林，零距离拥抱儿时的画中风光，自然乐而忘返。

或游走万寿山苍松古柏间，或流连茂林深处的宫阙殿宇、宝刹名祠，或荡舟昆明湖上。我走走停停，细细端详，为园中巨大精美的铜亭、石雕叹为观止，为星罗棋布的楼、廊、馆、阁啧啧称奇。乏了，静静地坐在昆明湖畔长椅上，望烟波浩渺的湖水沉思，听凭罡风在耳边鼓荡——

命途多舛的园林，见证了近代史的狼烟四起。在这片多事之地，上演了多少宫廷秘剧，该有多少或华丽或悲怆的命运曲成为绝响。

水木自亲前，高大的灯笼旗杆仍在，却是永不可能再照耀皇太后在此安歇理政。那近在咫尺的光绪帝住处，是名副其实的"天子监狱"，足以乱真的假四合院，原来是戊戌变法的终结之地。是什么，让清廷的皇亲骨肉成为不共戴天的生死仇敌？

风光旖旎的昆明湖，有迷人的十七孔桥、玉带桥和万顷碧波。是什么，让一代治学巨匠王国维老先生选择这汪洋泽国纵身自沉，把《人间词话》这部文学批评之圭臬带入永恒？

眼前的秀丽景色，吸引了全球多少如我一样神往园林的看客？走马灯似的游子，来了，又去了，转过身去，或许就永不得见。留下的，是焕发青春的古老的世界文化遗产，是不灭的人类文明灿烂瑰宝；故去的，只有庸庸人事、无谓纷争和那一圈又一圈看不见也摸不着的年轮……

夕阳西下，昆明湖上风更烈、浪更高。山那边的佛香阁，已成一幅虚幻的剪影。今天，我把童年的记忆变成真实印象。可叹的是，我那仅仅看过颐和园年画的父母，却是一辈子也无法迈进这画中的土地了。

（原载《南川日报》2010 年 11 月 23 日"金山情"）

迷路鸳鸯

旅居重庆 30 年，应该算是彻头彻尾的重庆人了吧，否。

冲着你去江北、走南岸常常迷路的行为，就只能算个外地人。哪有重庆人不识重庆路？！

这不，去两江分局调研，电话上说分局在金渝大道汉国中心。你脑子一时转不过弯来，要求对方说具体一点：我是第一次来。对方强调，往鸳鸯街道方向，轻轨 3 号线金童站附近就是。对方挂电话时，你清楚地听到一句嘀咕，这么好找的地儿，是不是重庆人啊。

怎么不是重庆人？你感到了委屈。平素少有出门，跟不上时代发展变化，对北部新区那些金字号的路名，常犯迷糊。就是出差去江北机场，也只得乖乖地坐航空大巴而不敢轻易自驾。否则，路痴的你，要走冤枉路。全家人都知道，你在江北、在渝北，迷路已经不是一回两回。去大竹林派出所看望战友，走到人家门前还在到处问询；去蓝湖郡同事家中做客，出来就不知道车往何方开。就连鸳鸯，这可是你曾经工作过的地方啊，接送在重庆一中国际部读书的儿子上学放学，你还两次迷路呢。

是的。迷路鸳鸯的故事，你不好意思示人。鸳鸯对你来说，是多么熟悉的地方啊。

时在 1997 年夏天，你们公司承接了一家开发商的土石方工程。作业地点就在鸳鸯镇南山村。你清楚地记得，吉普车过了人和场以后，左拐，便进入了弯弯曲曲坑坑洼洼的黄土公路。透过公路两旁杂乱无章的林木间隙，可时断时续看到连片丘陵地上种满庄稼的水田旱田。泥墙黑瓦民居前，是三合土筑成的打谷场，谷草柴火堆码成垛。老人与小孩，或坐卧门前，或游戏场院。散放的鸡鸭，在院坝自由自在地觅食。撒欢的土狗，时不时望着公路方向来几声长长的犬吠……典型的乡村风貌，实在不敢想象这儿离城区只不过七八公里的距离，却如此天壤之别。一路颠簸摇晃，吃够了黄土灰尘。七弯八拐爬坡上坎到了工地，迎接你的是熏人的恶臭。先前进场的工友叫苦不迭，这里有人阻拦施工，不知从何处运来成堆的死鱼烂虾，撒在工地迎风口处呢。这大热的天，怪不得整个工地臭不可闻。人家开发商来此建造陵园，有民政机关的红头批文，有正规合法的施工手续，于公于私，都是好事情，干吗做出如此下作之举呢。"怪只怪这儿太偏僻、出刁民。"同行的开发商咬牙切齿，恨不得捡块石头打天。

好在土石方工程量不大，半年不到，竣工验收。撒场鸳鸯时，你心生赶紧离开这是非之地的念头。这城边边上的地儿，没啥值得留恋。城乡接合部，够呛！晚上加班后，想寻一家小酒馆填填肚子，简直是非份之想。晚来鸳鸯，黑灯瞎火，遍地蛙鼓虫鸣，连人影儿也不见一个。只得忍饥挨饿去观音桥、两路口解决腹中之饥。那里，才是真正的夜重庆，灯火阑珊处，有火锅美女，有山城啤酒……

别了，鸳鸯。

谁知一别就是十年。虽同处一个城市，要天天见面，也难，有时竟是咫尺天涯。2000年以后，你到了新的工作岗位，每天住家、单位，两点一线，循环往复，早把那鸳鸯往事，寄存梦中。你生性好静，无事不喜东跑西逛，基本的生活圈子，大部分局限于渝中区和杨家坪周围。对于重庆日新月异的变化，多半掌握在文字材料和图片中。你知道"大城崛起，重庆向北"的口号见诸报端网络已非一朝一夕，只是不大清楚这向北跨越，已经跨成了什么模样。

那天，去重庆一中国际部参加家长学生联欢晚会，驾车往北部新区方向走，突然看见鸳鸯立交桥标志牌，你顿时恍若隔世——鸳鸯哪儿来的立交桥呢？这里花团锦簇，现代风貌，花园城市，还是当年的鸳鸯吗？

一路行来，笔直平坦的柏油马路，曲线流畅的立交大桥，成片成栋的耀眼楼盘，绿浪翻滚的森林公园、幸福广场，齐齐扑入眼帘，让你刘姥姥进大观园。一切都是新崭崭的，以绿色为基调的城市生态林建设工程，成效凸显。人行步道边，种有天竺桂、常绿杨、重阳木，隔离带中植银杏、海棠、黄花槐，大块大块的绿地草坪，随处可见；高大上的现代建筑，星罗棋布，大气磅礴，环绕四周的，是植物造景、是园林绿化、是花木盆景、是假山雕塑，城市与森林，融为一体，风景这边独好。恍恍惚惚中，你以为自己到了北上广，到了新加坡。儿子见状，笑言老爸乡巴佬。这就是传说中的北部新区啊。你的同事、战友，好多在这儿置业买房，安家落户，你却桃花源中人，不知今夕何夕，身在何方。

　　返程时，你与妻再一次迷路鸳鸯。明明是往汽博方向前行，却不知在哪一条岔道走错，竟奔到了照母山森林公园脚下。经济型轿车如盲人瞎马，在灯光迷离的夜晚，在纵横交错的街区，走走停停。你手握方向盘，感叹万端，这新区的变化也太大了吧，梦里鸳鸯何处寻？那一条弯弯曲曲坑坑洼洼的乡村公路，眨个眼就不见了；那衣衫破旧、满口土语的乡亲，去了哪里？地名还是那个地名，只不过由乡镇改为街道、村社变为社区，但这里，绝非十多年前的鸳鸯了啊。

（原载《重庆晚报》2014 年 11 月 12 日"夜雨"）

路孔场沉思

但凡古场镇，皆有看点。

渝西路孔场的看点，非拍摄影视剧而新筑的仿古街，而是老城墙内的大荣寨。古风犹存的寨子，青砖石壁，木墙黑瓦，风火马头墙、圆形石拱门，就只差青衣长袍白须鹤发的古人来推开厚重的朱漆木门了……进得大荣寨，首先就给人时光停滞的感觉。观前瞻后，心如水洗的情思，悄然滋生，不由分说攫住你的脚步。你恨不得俯下身去，泪流满面，亲吻脚下被岁月踩踏得凹凸不平的一块块石板。

寨子内纵贯南北的青石板街两侧，挤满了商家。虽是小本买卖，却一个个赚得眉开眼笑。连路孔场的细娃儿都知道，这里的河鲜嘿有名，有"母猪壳"、黄腊丁，还有翘壳、土黄鳝，皆鲜嫩爽口，不亲口尝尝，不足以证明你来过路孔。更有艾粑，当地的风味小吃，让你非掏腰包不可。那嫩绿叶儿包裹糯米上竹笼蒸熟的吃食，米香四溢。小心翼翼撕开绿叶，咬一口白嫩爽滑的糯米团子，顿觉心都甜化了。

在这远古存遗的街上，慢行的旅者，大多手持数码相机或智能手机，东张西望，拍一些"作品"。或者，在高挑的茶幌子下，找一把竹椅坐下，泡一壶绿茶，茶香氤氲，冥想先人在这五里长街上留下的风流韵事，揣摩当初白莲教义军为何攻城而不拔，臆想十八梯流年的灯红酒绿莺声浪语，遥念为路孔取名字的云游和尚最终去了何方。一时间，数百年风云奔来眼底，任君神游遐思。

那尔雅书院，那湖广会馆，那赵家宗祠，若要细细把玩品味，无两三日工夫，怕是不行。权且作到此一游吧，走马观花看看太平门，逛逛日月门，在烟雨巷中留留步，注目一下狮子门外的古城墙，叹粗壮华盖的黄桷树于石缝墙壁中盘根错节，低眉思忖路孔场的前世今生，二三个时辰，就在俯仰间，滑过指缝……

这时有人提醒，路孔场真正的看点，应是寨子外的濑溪河、大荣桥、白银滩呢。不信，路孔场何来渝西水乡之说？！

不凑巧，明代遗物大荣桥正在翻修，只能远远地隔栏相望。因了施工，濑溪河被拦腰阻隔，几近断流。石桥下游的白银滩，完全裸露出来，白晃晃竟有森森反光，名副其实。临时搭建的施工便桥，供游人乡邻过河。河床上的水草与烂泥，在阳光照耀下，散发出腐烂的气味。回头再看河边那抗战陪都时期留下的水闸，空遗一潭黑水。水闸旁边的大水车，因无水的冲刷，早已停止了转动。水车边上，架有一面石鼓，鼓面生满苔藓，因无水润，也是枯朽发霉。看来，滋养万物的水啊，实在是上天赐予人类的宝贝。世间万事万物，失却了阳光与水的庇护，还能风光几回？

大荣寨东去不远处的赵家老屋，就是因少了阳光、少了水的滋润而失去生命色彩的。这始建于清光绪二十年的赵家大院，因建筑宏伟，房梁彩绘而得名花房子。据说，花房子为四合院，门厅、正厅、上厅、厢房、绣楼，一应俱全，占地达数千平米。尤其是三开门两层楼的欧式绣楼，堪称路孔场最"罗曼蒂克"的"西洋景"。

时过境迁。现在的花房子，在哪里呢？

仅存的一溜护墙，是青砖砌筑，白灰勾缝，多数却已剥蚀。断壁残垣上，疯长着荒草和不知名的小杂树。护墙大门、二门犹在，残留着石刻对联，一是"忠孝传家朱门衍庆；诗书於后紫诰凝麻"，横批"龙章宠锡"。一是"甘露卿云於斯为瑞；珠辉玉照盖代之华"，横批"琴鹤清风"。石门与对联，斑驳风化，字迹模糊，非仔细辨别而不识。再看残存的"西洋景"，但见高高在上的柱头刻花、窗户饰花、屋檐镂空，撑弓及构件上，皆雕有栩栩如生的人物、动物。只是，一切都无法近视——木质楼梯腐朽矣，似一具废弃的人体骨架标本，蛛网密布，稀稀松松地挂在两层楼梯间，早已不能承载些微的重量——一楼，被生满青苔的围墙封住；二楼，无法攀登。

在这让人失望的所在，鸡屎狗尿猪大粪的气味，拼命钻进人的嗅觉神经。大院内，杂乱无章，无法理喻地竟辟有猪圈，筑有粪坑，散养的鸡、狗、鹅、鸭，优哉游哉，信步四方……

心痛之感，油然而生。

这至今仍被路孔场人称之为"大地主的花房子"，"文革"中逃不过"破四旧"的人祸。尔后，20多户农家，栖居于此。某一天，天灾突降，冲天大火起，古香古色的清朝四合院，焚毁殆尽。有老者肯定地说，彼时消防队员救火，实在找不着水……

大荣寨、濑溪河承载着千年文脉，是路孔场"香火绵延"的倚靠。逛完这一方古场镇，乞愿路孔场仅存的"看点"阳光普照，类似赵家花房子的厄运，永不再现。

（原载《重庆散文》2016年第二期）

相会在第二故乡

在渝北采风，心情如三月阳光，温暖、明媚，恨不得眼观六路耳听八方，把这春天里第二故乡的每一个角落，细细品味，网罗进记忆的海洋。

曾为军人，戎马倥偬，多在大重庆。转业后，举家迁徙渝北。这一方热土，一切的一切，都是新崭崭的！横空出世的航空城与全国文明城区完美交汇，奏响了新时代腾飞的乐章。

看不够，江北机场，时尚中蕴涵华贵，不断延长的起降跑道，刷新着天文数字般的吞吐量；逛不完，国博会展中心，俯瞰是一只硕大无朋的巨型蝴蝶，于绿地森林中，振翅欲飞。那开山劈岭建成的悦来新城，高楼幢幢，现代化的都市功能，已然显现。不甘寂寞的龙兴古镇，悠远沧桑中大写古朴，不知不觉中焕发青春。重新打造的统景小三峡，蜕变成温柔之乡。舟行峡中，清风送爽，人与自然融为一体。末了，泡一泡来自地心深处的天然汤泉，畅快淋漓中，万千烦恼与惆怅，一洗了之。脱胎于摄影外景地的民国街，早已成了重庆人周边游的必到之处。这里，时光停滞，老重庆的旗袍马褂、门楼商号，吸引各色人等……连片成块的工业园、开发区，被通衢大道互联互通。青山绿水掩映着现代文明，沸腾的群山，生机勃勃，热火朝天……

看得多了，记忆免不了撞车。脑海中，忽然迸出"一碗水"来。

时在 1992 年。一个清朗的早晨，我们乘车来到江北县一碗水。陌生的山村乡场，成了集团军参谋比武军事地形学的考场。一干人马强行军，穿插到一座无名高地上，迅速标定地图，判定方位，用望远镜、指北针和直尺，计算千米之外三个目标点的地理坐标……战友们戏言，说这儿可能

184

是咱们桂全智军长（重庆渝北人）儿时的放牛之地吧。离开一碗水时，印象最深的，是土地贫瘠望天收，大山褶皱深处，茅舍俨然，有炊烟升起。两年后，江北县载入史册，渝北区闪亮登场。又三年，重庆直辖，西南重镇一日千里。渝北从此凤凰涅槃，一鸣惊人。那一碗水，那记载着我们青春印痕的无名高地，怕是再也找寻不着了。

但两路街区的一栋大楼还在。20世纪80年代，从此门前过，就知道是江北县委的"衙门"。没料到30年过去，渝北新城拔地而起，楼宇新盘如雨后春笋，渝北区几乎达到移步换景的地步，可这老楼，依然是区委机关的工作楼。先前在区委宣传部小憩，瞥一眼工作人员挤在陈旧的办公室内伏案，心中顿时翻了五味瓶。嬗变得美丽华贵的渝北，竟还有这等低档落伍的建筑物存在，是憾事，还是好事？

同行作家中，有重庆文学界名家黄济人、王明凯、莫怀戚，有著名爱情诗人华万里，有老报人、微博大V许大立……各路豪杰，皆沉醉于渝北的美丽山水。看着、想着、回味着，我注意到年过花甲的邓高如将军，正埋头深思。这里，也是将军的第二故乡，此时此刻，老将军是否也有恋旧的感念？

当年，将军在军区机关当领导，我在基层连队带兵，时常从报刊上读到署名邓高如的美文，尤其那一篇《娘在唤我》，文辞优美，深情款款，让我记住了将军的名字。时隔多年，没想到一次普通的文学采风，让我们相会相识在第二故乡。

在如诗如画的中央公园，春阳高照，暖风轻拂，作家们为眼前的美景欢呼雀跃，"老夫聊发少年狂"，人，突然年轻了几岁。邓将军一改先前的沉思，大声告诉我们这大美公园的前世今生。作为策划人之一，将军曾参与了中央公园的最初设计。看来，第二故乡情深似海，将军也有类似"一碗水"的情节啊。于是我斗胆相邀，将军欣然应允，"咔嚓"声里，恢宏如巨毯的绿茵草坪，定格成将军与我合影的绝佳背景……

（原载《重庆晚报》2015年5月14日"重庆创作"，

获"美丽渝北"征文奖）

好一座风吹岭

风吹岭！好清爽的地名。初听这个响亮的名字，心头掠过一阵狂喜。给一座山峰命名的人，想必是满腹经纶的饱学之士，或者说，是深恋这自然之美而沉醉其间的大方之家。金佛山之巅风吹岭，何时去攀上一攀？

爱上金佛山，已有时日。稍有闲暇，天气晴好，便会邀三五好友或携家人，去山中感受自然之美。先是远眺，看横亘于重庆之南的巨大屏风，果真是巍巍乎，大气磅礴，敬畏、崇敬之感，荡漾胸中。近得山前，从北坡、西坡，或者南坡，仰视这号称世界非物质文化遗产的祖宗遗物，但见山势嵯峨，绝巘之上，嶙峋怪石隐于苍松翠竹之间，奇花异卉在满目青色中点染……尤其是三伏天里，金佛山首当其冲成为避暑胜地。从着火一般的水泥森林中逃离出来，不知不觉间，气温就慢慢下降了。进得山来，与撒着欢儿奔跑的山风拥抱个满怀，周身清凉便油然而生。这时再仰起头，端详山顶，真是亲切，刀劈斧凿般的峭壁巉岩，立于高天之上，太阳的光辉，把山峦映照得灿烂辉煌，一尊尊金身大佛，闪射出万道霞光，异常壮丽，仿佛正在向你微笑致意呢。

有人赞美金佛山，山是一座佛，佛是一座山。我却被这奇峰异石间丰厚葱郁的植被感染了。记不清是哪一年，第一次朝靓金佛山，瞬息间被这森林之海、植物王国折服。上了山顶，满眼铺天盖地的绿浪，翻滚着、奔跑着、欢笑着，与你不期而遇，让你陶醉。在厚如绿毯的草地上，我任性地躺下，或闭目养神，任山风拂过面庞；或望长空彩云，吮吸身下青草散发出的芳香。金佛山，你就是一块巨大的磁石，能把所有闯入者的灵魂紧紧吸附。在药池坝、在牵牛坪、在古佛洞、在怪石林，我与友人、家眷流连忘返，不忍离去。这实在是一处妙不可言的清静之地，山清水秀处，困惑啊、烦恼啊、忧愁啊、抑郁啊……所有难言的城市病，所有生活中的不快，突然间，就不见了影儿。行走山间，清冽、清新，甚至带有一丝甜味儿的空气，洗涤着你的五脏六腑。人，就这么清醒了，爽朗了，快活了。

那天，冲着风吹岭的名字，我与母亲、妻子相伴而行，从古佛洞口始，沿新筑的石梯攀登，大汗淋漓，气喘如牛，徐徐登顶。站在风吹岭最高处，海拔千米，已有身在云端的感觉。来不及调整呼吸，罡风已经扑将过来，似乎有一双巨手抓住了你，猛地褪去了你全身的衣衫，热汗迅速消失，整个人精赤条条一般。条件反射，竟在这艳阳天里，身体颤抖起来，冷意从牙缝里钻出，瞬间迷漫周身。好一个风吹岭，真一个凉快的好地方。在这里，吹风五分钟，不，顶多三分钟，就能吹你个透心凉。人一下子抱紧双肩，缩起脖子，完全是下意识，全然是不由自主。好大的风，好冷的风！我们娘儿仨，背靠山巅气象台站的小石屋，紧抓住门前的钢筋水泥栏杆，依偎在一起，四下张望，一览众山小的快意，袭上心头。

望远方，群山逶迤，层层叠叠的山峦错落有致，全成了馒头样的小山包。弯弯曲曲的盘山公路，如一条金黄的布带，在山腰间缠绕。大山褶皱深处，隐约可见农舍、梯田和蚁行的庄稼人。更远处，峦烟升腾，气象万千，所有的景致，化为模糊一片，与天地交接，融为混沌。回首再看药池坝上，游人皆成了小孩，嬉戏游玩，你追我赶，或安坐，或滑草，或驾驶卡丁车冲下山坡，动静中，安闲地虚度时光。那倒映着天光云影的高山水塘边，一群山羊，在慢悠悠觅食。上山的途中，已经遇见过那一群肥美的羊和它的主人了。牧羊人谓之他的羊为药羊，喜滋滋地说，金佛山遍地植物都是宝，随手一抓都是药材。咱的羊儿，吃药草长大呢。言下之意，金佛山独有的药羊，营养非同小可，味道绝非一般，客官您，要不要来一只品尝？

正观望间，艳阳忽然隐去了，天色阴暗起来。浓雾从山脚、从水面、从山坳、从林端升起，迅速地集结着，汇成一支势不可挡的攻击部队，向山顶扑来。数分钟内，山峰、石丛、古树、酒店、道路、连片成堆的毛竹、山顶林场守夜人的草棚，全被浓雾吞噬。时间仿佛停顿了，天空灰蒙蒙的。

风吹岭上的风——也瞬间变了脸色,露出了它的狰狞狂野——风们咆哮着,如野狼嗥,如改装过后的大马力赛车,发出低沉的吼叫,突、突、突,从山涧奔腾而来,裹着团雾,挟着寒冷,从房顶、从窗前、从门缝、从裆下,迅捷穿过,呼啸而去。一阵未远,另一阵又逼近,似千军万马,排山倒海,树木林帐,转眼间变得湿漉漉的了,几乎全都匍匐于地了。渐渐地,风平息了,一切归于静寂,然而不到三分钟,那边山垭口又传来尖厉的啸叫,又一次攻击波形成了,冲击阵列,呜嘘呐喊,越来越近,愈来愈大,狂飙巨浪,扑面而来……

呵呵,风吹岭!大娄山脉最高峰,究竟还蕴藏着多少神奇?辞岭归来,我不止一次梦回金佛山,一次又一次,站在高高的风吹岭,吹风、歌唱。

(原载《南川日报》2016年2月7日"金山情")

拜谒青杠坡

青杠坡初入我的视野，是在美国人索尔兹伯里的《长征——前所未闻的故事》书中。而王树增先生的长篇纪实文学《长征》，于"夜郎之月"章节，笼统提及土城战役，仅仅只有一个"青岗坡"的地名。至于教科书中，自然就没有这个名词了。有人说，过去的资料，对青杠坡之战或闭口不言，或讳莫如深。为何？那是遵义会议后毛泽东同志确立军事指挥权后的第一仗啊，——极其惨烈！又有史料说，此役因为情报失准，势单力薄的红军与数倍于己的川军在此厮杀，伤亡惨重。要不是中革军委于十万火急之中召开土城会议，纳毛泽东建议停北渡长江而西渡赤水，那后来的事，怕是不敢妄加设想。

历史就是历史，没有如果，更不容假设。既然伟大的长征途中发生过如此惨烈的战斗，就完全有必要让后来人铭记。出于钟情，出于怀念，出于对那场命悬一线战斗的探究，我利用假日，携母亲、妻子，西去川南，入云贵，访赤水，拜谒梦中的战地。

之前，度娘和微信朋友圈已经告诉我——1935年1月24日，红军主力到达土城。川军刘湘调集重兵封锁长江，阻止红军北上，同时派出八个劲旅，向松坎、温水、赤水、叙永、合江一线推进。27日，川军郭勋祺部尾追红军到达青杠坡，与红五军团后卫接火。中革军委在前有阻敌、后有追兵的态势下，决定利用青杠坡有利地形，歼灭尾追之敌。28日晨，彭德怀、杨尚昆、董振堂率领红三军团、红五军团打响战斗，毛泽东、周恩来等亲自到土城后山上的大埂上指挥。天知道，敌军人多势众，大批增援部队赶到，我军阵地被突破。危急关头，朱德、刘伯承直接参战，毛泽东、周恩来急令红军干部团加入战斗，拼死夺回阵地。此役，我军未能达成歼灭尾追之敌的目的。歼敌三千的同时，红军伤亡3500多人。在敌众我寡万分危急时刻，毛泽东、朱德指挥红军撤出战斗，迅速改变行军路线，西渡赤水河……

位于赤水河东岸的青杠坡，距土城镇约3公里，系娄山山脉中白马山的一处陡坡，形似"葫芦"状。中间约2公里长的狭长坝子，筑有土城通往习水县城的公路，是为川黔通道的咽喉。整个战场，四周山势陡峭，山峦起伏，好一个天然的伏击战所在地也。

时光流逝80年。昔日浴血的疆场，今辟为烈士陵园。园前路边广场上，摆放有成都军区捐赠的现代火炮、坦克和装甲战车。陵园入口处，安放着巨大的群体雕像，象征工农红军高举红旗，一往无前。山顶之上，张震将军题写碑名的"青杠坡红军烈士纪念碑"庄严肃穆，碑尖顶端的金色党徽华光万丈。

拾级而上，汗水不知不觉间湿透全身。我们来到纪念碑前，向纪念碑虔诚地鞠躬致敬。绕碑三匝，细品青杠坡战斗碑文。文起处，仿佛枪炮声、喊杀声重现，红军殊死搏斗的壮烈场面，历历如在眼前。

神奇的青杠坡！历史的风云早已沉寂，红军将士们浴血奋战的壮丽画卷永不褪色。青杠坡，你真幸运，见证了一次"高级别"的战斗——中国共产党建国后的两代领导核心、三任国家主席、一任国务院总理、五任国防部长、七位元帅以及陈云、董必武、林伯渠、胡耀邦、邓颖超、贺子珍、康克清等共和国元勋及200多位将军，悉数在这里参加战斗，经受了严酷的生命大考。

不朽的青杠坡！四渡赤水的发轫地。短兵相接的殊死搏斗后，奏响中国革命战争史上的经典交响——此后两个多月，红军四渡赤水出奇兵，驰骋于川滇黔边地区，辗转腾挪，跳出了40万敌军的围追堵截，信笔写下毛泽东军事指挥艺术出奇制胜的神来之笔。

不老的青杠坡！青山逶迤，绿水长流。不远处的土城小镇，有四渡赤水纪念馆、红军驻地、领袖旧居、女红军街、一渡赤水渡口……忠实地记录着当年"闹红"的遗存。古镇后的新街，铺了地砖。新近翻修的瓦屋，遍刷泛着土黄色光芒的油漆。商家、饭馆、银行、药房、超市、理发店、酱油铺，一应俱全，安居乐业的祥和之云，飘荡在赤水岸边……当年的舍命搏杀，不正是为了今日的宁静吗？！

拜谒青杠坡，凭吊土城战场，忆起了艰苦卓绝的岁月。枕着赤水百年涛声入眠的青杠坡哟，你可记得那年那月的枪炮轰鸣？可记得红军将士枕戈待旦奋勇杀敌？可记得朱毛红军的百折不挠、所向披靡……

（原载《重庆晚报》2015 年 12 月 18 日"重庆创作"，
获首届重庆晚报文学奖）

就这样记住你的芳名

头一回读到你的名字，是在少年英雄刘文学的故事书中。只是那时，黄口孺子还不会对老师刨根问底，合川在哪里？嘉陵江、渠江、涪江，又在何方？

再一次听闻你的芳名，已到了 20 世纪 80 年代中期。听指导员讲故事，"我们驾着冲锋舟，在潼南、合川抗洪抢险，三天三夜，未曾合眼……"合川，不就是刘文学的故乡么？什么时候，能去看看？

三年后的盛夏，愿望实现了。我从重庆前往川北某部履职。坐在长途汽车上，一路风尘。途经合川时，已是中午。借着在路边农家餐馆午饭的空档，我匆匆打量起合川的样子。远处，山峦起伏，梯田、农舍、树林。眼前，公路两旁的行道树，黄泥裹身，叶片上积有厚厚灰尘。餐馆厨房，炒菜的大铁锅置于露天简易灶台上。蚊蝇飞舞，猫狗流窜……建制长达两千余年，巴文化发源地之一的合川，时跟中国大地上千千万万的乡村一样，初脱贫寒。一切，亟待振兴。

又过十余年，接触你就不再是浮光掠影。因为工作关系，无数次到合川公干。眼见这座古老城池，修路架桥，新楼初成，日新月异，从零乱无序的小县城，蜕变成现代化的城市。特别是到了近年，从重庆主城到合川，已是全程高速。若无塞车之苦，40 分钟便可畅达。于是，对你土地上的景致，乃至风土人情的了解，便如恋爱多年修成正果的恋人一样，水到渠成。

就去了钓鱼城。这几乎是你的另外一个代称。1239 年 2 月，蒙哥大汗亲征钓鱼城。守城主将王坚面对蒙军劝降，严词拒绝，怒斩来使，钓鱼城保卫战拉开战幕。在王坚和副将张珏率领下，合川军民固守堡垒，顽强抵抗，竟使南来的铁骑蒙军无计可施。后，蒙军大将汪德臣战死，折戟北碚温泉寺；蒙哥大汗被城上飞来的石弹击伤，葬身钓鱼城。此举，不仅创造了中外战争史上以弱胜强的经典战例不说，还"独钓中原卅六春"，让南宋王朝苟延残喘，一改整个欧亚战局。长逾36年的钓鱼城之战，是你永载史册的荣光。钓鱼山上钓鱼城，被欧洲人誉为"上帝折鞭处"。每每游走于此，会惊叹这里真真是一个易守难攻的战场。漫步青石古路，于松风林涛中，静听当年金戈铁马，遥想蒙哥无可奈何，不觉对这片土地上不屈不挠的先民们平添敬意。

就去了古圣寺。抗战烽烟起，草街古圣寺迎来了一群痴心教育的男女。他们聚集凤凰山，教导学生团结起来，做追求真理的小学生，做自觉觉人的小先生，做手脑双挥的小工人，做反抗侵略的小战士。六年旅居于此的陶行知先生，创办育才学校，"捧着一颗心来，不带半根草去"，在风雨飘摇的千年古庙内，因材施教，诲人不倦，教育学生"滴自己的汗，吃自己的饭。自己的事，自己干。靠人、靠天、靠祖宗，不算是好汉"。作为党外人士，先生心系民主与自由，心向延河宝塔山，"千教万教教人求真，千学万学学做真人"，终成万世师表，荣归人民教育家的圣殿大堂。

不能忘却的，还有在合川为官的理学家周敦颐，有"天下廉吏第一"之称的于成龙，有川东蚕桑之父张森楷，有"中国民族工业四个不能忘记"之一的卢作孚……众多英杰，是合川的人中龙凤。而全国儿童画之乡、全国科普示范区、重庆市级文明城区等等殊誉，既是对过往辉煌的称赞，也是指引未来发展的动力。对了，全国首批十大历史文化名镇涞滩古镇，是到合川后不得不去的地方。无论春夏秋冬，都可以去那里休闲虚度，于静谧空寂的古镇街巷，穿越、寻访，发思古幽情，祛红尘烦恼。

就这样，在这个春日的午后，念想起你的芳名，我又走进了合川。看古色古香的文峰街，熙来攘往；看高耸江畔的文峰白塔，辉映日月。见那汪洋恣肆的三江春水中，一艘迎风疾驶的快船，正破浪航行……

（原载《重庆晚报》2016年6月7日副刊）

精致的公园

实在没有料到这里会存在这样一座精致的公园。

在重庆江北嘴，经行中央公园，会不由自主地打量几番。遇上深秋晴日，还会驻足。这时，金桂送来馥郁芳香，杂花生树，满目皆然是梧桐、香樟、银杏、槐树，郁郁葱葱。阳光很温暖，金箭漏过树叶枝杆，碎玉般撒在青草地上，一切都显得生机盎然。整个园子，绿色为底色衬托，花草树木间，点染些许叫不出名植物，五彩斑斓，协调一致得让人怦然心动。所谓人间美景，不就是这样的么？

漫步公园，天朗气清的感觉，不请自到。烦人的市声，消遁远去。索性不走了，寻一方石凳或条椅，静坐，发呆，任思绪信马由缰，闭目养神、冥想放松、做白日梦，或什么也不干，就是贪婪吮吸这园子里新鲜得能捏出水来的富氧，在这尤物的怀抱里优哉游哉，暂作一个逍遥派。这个时候，秋色呢喃，时光阑珊，情绪好了，或许会仰起脸成45度角并嘟起嘴巴，玩玩手机自拍，忙不迭把装出来的满脸萌态，晒进微信朋友圈……

静静地坐在公园，天空明亮，新鲜、透明，高浓度的负氧离子，荡涤着你的五脏六腑。桂花的浓郁、青草的甜淡、樟树的幽香，与席卷而来的长江嘉陵江风汇合，把整个园子渲染得芬芳四溢，禁不住鼻翼翕动，轻嗅，沉醉。或张开嘴巴，吮吸，饱食这充足的氧气，用不了多久，整个人身轻如燕，精神焕发，如大力水手吃了数罐菠菜，真是一个透心爽。

这一方中央公园，面积不大，状如微缩。独以为，这就是一座街心花园。周遭林立的高楼，四通八达的马路，包裹着她，让其愈发玲珑起来。不论从哪个方向进入，你完全用不着快步，也就十来分钟，顶多半个小时，整个公园的景致就可尽收眼底。在江北嘴这名曰中央商务区的现代化街区里，能够出现这样一座精致的公园，且营造出如此闹中取静的休憩氛围，让疲惫者小酣，实在是一件功在当代利在千秋的好事儿。

那年夏天，曾从渝中区沧白路飞越嘉陵江，来到江北城的土地上。出索道站不久，就见对面街边有人打架——因两枚黑白子的误着而悔棋，性格火辣的棋手竟怒掀棋盘，进而挥拳相向……胆小者生怕惹事，赶紧离开这是非之地。事隔多年，江北城中人，粗陋狂野的举止，干绷绷的言子，剃成青皮的光头，仅挂一条吊裆裤趿一双塑料拖鞋四处游荡的不雅形象，一直徘徊在心头。千年重庆水码头，或许就是这个样子。

尔后在朝天门附近为稻粱谋。十多年光景，极少光顾江北城。但时不时会向北瞭望，知道那里有"冷酸灵"牙膏厂，看得见江边矗立一排硕大无朋的白铁皮广告位，却极少见到有什么广告发布。终于，见到江北城爆破了、拆除了，老旧的城池消失了，法国人设计的大剧院的雏形出现了，貌似首都金融街的金融城，如春笋拔节……旧地化为永恒，新崭崭的美好记忆，再次启航。

2015年初夏，供职的单位迁徙江北嘴，就这样与小清新的中央公园结下不解之缘。这实在是一处精致的妙处。沿着自西向东的中轴线行走，领略主干道两旁的风景不说，还可以去近前的科技馆、大剧院虚度时光。园子里有两座教堂，一是哥特式风格的基督教堂福音堂，一是浅色的天主教德肋撒教堂，满是异国情调，自然可以去小资一番。多年前，这些都是老江北城的亮点，于动迁中凤凰涅槃，也算得是浴火重生。

还有睿陵——元末农民起义军领袖明玉珍的睿陵，竟在中央公园林荫深处。14世纪中叶，湖北人明玉珍举兵西征，由巫峡入蜀，克夔州、破万州、占重庆，在此称"陇蜀王"，又定都重庆，国号大夏，年号天统。明玉珍病逝后，其子明升继位。1371年，朱元璋军攻陷重庆，明升献城投降，被押解至南京，后遣送高丽，大夏国遂告灭亡。这是一段不可消亡的史实，也算是成就中央公园厚重人文的不可或缺的物证。

来江北嘴中央公园放松心情吧，来中央公园冥想发呆吧，来中央公园吸氧怡情吧……爱你，精致的中央公园；恋你，小鸟依人的中央公园！

（原载《重庆日报·农村版》2016 年 4 月 22 日）

仰望南门湾

从漫滩路仰头望，冷月下的南门湾，黑森森，影影绰绰，如竖立在大宁河岸一壁巨大的屏障。夜未央。南门湾，已经睡熟。耳畔，大宁河水潺潺，山风呼啸，宁河古镇漾起了此起彼伏的鼾声。安详、宁静、平和、静谧，如烟似雾，迷漫着，把秦巴大山深处的巫溪，虚幻成神话仙境。

我无法平静，更无法安睡。这是第五次仰望南门湾了吧。黑暗中，我分明感觉到可怖的山崩地裂，看到了尘烟四起乱石飞溅，听到了撕心裂肺的惨叫与哭喊……1987年9月的大宁河岸，响起了雄浑激越的国歌声。军民合力抢险的呐喊，破空传来……南门湾，可记得那一日的地动山摇，可曾记得那些日子里的热泪、汗水与辛劳？

那年的9月1日，本该是学校开学的日子。家有学子的千门万户，等待又一个新学期的到来。老天无眼，巫溪县城南门湾龙头山却在凌晨时分突发岩崩。瞬间，百米高的悬崖上坍塌下近万立方米的巨石和泥沙，将县电力公司宿舍楼、几家私人旅馆、周围居民住房全部摧毁或掩埋。灾难打破了小城的静谧，岩崩现场血肉横飞，乌烟瘴气，惨不忍睹。

部队闻令而动！驻渝某部工兵营第一时间组成抢险队，从巴县铜罐驿星夜装载，赶赴巫溪。师工兵科长陈国荣率工兵营主力，配属通信兵、防化兵和部分机关参谋，征用地方民船，沿长江水路向巫溪挺进。万万没有料到的是，船行长寿江面，月黑风狂，水高浪急，触礁灾难，降临到披挂出征的铁甲之师身上。栖身甲板上的筑城连志愿兵王明卿在巨大的撞击声中当场牺牲，营长杨志锦一干人等，或重伤，或轻伤。鲜血染红了甲板，好儿男，出师未捷身先死。

"继续前进！"放下牺牲的烈士，包扎好负伤的战友，抢险队没有退缩。150余名官兵，继续长途奔袭，于奉节码头上岸，跋涉于崎岖、狭窄的山道，经过两天昼夜行军，终于抵达废墟般的南门湾，迅速投入战斗……

知道这一惊心动魄消息的时候，我正在南方一所军校上学。首长与战友们的名字，是多么的熟悉；牺牲战友的音容笑貌，如在眼前。这支营队，刚刚从重庆"八一隧道"施工现场班师回营。王明卿，不就是那位来自河南宜阳、说一口普通话的大个子装载机么？曾在营部与我掰过手腕，那劲儿之大，真是了得。一个活生生的大活人，怎么说牺牲，就牺牲了呢？好友在信中告诉我，明卿的小媳妇领着年幼的孩子，千里迢迢来部队接烈士回家，远远望见丈夫的遗体，惨叫一声，晕死过去……为巫溪南门湾抢险，子弟兵献出生命的故事，当时应该不为乡亲们所知。我默默地收拾好信件，遥向重庆方向，为战友默哀，也为筑城连在抢险战斗中取得漂亮战绩而感奋。后来，我有幸担任了这个英雄连队的连长，每每遇有重大突发事情，总会不由自主地想起烈士王明卿，想起自己没有能够亲身参与的巫溪大抢险。

2001年春天，已经转业重庆工作的我，首次踏上了巫溪县的土地。虽然路途遥远，抵达县城时已是深夜，我还是抵制不住兴奋，顾不得周身的疲惫，从县招待所服务员口中探听到南门湾的具体位置，一个人去了那让巫溪人永世不忘的岩崩之地，去遥想当年救灾的壮阔场面，去怀想那逝去的岁月……这样的情形，在接下来的近十年时间里，前前后后，不下三四次。

时间走到今天，旧日巫溪不复存在。三峡成库的历史机遇，让巫溪老县城凤凰涅槃。南门湾岩崩不远处，亮堂堂的龙头山隧道诞生了，把赵家坝、马镇坝与宁河古镇紧紧相连。公路改朝换代，奉溪高速脱颖而出，让名闻遐迩的宁厂古镇、上古盐泉、荆竹坝悬棺、灵巫洞、红池坝、阴条岭、兰英大三峡谷走出崇山峻岭，让神秘浪漫的巫文化渐次掀开面纱。一个崭新的美丽巫溪，羞涩着来到世人面前；一个旅游资源丰富的山中大县，笑迎八方来客。

又一次站在了大宁河边，深情地仰望南门湾。明卿烈士，英灵长存，你应该含笑九泉；当年奋不顾身在巫溪抢险救灾的战友们，一个个去了哪里？汹涌咆哮的大宁河记得你们，美丽巫溪记得你们，南门湾岩崩往事，已然是心中不朽的丰碑。

（原载《重庆晚报》2016年5月13日副刊）

偶
有所思
OuYouSuoSi

慢点儿何妨

寒潮来袭。室外的天空，阴沉着脸。铅灰色的云层翻滚，怒涛奔涌般压向树梢。冷风，挤过关闭得严丝合缝的门窗，悄悄把室温降至冰点。小区停电了，暖气无法使用。年过古稀的母亲，仿佛一夜间老去。去年冬天时节还算合身的棉衣，再次套入佝偻的身子，竟明显肥大起来。"又近腊月了。一年光阴，眨个眼就过去。"母亲叹息，浑浊的眼光越过窗棂，往千里之外的老家奔去。"给虹去个电话吧，看他又在做么事。"

我立即拨通了虹的手机，按下免提键，递给母亲。

"天气咋样啊？下雨了吧。"远离家乡的母亲，心中时刻牵挂着不在身边的儿子，每次电话，必问天晴与否，下没下雨。

虹是我的二弟，此时正在驾车，汽车马达的轰鸣声从手机中传来，"真还下雨了。在外挂广告，忙着呢。"

"啊，又在忙啊。"母亲脸上掠过一丝笑意。儿子勤快能干爱劳动，是任何一个做母亲的骄傲。

一年到头，除了在国有企业按部就班朝九晚五上班挣工资外，虹不知从何时开始了"下海"，开了一家广告公司。说是公司，其实也就是光杆司令一枚。从承接生意到设计、印刷、施工，几乎一人包打天下。制作硕大的广告招牌，求爹爹告奶奶拉业务，全是利用下班以后或周末节假日时间跑出来的。上吨重的钢管、铝合金板，扛上楼顶挂上墙，压得他憔悴不堪。有了广告业务，便是抽时间跑印刷厂设计文案、吆喝印制，抽时间张贴，抽时间结账……任何一个环节遇上居心叵测之徒，还得提了烟酒赔笑脸讲好话，"张科长，您看那笔广告费，已经有大半年了，您看能不能画个句号？"张科长吃香喝辣，端坐酒桌上方，爱搭不理地哼哼哈哈，左手飞快地转动着牙签，毫无遮拦地剔牙缝儿；右手指一弹，烟屁股划出一道红光，飞得老远。唉，人在江湖混，谁能不弯腰？今年夏天，忙了公事忙私事的二弟突然病倒了，半夜送医院急诊，医生说是急性腰椎间盘突出。一个生龙活虎的人，一下子就倒在床上，动弹不得。

母亲与我，连夜乘火车赶回老家看望。白发苍苍的亲娘为儿子端屎端尿，缝补浆洗。我劝二弟，咱们人到中年，还是将就点吧，现在不比往年，有吃有穿就行。这么不要身子骨地挣钱，何苦来哉？再说，钱是找得完的么？

虹无奈地躺在床上，两眼无神地望着天花板，没有回话。二弟的个性，像极了年轻时的母亲。母亲年轻时，是生产队出了名的强劳力。在我们兄弟眼中，母亲终日不会停下手中的忙活，连在家走路，都是小跑一般。即便是在父亲去世以后跟随我到大城市颐养天年，再也用不着田野劳作，但忙碌惯了的她，仍会趁我不备，跑到楼下花园中，与小区花工一道，侍弄那些生长在土里的花花草草。望着病倒在床的二弟和忙里忙外的母亲，我嘘唏。人啊人，消极地说，活蹦乱跳地在世上，也就三万来天，何苦为了一个钱字，没完没了地披星戴月？活在当下，快乐地享受生活不好么？人啊人，真的应该放慢奔跑的速度。用平静安宁的心，好生欣赏一下生命之河两岸的鲜花与芳草，让无端的浮躁、无聊的喧嚣、无休止的"争强好胜"远去呢。

得益于母亲的精心呵护，加上医疗救治及时，二弟很快痊愈。一上班，又是"好了伤疤忘了痛"，仍是不知疲倦地奔跑。母亲依然不会阻拦。作为兄长，我为要强的兄弟感奋，更多的，是满腹无奈。

今夜寒冷，手脚竟有些僵硬。灯下作文，心中突生一个念想，就是愿二弟及天下所有的"上进人"，一张一弛悠着点。这个地球，已经转得够快了。咱们放缓一些生活的节率吧，莫要心急如火燎，慢步走、慢说话、慢阅读、慢生活……用四川方言讲，不是嘿安逸的事么？

（原载《重庆晚报》2014 年 1 月 3 日 "夜雨"）

穿 花

儿时，农村，孩子们聚在一起，要玩"跳方格"游戏。在地上用粉笔画一长方形，逢中分为左右四个大小均等的方格。游戏者立于长方形一端作为起点，从右（左）边第一格开始，人站在格子外，向格内抛出一小石块，然后单脚起跳入格中，用脚尖将石块按逆（顺）时针方向踢进第二格、第三格，依次把八个方格全部踢完……跳方格时，必须呈金鸡独立状，且脚与石块不得压线，石块不得出格，否则视为违规，出局再来。跳过了第一格，然后再掷石块于第二格，再第三格……直至八个方格全部跳完。谁先完成，即为冠军。这个儿童游戏，少则两人比赛，多则四五人依次上阵。游戏中，有人掌握了丢石块的火候，有人跳方格腿脚功夫了得，有人熟能生巧，摸索出踢石块走对角线的"特技"，石块变得听话，灵巧的脚尖一点，石块乖乖地滑过两三个方格还不违规，这就叫"穿花"……会玩穿花技巧者，多半是眼睛明亮、手脚利索、重心掌握得恰到好处的哥哥姐姐。望着"穿花"者在方格上下左右行云流水，直让笨手笨脚的小屁孩们艳羡。

没料到几十年过去了，类似小朋友的"穿花"游戏，竟变了花样来到城市，在城市交通大舞台上频频上演——

上下班时节，滚滚车流如开闸洪水奔涌向前。即或不是高峰时段，马路上的大车小轿仍如过江之鲫。这是现代社会高速发展的标志，亦是工业文明的结果。在下少年时候，可是连轿车是个什么模样儿也不清楚，见县委书记这天大的官儿，也就只是坐一辆绿色帆布棚子的驴吉普。那一年有幸，在长江河堤边上见到一辆从荆州地委来的银灰色乌龟壳状的"小包车"，竟与玩伴围着车子看稀奇看古怪，直到天黑还舍不得回家。无法想象，日今这四个黑色橡胶轮子的大车小车，竟飞快地入了寻常百姓家，仅成一个出行代步的工具。

车多不怕，再多也多不过新加坡那蕞尔小国的车吧；再挤，也挤不过香港岛上那昼夜川流不息的车流吧。车行路上，红灯停、绿灯行，大家守规矩，城市的交通自然就成了一首优美的交响乐，在交通警、信号灯、虚实线各类标志标线的导调下，和谐有序地奏鸣。

可眼前是怎样的事实呢？这宏大的交响中屡见不鲜的，是一个个不和谐的音符。轻的，让一段距离上的驾驶同行吓出一身冷汗；重的，蹭你爱车没商量，掉皮掉肉，车屁股开花，甚至来个四脚朝天检修底盘。音符一旦错了，谱写得再完美的曲子演绎起来，也是杂音甚至是噪音。

制造这杂音、噪音的，除了机械故障、驾驶者技不如人外，多半就是那些爱玩"穿花"特技的先生或女士。本来鱼贯前行的车流，突然就有乌龟壳从斜刺里杀出，硬生生挤进旁的道来，让邻车猝不及防。乌龟壳记得礼貌的，会提前闪起左灯或右灯。唐突的，就是一个天王老子我为大，不要命地硬挤过来，管你后面侧方来的是飞机还是坦克。说话间，乌龟壳又瞅准侧道上出现了半个车位的空档，立马方向盘一转，拐了过去……在车流长河中玩飘移、走S形，恰似儿童们的"穿花"游戏。

类似于穿花的汽车驾驶怪象，我等资深司机已是见怪不怪。记得吧，光天化日之下，前面后边来车不知为何，亮着雪亮刺眼的大灯不说，还不停地打着双闪，一个劲儿催促——啥事让您急成这样子？！记得吧，前方坦荡大道，他老先生却犹如闲庭信步，不紧不慢地保持十来迈的车速，堵得后面一团糟，纵然车喇叭摁破也充耳不闻。记得吧，山一般雄伟的大货车、水泥罐车、泥头车，不知何故，就偏爱在超车道上冲锋陷阵。还有那装载高等动物的各色大巴，也敢上演生死时速。要不就是两车三车多头并进齐步走，把个原本就拥塞的道路挤得个密不透风，让那可怜巴巴的小轿车跟在身后一路龟行，一路吞灰……有个别操纵小面包小货车的愣头青，因了说不清道不明的原因，竟怒从心头起，恶向胆边生，对身边的轿车大声嚷嚷，你娃敢超老子哈，甩你两盘子……

　　汽车工业发达，城市交通渐趋饱和，些微的堵塞，马上会形成堵车长龙，甚至能让整个城市交通瘫痪。这个现状，您又不是不晓得。老老实实地走您的路吧，各行其道，穿哪门子花呢？即便要借道，也得守纪律讲规矩。咱们坐地日行八万里，现代生活节奏已经够快的啦，您还这样急如星火往前冲往前赶，说句不中听的，是不是要急着上医院？

　　驾车时林林总总之"穿花"怪象，是造成人为堵车制造安全事故的重要因素之一。列位，生命于我们只有一次，大家都得重视安全守制度讲规矩。说句您不爱听的话，若您的车技实在是高超得不得了，那劝您去跟韩寒那哥们玩赛车好了。要不，就去跟幼儿园的娃娃们比赛玩游戏，跳方格吧。

（原载《重庆日报》2013 年 10 月 3 日"两江潮"）

过路电话

接到那个操着山东口音男人的电话，第一反应是生硬，甚至有点凶神恶煞。边应答您好，边想这是哪位呢？有话好好说嘛。有战友、有同学、有同事在山东工作或生活，也经常出差到齐鲁大地公干，名片到处飞。平时天南海北出差、开会、培训，花名册不知被人送进了多少废品收购站，这个跟随我多年的电话号码，已经不再有丝毫的秘密可言。只是，好朋友间互通电话，不会也不应该这样大声武气，礼貌，哪儿去了啊。

果然，对方开始直呼其名，紧跟着就是一连串恶毒的咒骂声传来，一下子弄得我丈二和尚摸不着头脑。"三天之内，你不拿十万块钱来就卸你一条膀子！"我头皮一阵发麻，愣了足足一分钟，奶奶个熊，光天化日之下，竟敢敲诈勒索啊你，胆子忒大呢。我耐着性子，问："你究竟是哪位？"哪位才不管你这时候是什么心情，显得极度地不耐烦，"你别管老子是谁！"这个声音，一瞬间又变成了湖北口音。

我明白了，清楚地知道这是江湖中传说的敲诈开始了。我也不耐烦起来，共产党领导的天下，乾坤朗朗，你敢打劫不成？便断然挂了电话。没有想到，半分钟不到，那可恶的电话又不请自到，声音换成了广东口音，总的意思是要钱，否则，砍人。

定了定神。这是哪跟哪呢？俺小老百姓一个，虽说不上广济苍生慈悲为怀，但平素就是跟人红个小脸，也是少之又少，更不用说会跟哪位黑道大哥结下莫名的冤孽。怎么竟有人要取我身体上的零部件？

接到这让人郁闷至极的电话，我自认倒霉，连吐两泡口水。无聊，我呸。事后再也懒得理会，"心中无冷病，哪怕吃西瓜"，仅跟老婆和几位要好的朋友当着笑料进行了分享。过了一星期，膀子完好无损，脑袋还在肩膀上晃动。却不请自来了两位威武雄壮的刑警，开门见山问我接到这种诈骗电话为什么不报警？报什么警啊，一会儿山东，一会儿湖北，一会儿又成了广东，人都被忽悠晕了。再说，人们常管这无名无姓无来路的电话为过路电话，就当是哪家小朋友玩手机拨错了号码。刑警很严肃，一本正经地说："同志，这可是犯罪团伙在作案呢。你就不怕他们真的来敲诈勒索你？怎么能不当一回事儿呢？"

这时候才后怕起来。出门走路都要东张西望，生怕有电影中的抢人镜头出现。刑警敬业，把我的手机作了监听技术处理。但事情也蹊跷，那骇人的"过路电话"似乎晓得了对面有杆黑洞洞的猎枪已经瞄准了他们罪恶的脑袋，从此再也没有闯进来。至于刑警师傅们辛苦监听一番有何结果，那个犯罪团伙最终落得个什么下场，那是人家公安局的秘密，还是少打听为妙。

有了这"经验"，从此便对手机来电显示格外关注，没有姓名的号码，一概不予理睬——不认识的电话，尽量少费口舌，累着呢，多一事不如少一事。对于那些半夜时分吱一声即没了气息的电话，更是见一个删一个或者拉入黑名单——不是骗人就是骗钱的玩意儿，甭理它。信息时代，通讯发达、方便，一个大地球变成了小村庄，人的隐私，稍不留神也就泄露，如脱得精赤条条一样丢人现眼。用"过路电话"发财劫色捣乱的勾当自然而然出现，似乎已成司空见惯。这社会在飞速发展，鱼龙混杂，泥沙俱下，无奇不有，却也是道高一尺，魔高一丈，放心，甭管骗子道法多么高强，犯上了哪一条，自然有人去追究去处理去打击。只是我等小屁民，没见过什么大世面，生性胆小不爱惹事，就权当上一次当学一回乖吧，可不敢轻易随便地接那些莫名其妙的过路电话了。

正这样想着，又听见手机在口袋中咕咕叫唤。触摸屏幕，原来是两个素不相识的电话号码送来推销房产和插科打诨的短信，末尾却没有任何署名。这又是哪里来的朋友呢？我这根本不值钱的电话号码，怎么天下人都知晓了呢？天，该不会是那过路电话的变种吧。一下子，我不寒而栗，感到无处藏身。

（原载《重庆日报》2013 年 7 月 3 日"两江潮"）

何处酣眠

在家千日好，出门万事难。离家在外，最难的事，于我来说，是担心没有良好的休息之所。

走南闯北，酒店也好宾馆也罢，总是逃不脱周遭闹麻麻乱哄哄的各种声响，简直让人神经衰落。住得再高，楼下纵横交错的马路上总有时不时高叫而过的汽车喇叭声或其他别的声音飞进你的窗帘，惊扰你的美梦。换个不靠马路的房间吧，咱惹不起躲得起，可酒店背后也是气象万千，弄不好就有一个热火朝天的工地在等着你，挖地基的空气锤、浇混凝土的振动棒，把一首高亢伟大的劳动号子唱个通宵，没完没了。强忍着捂上耳朵洗洗睡吧，楼道内总有窸窸窣窣如老鼠搬家的声音，甚至一墙之隔还有说不清道不明的怪怪的响动穿墙而过，直到深更半夜仍然不见有丝毫收敛……无奈何，只有睁大眼睛望着黑洞洞的天花板咬牙切齿，迷迷糊糊苦熬到天亮。次日起床，睁着一双兔子似的眼睛下楼，见到东道主，打躬作揖。东道主客气，说昨夜您休息得好吧？还行还行，将就将就。转过身来就是一连串不敢示人的连天哈欠。

何处酣眠？休怪我身体欠佳，睡眠不好，绝非神经衰落这么简单。

那年春节下南洋，去看望在异邦求学的儿子。儿子与同学合租在郊外人家的板屋。本指望蕞尔小国的郊外应该风平浪静，哪知道这纯属痴心妄想。板屋的二老板，是位模样周正的中国东北妇人。这位在国外做着转手租屋生意的妇人笑起来媚眼勾魂儿，却是个比我还神经衰落的人。每至半夜时分，妇人就操着东北方言打国际长途。煲电话时长没有三两个小时下不来，声音巨大，不是哭喊就是傻笑。隔音差强人意的板屋，全被这二老板妇人搅成了一锅粥。三天下来，我几乎真的得了神经病，逃逃逃，此地哪里是学子待的地方，赶紧让儿子搬家。

睡眠，人之基本的生活需求，关乎养精蓄锐休养生息，夸大点说，牵连性命攸关。当下生活快节奏，如果没有较好的睡眠质量作保证，你试试是个什么滋味。有网友戏言，中午不睡，下午崩溃。区区午休，重要性尚且如此，彻夜不眠那岂不是活活遭罪？！

没想到前些日子赴港学习，接待方安排我们下榻于北角海逸酒店。面朝维多利亚港湾，但见碧波满眼，海轮货船穿梭，奇怪的是，既听不见哗哗海浪，更无船笛喧嚣。背后是东西走向的数条巴士线，还有鲗鱼涌地铁站，却是一夜到天明没有感觉，大大小小的车辆没有间停，只见车影闪，不闻噪声起。晚间酒店内，有钢琴声从某一处叮咚传来，亦有金发碧眼者忘情伴唱，但声音的分贝控制得恰到好处，似乎总是局限在酒吧狭小的空间，无丝毫刺耳。进得休息的房间，房门一闭，便与世隔绝。静谧，如幽兰之气，弥漫在个人小天地的每一个角落，让你快意酣眠，一觉睡到自然醒。

其实在深圳过境之前，我最担心的仍然是睡眠问题。猜想这东方之珠的名号如雷贯耳，吸引了世界各国各种肤色的人等来到这弹丸之地，香港岛注定是声色犬马歌舞升平，声光电污染怎么得了？在港一个礼拜，如果天天"夜不能寐"，叫我如何是好？我会不会疯掉？一夜醒来，事实告诉我，这些担心，完全是杞人忧天。

就刻意地留心港岛的静了。坐地铁，坐巴士，坐的士，坐游轮，包括坐去太平山顶观光的缆车，虽人多拥挤，却总有良好秩序，大家依次排队，静静候车，上车下车尽管匆匆忙忙，但绝无插队抢座的怪象。鱼贯前行的车辆再多，道路再狭窄，司机们总是耐心地沿着自己的车道行驶，绝无鸣笛抢行或猛踏油门超车，即便相邻道上空无来车，也不见有哪个愣头青丢人现眼地把方向盘拉过来搬过去现宝。香港岛小路窄，少有我等俗人眼中司空见惯的堵车塞车，也没有烦人的噪音四起，公共场所少有莫名其妙的呜嘘呐喊大声喧哗，着实让我这孤陋寡闻之人开了不小的眼界。

　　什么时候，我们才不为睡眠这桩非常小事牵肠挂肚呢？

　　　　　　　　　　（原载《重庆日报》2012 年 11 月 6 日"两江潮"）

一场游戏

深呼吸、据枪、瞄准，准星缺口愈来愈清晰，25米开外的胸环靶在视线中若有若无，百米开外的观摩方阵变得鸦雀无声，大地归于沉寂。刹那间，食指扣动扳机，子弹呼啸出膛……直觉告诉我，有戏了，OK！

五发子弹，五十环！乖乖，越战归来面留可怖伤疤的步兵团团长冲上来，兴奋地擂了我一拳，当众掏出事先约定的奖金……

这是20世纪90年代初，在驻渝某部数百名军官眼皮底下发生的精彩一幕。

在此之前，我这个军事院校毕业的科班生的手枪射击成绩，是通过羞于启齿的补考才勉强及格的。后因参加集团军军事比武，我进了师集训队学习。报到次日，全队进行军事素质摸底，因自知软肋，我竟握着手枪战战兢兢不敢上阵。这时，军区射击队运动员出身的教练出现了。教练轻松地说："多大个事哟，有什么幺不倒台的呢？就当是一场游戏而已。"边说话边推弹上膛，演示给我们看——深呼吸、据枪、瞄准、击发，子弹带着尖利的啸音出膛……一语、一动，把我的紧张打消得无影无踪……半年过后，我参加了参谋业务大比武。赛场上，我心态放松，真的把剑拔弩张的比赛当作一场真枪实弹的游戏。几天拼搏下来，竟夺得了集团军参谋比武竞赛工兵项目第一名。

仅一场游戏而已。时过境迁多年，射击教练富含哲理的话语，时不时在耳畔响起。

2011年大邱世锦赛男子110米栏决赛中，世界纪录保持者罗伯斯痛

213

下"黑手"，两次拍打刘翔的手臂，导致中国飞人屈居美国人贾森·理查德森之后。事后，被扇掉冠军的刘翔没有埋怨罗伯斯，而是以一脸轻松的笑容回答记者采访，"比赛的结果谁都无法预测，这仅是个游戏而已，没关系的，我不在意，比赛就是这样。"

说得多好。刘翔的"游戏论"，与我的射击教练的话语，如出一辙。

当下，伦敦奥运会烽火在熊熊燃烧。无论运动员还是体育官员包括远赴英伦或守在电视机旁观战的亿万国人，有几人，是在用轻松淡定的心态，愉快地享受世界大家庭的极品竞技游戏呢？

平心而论，多年来，我们把一些与体育、与竞技、与奥运原本无多大关系的东西生拉活扯牵强附会，为金牌所累，为名次困扰，给原本开心快乐的体育健身涂抹上沉重的色彩，实足让人扼腕。此次奥运，万一刘翔、李娜这些国人心中的体育英雄未能如愿斩获金牌，万一跳水、乒乓球、羽毛球、射击、举重和体操这些中国体育传统优势项目出现闪失，万一田径、游泳这些让国人汗颜的项目仍无较大起色，参与者与旁观者，是不是又要捶胸顿足、如丧考妣？

其实，调整心态，重在参与，奋力拼搏，才是竞技参与者的正确态度。只要拼搏了、努力了，即便未能独占鳌头，又算得了什么？后退一步天地宽。一场游戏过后，太阳照常升起，地球仍旧旋转，天，不会塌下来。

作为普通人，注定此身无缘奥运，但我却从当年的军用枪射击表演和比赛中，悟出了体育竞技的初衷就是享受快乐。把比赛当作一场游戏，并不是让健儿们避讳"更高、更快、更强"的奥运精神。我想说的是，那些身负沉重包袱的竞技参与者，有几人能拼到最后？！最美的笑容属于最后的胜利者。至于我等凡夫俗子，私底下为一个项目、一个比分、一场球赛的不尽人意，争吵得面红耳赤甚至怒发冲冠，真的没有丝毫必要。

有什么大不了的呢，仅一场游戏而已。

（原载《重庆日报》2012 年 8 月 8 日"两江潮"）

就怕万一

"哦嗬，30块钱洗白哒。"飞机落地，王二嫂长出一口气，大声嚷嚷，如同平时在村头河边与邻家媳妇拉家常。王二扛着行李包往外走，明白老婆子的意思，肯定是在心疼那三份航空意外险不该买，就狠狠地搡了老婆一把，"妇道人家，少在这里丢人现眼，不就是30块钱么？"这可是花钱买平安啊。保险这玩意儿，是不怕一万，就怕万一。

"就怕万一"，几乎是每一个保险工作者营销时挂在嘴边的一句广告。老母亲一人在家，从门缝里发现陌生小伙子已经是第三次来敲门。就忘了孩子们不在家时不得放陌生人进屋的家规。就打开门。就明白陌生小伙子是某家保险公司的业务员。就被小伙子三寸不烂之舌吹得云山雾罩，不明就里掏出N年积蓄，买了10份"××养老保险"……钱一到手，陌生小伙子却再也不见踪影。隔壁胡大爷受不了保险推销员三寸不烂之舌的鼓噪，终于签了合同书。事后越想越不对劲，眼看规定的宽限期满，赶紧到保险公司去咨询，你们的条条款款弯弯绕，密密麻麻几大张纸，字小得要用放大镜看，弄不醒豁呢。那您问您的保险业务员啊，他应该给您解释清楚的。啥子业务员？鬼大爷都找不到。电话好不容易接通了，他不是在北京城就是在成都市，扯不完的把子。一个老年人，大字不识两个，哪里知道这保险那条款的？老师您坐下来喝口水，别生气，好生想想，我们的保险是不怕一万，就怕万一。万一您老身体有个三长两短，这保险可就起了大作用啦。保险公司小姐始终笑眯眯，轻言细语。胡大爷纵有千般怒万般火，也会烟消云散。得了得了，老老实实缴保费吧。

　　保险与被保险，不是冤家不聚头，打断骨头连着筋。这是我与保险公司从业者打交道多年的体会。看似全身心替您着想的保险，好处肯定有，自不必细说。但是有些"就怕万一"的事，听起来却不那么爽，且容在下给您摆一摆——

　　前年，受不了某业务员伶牙俐齿反复游说，把爱车在某公司上了险。一年里平安无事。次年继续续保。谁知道人大意了，接二连三出现小擦挂。按照事先约定，立马给保险业务员打电话。业务员热情有加，说老师您不要担心，全部交给我处理好了，您什么都甭管。就想还是投了保险可靠，你看人家多为你着想啊。就把车子放心地让业务员开走。分文不掏，两三天后爱车完璧归赵。心就大喜，保险真是好哇。这样反反复复进行了三四回。天知道今年的保险单下来，除了交强险继续享受优惠外，其他的商业险，全部涨价。

　　问：怎么回事儿？保费一下子比去年多出了几千块，涨价也太太什么了啊。

　　答：老师您去年共出了四次险。按照规定，不仅得不到优惠，还得按最高限重新计价。保险公司的人说话不假思索，如放录音一样。

　　又问：那四次都是一些小擦挂，即便我不找你们，自己掏腰包找人修修，也不过是三四百元的事情，小事一桩啊。

　　录音是这样回答的：您的车可不是小擦挂，不是小事情呢。四次理赔，敝公司赔进了五千多……

　　狂晕！江湖果真险恶。我如王二嫂般尖叫起来，这究竟是怎么回事儿？如此保险，就怕万一啊，我X！

　　　　　　　　　　　（原载《重庆日报》2011年8月18日"两江潮"）

穿皮鞋可是个问题

　　"穿靴戴帽，各取所好。"依自己的习惯和审美需求，选择心仪的衣帽鞋袜穿戴，完全属个人行为。前卫的，忘了国情，麻起胆子学西洋人扮嬉皮士，或者一身性感的透明装招摇过市，也没有哪个有闲工夫来封建你；传统的，挂根文明棍，头顶瓜皮帽，一袭青布长衫外加老式的圆口布鞋扮王泽笔下的老夫子，也不会有哪位领导来教训你是出土的遗老遗少。穿衣打扮，原本就是小事一桩，没有必要来个什么制度规定，强求非什么不能穿、有什么不能戴，除非你是必须统一的制服。

　　这是日今大开放、大国际、地球村的缘由所致，大家伙的思想观念、审美情趣、世界观、价值观已经发生了根本性改变。要是把时光退回去30年、20年，那可绝对不是小事情。你想标新立异张扬个性穿奇装异服，想咋的就咋的，那可没门儿。

　　先说一个与穿衣戴帽看似没什么关联的故事。20世纪70年代末，国内上演了一部彩色爱情故事片，轰动效应不亚于当今各大影院看3D《2012》。那个故事片情节简单，但银幕上破天荒出现了男女主角接吻的镜头！这还了得，从八个样板戏年代一路走来的国人可算是大开了眼界。一位姓问名英杰的先生，呼天抢地哎呀呀，捶胸顿足状跃然纸上——问先生以一封"读者来信"的形式，对这"不识时宜"的接吻戏公开论战，——在咱无产阶级占领的文化宣传阵地上，竟敢出现这种资产阶级的男男女女搂搂抱抱咬来啃去的画面，成何体统？！这不是在毒害我们无产阶级革命事业接班人吗？著名的《大众电影》杂志于是

217

刊载了问先生的这封"读者来信"，据说还引来了一场轰轰烈烈旷日持久的大讨论。

40余年过去，回头再来看这事，这哪算个什么事呢？足见封闭了数十年的国人同胞当时见识之低下、意识之禁锢。那些帽子不得了，可是思想意识问题啊，意识形态啊，非同小可。那年那月，随着国门打开，西风东渐，花花绿绿的服装也出现在普通老百姓的生活中。可是那第一个尝梨子滋味的人，真的是付出了声名狼藉的代价的——你在大街上穿着大裤脚的喇叭裤走两步试试，流氓、阿飞、上海小瘪三的唾沫星子不请自到，会吐得你遍体鳞伤。

这种啼笑皆非的故事，一直延续到上世纪80年代中后期还时有发生。当然这算是特例——那时我在南方一所军校读书，学院明文规定，学员一律不得穿皮鞋（当时的国力也不容许供给制的学员穿皮鞋），否则以违纪论处。我们这一群青春年少的准军官，哪里受得了这样的憋屈？看着教官们脚着锃亮的牛皮鞋，咔嚓咔嚓走在操场上队列中那英武帅气的挺拔样儿，满脸的羡慕就别提了。而学员们只得老老实实整天穿一双臭烘烘的解放鞋或者包脚趾头包脚后跟儿的泥巴色平底凉鞋——人一下子矮了半截，想臭美一下都难。幸好，这是一所培养初级指挥军官的院校，学院里除了少得可怜的几位女教官，见不到一个女学员，学员们都是清一色的和尚头，也就无所谓美不美丑不丑之分。只是晚上熄灯开卧谈会的时候，军校学员们才躲在黑暗里发几句高级牢骚："难道穿了皮鞋就会影响战斗力？那美国大兵不都是蹬着牛皮战靴满世界跑，照样想打哪个打哪个。"嘘！

终于等到了放寒假的时候。离开铁纪钢规束缚的军校大门，可不能再土得掉渣——特别是那些要去约会女同学女朋友的哥们，都悄悄地在回家的行李中备了一双又黑又亮的皮鞋。一进火车站候车室，没人号令，全是一个动作——换鞋。我天生愚笨，只有一双学院发的老棉鞋，正后悔为什么不早点准备一双皮鞋穿着回家见父母大人呢，就见戴着墨镜的学员队长不知从哪个角落里冒了出来，一张脸黑得比李逵还李逵，"凡是穿了皮鞋的学员，立即跟我返回学校，写出检查再回家！"

换鞋者们一下子呆若木鸡。我却因做到"作风养成好，校内校外一个样"而得到了队长的口头表扬。呵呵，喜剧不？

（原载《重庆日报》2010年8月10日"两江潮"）.

当心土雷

成语"五雷轰顶"中的"五雷",说的是金雷、木雷、水雷、火雷、土雷。细解土雷,则是土埋、倒屋、高处掉物。什么人会遭此灭顶厄运呢?古人断言是罪孽深重之人。可是从现代人生活中遇到的闹心事儿来看,这种解释算是本末倒置。

先看案例。新世纪来临的那年5月,路人赫某在重庆学田湾正街行走,被天降烟灰缸当场砸昏;次年冬天,綦江县大石镇18岁青年倪飞出门玩耍,楼上突然落下的泡菜坛子将其砸成重伤,不日命赴黄泉;大前年的6月3日早上,一头重约40公斤的威猛藏獒,不可思议地从杨家坪直港大道12号二单元屋顶花园咆哮而下,将人行道上匆匆赶路的教师张女士砸成颈椎骨折,至今瘫痪在床;去年5月18日,两路口桂花园血库一侧的旧式住宅楼上,一把大剪刀从天而降,砸得路人何先生头破血流,万幸的是剪刀柄砸中头颅,否则,必死无疑……高空掉物,掉下的除了袋装垃圾、脏水粪便外,还有煤气罐、晾衣竿、拖把、叉棍、钢管、玻璃窗,甚至有家养的乌龟王八等等,掉物林林总总,千奇百怪。这些从天而降的"土雷",让自由行走的无辜路人以及停泊楼下的宝马、奔驰遭受灭顶之灾,这已成为城市生活中屡见不鲜的"旧闻轶事"。

四年前,一对即将奔赴新婚殿堂的青年男女,相约来到解放碑,欢天喜地去购物,却转眼间让楼上飞下的一对煤气罐砸得阴阳两隔。朋友说,出门赶紧戴上钢盔吧,找不到钢盔,藤帽也行,多多少少可以让咱宝贵的天灵盖得到些许保护。说得好!而今眼目下,当你心情舒畅行走于大街,或低头匆匆路过背街里巷的时候，那品种繁多的"飞将军"土雷，是随时随地可能来亲吻你的头颅的——轻则浑身被淋成落汤鸡，重则脑袋开花见阎王。这个时候，土雷才不管你是罪孽深重之人，还是心地良善的大爷大妈、小伙幺妹。甭管那么多，砸下去！

这不是制造危言，这种破事儿，在任何一个城市都会发生。媒体上听到的看到的故事就在身边，亲眼看见的血腥惨状历历在目，心中自然就拉起了警戒线。每每上街，我是尽量不走墙根，能绕行就绕行，能避开就不靠前。走在坦荡大街，还条件反射样时不时抬头望天，生怕那不分青红皂白的土雷从天而降。这种异样举动，断不是胆小怕死，实在是受不了飞来横祸之后还会背上"罪孽深重"的恶名——这家伙，前世说不准造了什么孽，不然怎么会遭天打土雷劈？

遭了厄运倒了霉，找不到肇事者的冤屈事常常发生。一柄叉棍插进脑袋瓜子，却没有一个人敢拍着胸脯来认账。冤枉者一怒之下，经常是把整幢楼的街坊邻居诉成被告上公堂。一粒老鼠屎，坏了一锅汤，没做亏心事的居民自然不会依教，于是乎指桑骂槐，于是乎头撞南墙，于是乎含血喷天……一桩桩谁也不愿意发生的公案，成了法官、原告、被告的伤心事。

话到此，心更悲。被土雷雷倒者，我想绝对不是什么罪孽深重之人。倒是那从楼上、从高处往下乱扔乱丢乱弃之人，才是真正意义上的罪孽深重。不顾忌楼下南来北往的是一条条鲜活的生命，那失却了基本道德良知的随心所欲的一抛一扔，或许就会让一朵旺盛的生命之花枯萎，或许就会让一个美满的家庭堕入黑暗。平安、宜居等等建设，是需要你、我、他共同努力的呢。

在高密度的水泥森林里生活，我是愈来愈提心吊胆。但愿那不认人的土雷能够长上眼睛，看清时候，少些、少些、再少些。

（原载《重庆日报》2010 年 10 月 6 日"品味"周刊）

偶 遇

盛夏。某航站楼内登机口，突然拥进一堆乱哄哄的人群。初以为是什么旅行团集体出游来候机。近得跟前，才知是追星一族驾到。三个年龄约莫十来岁的小男孩走在人群中间，剪统一的发型，戴统一的蓝布口罩，背统一的双肩旅行背包，目不斜视，并排行进。只把抱着、端着各类照相机摄影机前后奔跑拍摄的大爷大叔大妈大姐和同龄人，视为无物。仨男孩明显装出神秘状，空洞的眼神，了无孩童的纯真。这大热的天，捂得如此严实，累不累？态势已由不得他们了。前呼后拥的粉丝，欢乐地观稀奇看古怪，直把仨男孩送进楼内角落里的洗手间。这下好了，大爷大叔大妈大姐同龄人痴心守候在洗手间门外，一个个伸长脖子，引颈观望，顺便叽叽喳喳交流一下心得。追星之喜形于色，追星之情真意切，令人扼腕唏嘘。

忙问一紧追不舍的小女孩，这仨是谁？女孩子浏览着爱派上的照片，爱搭不理俺这老土的问话，这都不晓得哇，本土歌星啊，好好帅哟。他们多大啦？看起来还是小不点儿。十二三岁吧，小崽儿些。旁边有老者应答。我擦！脑海里立马蹦出揠苗助长这个成语来。小小年纪，如此风光如刘德华周星驰，做派如章子怡范冰冰，搞得连去一个洗手间都要被人围观，害得躲在厕所里间不敢随便走出（仨孩子至少待在那气味不大好之处有一刻钟之久），你们真的不累吗？孩子。

回头再看欢喜得如痴如醉的大爷大叔大妈大姐和喜笑颜开的男孩同龄人们，恕我只能用"疯狂"二字来形容。这十来岁的小孩儿，乳臭未干，真的就有巨大魔力让尔等入迷痴狂？想，这众多的粉丝是怎样练成的？粉丝们是如何通过严格的机场安检的？未必大家伙都掏钱购了机票，要簇拥这仨男孩登机不成？

怪只怪俺老眼昏花不识星相，跟不上潮形势，多少次偶遇这种呼啦啦前呼后拥的追星场面都反应慢半拍。如当年的遗老遗少，脑袋瓜子始终不开窍。那些年，中国超女火爆，一日在首都机场，偶遇红得发紫的某超女。某超女正被一群人追得兴高采烈。走过俺的面前，还不忘举起一个大大的剪刀手作胜利状。老夫有眼不识泰山，还以为是哪家小孩子调皮搞笑呢，竟没有丁点回应。又一回，是在大冬天里，冷风刺骨。在某机场 VIP 室候客，偶遇一妙龄女子抵达。前后有彪形大汉护驾。阵仗之大，是俺还没来得及看清楚女子的面相，就冷不防被戾气爆棚的保安一掌推进了另一间屋子，谢绝围观。得，那就从门缝里瞧瞧罢了。耶，有电视摄像，有记者采访，还有小孩子上前献花。妙龄女子长长的眼睫毛眨得活泛，如电动机器人一般东张西望，原来是刚下飞机，内急，到处寻望洗手间呢。这人是谁？被推进屋子里的众人皆摇头。只有 VIP 服务员不屑地看看我们，如看刚进城的乡巴佬，大美女范爷啊，这都不认识？一席话出，屋子里众人皆石化，古董一般，原来是范冰冰驾到，电视上的小人儿变成了真人，活的。

还有一次从京城返渝，与一年轻男子在经济舱相邻而坐。两个半小时的飞行，谁也没搭讪一句话。下机后，年轻男子轻松走在我的前面。到得廊桥处，年轻男子突然有些紧张，从双肩背包中掏出一个大号墨镜戴上，还把衣领后的格子斗篷拉了起来，瞬间把自己遮成了阿拉伯人。这是谁呢，如此神神秘秘玄不倒台的。我嘀咕。旁边一拎着皮箱自称助理的人就说，这是张杰。张杰是谁？助理白了我一眼，不再理我。就听见接机口处传来爆炸般的欢呼声。一时间，长枪短炮齐齐作响，尖叫与呼喊，声震屋瓦。明星张杰与助理，看来早已习惯这热情似火的恭迎候驾，面无表情，风一般走向停在航站楼外的宝马轿车，只把潮水样涌来的人群与欢呼，扔在脑后。

只能认为自己早已过了追星的年纪吧。运气还好，经常偶遇这明星那明星的，却始终激动不起来，更不会狂热如喜从天降。反倒对那不好描述之追星场面，心升莫名其妙。就想学学重庆人，大喊一句方言俚语——你娃，疯了哇？

（原载《南川日报》2014 年 8 月 18 日副刊）

吃点补药算什么

据说，从 1977 年至今的 30 余年间，高考成本已经从最初的几毛钱，"水涨船高"到现在的万元以上。这不是危言耸听。

不容争辩的事实是，孩子的高考，已经和家庭前途乃至家族命运维系在一起，已经和各种利益群体、社会机构相依为命。因为高考，"家长们像鲁迅笔下捐门槛的祥林嫂一样。虽然备受搜刮，却也心安理得，只要对孩子高考有好处，再贵，也值"。于是乎，高考从"一个人的战斗"，演变为"全民战争"；从"一次升学考试"，演变成全民的大众消费，进而形成一个庞大的产业链，包括补习班、家教、陪读、营养餐、保健品、补脑液、高考房甚至考试过后的庆功宴、谢师宴、散伙饭等等，名堂多多，五花八门。

邓公英明，1977 年恢复高考，举国上下，青年人争赴考场，为的是"知识决定命运"，为的是"把失去的时间抢回来"。但很快，让人热血沸腾的高考开始变味，渐变成面目可憎的"应试教育"。君不见，举凡家有学子，哪一个不是打幼儿园起，即围着形形色色的"考试"轴心旋转？小学、初中、高中，一旦进入高三冲刺，考试呈白热化胶着状态时候，全家老少便总动员，号令三军，确保高考学子得胜凯旋，闯进 211。退一万步说，怎么也要弄个有头有脸的"大本"玩玩，否则就是暗无天日、穷途末路。

邻居家养育双胞胎丫头。从学前班始，姊妹俩齐头并进，比翼双飞。哪知到了高中阶段，姐姐分数始终赶不上妹妹，邻居两口子，包括爷爷奶奶外公外婆，均急得双脚跳。不计成本地请家教、开小灶、改善伙食、上城隍庙求神拜佛……祈祷苍天大地文曲星高抬贵手，网开姐姐一面。折腾一个学年的结果，是姐姐堪比黄花瘦，仍然落了个六月败北八月凄惶。邻居躲在家中，咬牙切齿宽慰孙山，大女子，格老子雄起来。老爹老娘就是舍了命，也要陪你去复读。这年月，不上大学，莫得搞头。

20世纪80年代，班主任老师也是这样谆谆教导我们，考不上大学，你们就是待业青年，就得回农村修地球。考上了呢，"春风得意马蹄疾，一日看尽长安花"。那个时候，高考是无形的指挥棒，指挥学生们熬更守夜，秉烛自习，恨不得一天二十四小时不睡觉。指挥着学校那两个所谓的尖子班——把毕业年级各班前五名归集起来，组成高考突击队，变着花样，绞尽脑汁，没完没了地进行"强化训练"。校长的目的是保证升学率；任课老师指望着奖金与职称；学生呢，自然盼望金榜题名，鲤鱼跃农门。

于是班上，出现了复读三年不第，仍然继续从头开始的执着大王，出现了把教科书从第一页背到最后一页的笨鸟先飞，出现了因心生嫉妒而把同窗放在教室里的教辅资料一股脑儿扔进厕所的"歹毒者"……体育课早已取消，音乐课成为奢望，班集体活动与社会实践更是天方夜谭。全班男女，三更灯火五更鸡，摇头晃脑背书时。一个学期下来，竟病倒3人，休学2个，十来个同学戴上了那个时候还比较少见的近视眼镜。

自然地，就出现了吃补药的故事。

一日下午，在下无事，东张西望，发现身边学友皆呈无精打采昏昏欲睡状，唯有坐在教室头排的某同学非同常人，时而高声朗读，时而伏案疾书，时而冥思苦想。据班主任老师课堂表扬，某同学堪称学习刻苦之典范——为提高学习效率，他敢往自己脸上抹辣椒面。这是什么精神？这是一不怕苦二不怕死战胜高考的勇敢精神。某为攻下一道数学难题，有时连饭都顾不上吃呢。我的天，真一个拼命三郎也。敢情脸抹辣椒面就能驱走瞌睡不知疲倦？

放学。侦察。在某同学课桌下面，发现了两大玻璃瓶装的"维宁补汁"。一瓶空空如也，一瓶仅剩小半。乖乖隆滴咚，原来某同学吃着补药呢。难怪他面色红润，精力旺盛，可以为做习题而废寝忘食。

喝着补药抹着辣椒面的某同学，首战高考还是失利了。后来的情况不清楚。再后来，听说某同学金榜题名，一时成为县人美谈。

是补药发挥了作用，还是有什么魔力附体，让亲爱的同学修成正果，无考。事隔多年，当一切皆平静下来的时候，回味五味杂陈的 80 年代高考情景，脑袋里立马浮现出那并不值几个钱的"维宁补汁"。事到如今，高考已变得神圣不可侵犯。全民教育，似乎都在为那个神圣的考试而奋斗。那么，吃点"补药"，搞点"特殊化"，又算得了什么呢？

（原载《重庆日报》2014 年 9 月 27 日"两江潮"）

高跟鞋与狗

　　蜗居在比早年筒子楼稍胜一筹的八层砖混结构老式楼房，一晃十余年。在这幢没有电梯的楼里爬上爬下，感觉日子越过越慢。有时候，竟恍然滋生出一天也待不下去的感觉——这些年来，温暖的物业管理不再温暖——但每月初的物管费，却是少一个子儿也不行。可爱的物管们，本应把这幢楼房管理得如家一样温暖，但事实上他们日理万机，忙，仅在收缴水费电费垃圾费天然气费的时候，才能够见到他们亲切的身影。其他时间，或许他们真的比总理还忙吧，反正横竖是见不到他们的踪影的。好不容易见到他们亲切的笑脸，赶紧把关于这个楼里这些年来发生的一切不友好，投诉给他们。但，终归只是投诉而已，说也白说，反映也枉然，投诉也白搭，你爱住不住。这不是高档小区，您老想不通，搬家，住别墅住花园洋房去。这楼，日今眼目下，就是这么个状况。物管一副见怪不怪爱莫能助的眼神分明告诉众人，这已然老旧的楼房，我们能管理到这个份上，已经相当不错啦。

　　这日今眼目下的楼，究竟是个什么状况？故事还得先回忆一下十多年前的美好光景。那时新楼初落成，喜气洋洋。楼里住进的，全是一个系统的同事，大家低头不见抬头见，加上受党恩情多年，基本的素质都在。于是带给这幢楼的，就是干干净净整整洁洁，就是平安无事风平浪静，就是鸟语花香你是风儿我是沙。夜晚时分，还可以串门唠嗑甚至夜不闭户路不拾遗。夸张点说，算得上是和谐社会的小小缩影。没有喧哗没有吵闹没有鸡鸣狗盗，更没有两脚把楼梯板踩踢得山响的高跟鞋声响彻云霄。——尽管楼房地处闹市区中央，却真切地闹中取静，晚上的安眠无人侵扰，真一个安居乐业工程是也。

好日子难以忘怀，便对现在的境况切齿痛恨。不知道从哪一天起，这个宁静的所在，变得面目全非。先是从乡下请来的门房老头不那么守时尽责，甚至一晚到亮，难见到他的人影。然后是上楼唯一的大铁门不断出现问题，据统计，先后换装了五把各式各样的铁将军，均被力大无穷者毁坏。物管气愤，业主吼叫，怒斥什么乌鱼王八蛋这么缺德讨人嫌。时间一长，都不想管了，封锁上楼唯一通道的大铁门无人理睬，成了聋子的耳朵——摆设。这下可好，一幢楼失去了基本的保险，没有了只锁君子锁不住小人的大门，连收荒匠也可以随意出入，"电视机空调器电脑洗衣机拿来卖哟——"声音悠长，时不时在整幢楼里响起。贴小广告者神出鬼没，没两天便把性病广告通下水道的黑色电话号码糊到了你的大门上。更可恼的是，这里已然成了小偷的乐园。半年时间里，少说有三四户住家被窃贼光顾，损失巨大。110来看了，登个记，没了下文。一家被盗的血性汉子，扭到物管要说法。物管说我们已经报案，破不破案是警察的事。汉子偏不依教，说这年月，家中失窃的案子怕是多如牛毛，你们报案，等于放个屁。这是你们物业管理失职，应该赔偿。最后谈判的结果是：汉子一年的水电费物业费车库停车费不用缴，物管哑巴吃黄连——有苦说不出。呵呵。

困难面前，有经济条件不爱惹事的住户，信奉惹不起咱躲得起的道理，陆陆续续开始搬家，另觅高枝。如此这般一折腾，一幢楼四个单元，大部分人家以撤退告终。空下的房子，转手的转手，出租的出租。一个进城打工多年的农民工相中这里面隐藏的商机，立马洗脚上田，首先在单元里买下一屋，专做包租公生意。聪明的包租公从搬家离开的业主手中，整体租赁下那些空置房，用宝丽板隔夹成一个个鱼档似的单间，两手一操，做起了房屋单间出租生意。不到一个月，楼里涌来了进城务工的农民、小商贩、棒棒军、附近上学的中学生或一群不知做着什么营生的大姑娘小媳妇。一时间，楼道间、晒坝上，到处是垃圾，到处是小狗的屎尿。上楼的当下，你不得不提心吊胆地望着高空，说不定什么时候就有一袋臭烘烘的什物从空中飞来，砸你个冷不防。不可思议的是，顶楼新搬来一住户，沿袭了在农村田野烧荒的习惯，竟在楼顶上开始焚烧垃圾，一时间浓烟滚滚，火光冲天，引来消防队员扑火抢险。士兵们冲锋一般上得顶楼，老太婆却若无其事坐在那里乐，还责怪年轻的士兵少见多怪，"咱们农村，往年子都是这样干的，烧了草本灰，好肥田呢。"

更为可恶的是，一帮来无影去无踪的高跟鞋们，几乎包揽了包租公的大部分生意（包租公才不管你是什么人做什么事，只要肯掏腰包交租金，一切就 OK）。话说回来，你租屋也好，买房也罢，在城里打工谋生也行，都是无可厚非的事情，绝对没有哪个太平洋的警察管得宽，妨碍你生活的正当权益。无法理喻的是，这一群来此居住的高跟鞋，多数是神龙见首不见尾，大白天在家睡懒觉，一到晚上，精神倍儿棒，打扮得花枝招展香气扑鼻出了门，直玩到深更半夜才凯旋。时过午夜，正当你睡梦正酣，那廉价的高跟皮鞋声响起，踩得地皮发麻，踏得那个水泥灌注的楼梯都将垮掉。高跟鞋边上楼边打手机，高分贝的区县口音方言土语不知在叽里呱啦说些什么。进了屋，根本不兴脱鞋，仍然穿着高跟鞋在屋内翻箱倒柜跳踢踏舞，楼板几乎失去了隔音功能，不折腾到下半夜不放过手。一幢楼中的上班族和老人，全被高跟鞋惊醒，可怜得只有在床上翻来覆去盼天明。

物管不力，高跟鞋肆虐，怎么办？一台让人啼笑皆非的大戏从此上演了——

住在一楼的老刘，因为舍不得离开这住出了感情的老屋，一家人咬紧牙关坚守阵地坚持战斗。被高跟鞋困扰多日，老刘终于想出了不是办法的办法——花了 50 元人民币，从农贸市场上买回一条小狗——他要利用狗来对付高跟鞋。小狗长得贼快，没两月便出落成一条威风凛凛的黄毛土狗。从此楼里热闹非凡。每遇高跟鞋上楼下楼，黄毛土狗便狂吠咆哮，高跟鞋们吓得惊叫连连，土狗兴奋得上蹿下跳。有人在楼上实在忍受不住这能够让人发疯的人喊狗叫，提起空酒瓶、小板凳就往下扔，乒乒乓乓砸在雨棚上，砸得刘家土狗抱头鼠窜、汪汪哀鸣。而老刘却安坐家中，喝着愉快的小酒，听屋外"战火"正激，高兴地喊一嗓子，"要的就是这效果。妈妈的，大家伙都来闹，反正老子人老了没得瞌睡，怕个铲铲。"

而包租公，从来没有听到他有任何不满的发言。一张油光闪亮的老脸上笑逐颜开，照旧每天引着来寻租看房的人上楼下楼。他人长得胖，两大眼泡把眼挤成一根线。可能睡眠质量超级好吧，高跟鞋与狗的战斗，他充耳不闻，或许，这先生先天就是个聋子……

城市在摊大饼，城镇化魅力无限，有缘千里来相会，高跟鞋、棒棒军只会越来越多。祈愿物管们服务意识加强点，居民楼里的人狗大战，少上演不上演。街坊邻居文明点，互相照顾点，生活规律点，设身处地想想他人的难处与不方便，这样才能你好我好大家好，对不？

（原载重庆《作家视野》2016 年 8 月号）

想到了起绰号……

随便给人取绰号、冠诨名，是少教养、没礼貌的行为。这是幼儿园老师教小朋友、小学校老师教导学生们的话语。记得发蒙时候，班里转学来了个又黑又瘦的新同学姓王名连富。有顽皮的邻座想欺生，便鬼头鬼脑地借用《红灯记》里的叛徒王连举，大嘴巴一咧，直呼又黑又瘦为"叛徒"。刚刚发蒙的细娃儿，哪里顾忌得到被冠名者的心理承受能力？觉得好玩好笑，便都大呼小叫。不消一天工夫，这"叛徒"的绰号不胫而走，传遍全校，一下子让新来的王连富同学抬不起头来。结果是：王连富身背不雅绰号恨得咬牙切齿，让他的叔伯哥哥找到一群街头烂仔，在放学路上设下埋伏，把给他取绰号的邻座揍得鼻青脸肿……

小时候发生的身边故事没齿难忘，便牢记老师的教导在心头，不能够随随便便给人取绰号，这是尊重他人的基本礼节——即便是开玩笑，也不得太过分。对人，对任何人，包括你的竞争对手，也要尊重。

可时下发生的世间故事，分明让我对这种传统观念的正确与错误感到了巨大怀疑。由于网络的强大，网民成几何级数增长，随随便便安个什么鸟名，就可以在虚拟的空间里天马行空，进而把随随便便给真实的人安个绰号、取个诨名当作儿戏。这不，去年车延高先生因诗集《向往温暖》获得了鲁迅文学奖，便有仁兄抓住人家并非获奖作品的某些诗作大做文章，随随便便把车先生的诗冠名为"羊羔体"——取"延高"谐音而"羊羔"。我以为，这种不严肃地给人取绰号诨名，是件不礼貌的事。

我不识车延高，也没有赏读过其诗作，据说诗人还是级别显赫的官员一个。仅仅因为一个网络上铺天盖地起初让我无法回过神来的"羊羔体"——啥子新名词呢?——还以为是诗歌界里又诞生了一个新的流派呢,让我对发明这个新词儿的老兄竖起了大拇指。由赵丽华而"梨花体",由车延高而"羊羔体"……若再过一些年份,获此奖彼奖的人更多,不知道还会创造出什么这体那体来呢。

事实上,"车延高是一位在全国有影响的诗人。"当代文学评论家李鲁平先生说,"他的诗歌创作,饱含对生活对世界难以抑制的深情,并充满复杂的艺术和审美特色"。而且,中国作协官员宣称,车延高的作品水准,绝对地够得上鲁奖的标准,绝对地不是某些人所说的"拿钱换奖",更不是因了车先生的显赫官位而授其奖。罢了,撇开这些文坛是是非非恩恩怨怨不论,还是回到"羊羔体"这怪怪的名词来说,在我弄清了事情的来龙去脉后,我固执地以为,轻率地给他人的作品安上个莫名其妙的名儿,最起码是对他人创作劳动的不尊重。至于因"羊羔体"而引申出对鲁迅文学奖的质疑、对获奖者成功的"红眼病"、对当下文学艺术的大不敬等等,不在小文议论的范畴,那是大家争论的话题。敝人的观点是,若出于嘲讽、挖苦甚至刻薄地侮辱他人而假以绰号诨名,那实在是不敢恭维的做法。

但愿我的传统观念没有过时,尊重人、敬重人、讲礼貌,"五讲四美三热爱",永远都不过时。因为老话讲,中华民族是礼仪之邦。

(原载《南川日报》2011 年 8 月 31 日)

打门锤与敲门砖

　　从一个人的书写笔迹和文章来研判其性格与才能，准确率约80%。这是某权威机构不完全统计的结果。统计曰：其字结构散乱，人大多粗鲁愚顽；其字难成章法，书者的性格必少不了暴戾凶狠；字若中规中矩，那人必温文尔雅。又云：能著美文者，必天资聪颖，是所谓腹有诗书气自华。

　　你看那气度不凡，学富五车的领袖之人，不闻其满腹经纶，不读其锦绣文章，单看那一手隽秀潇洒的好字，便已经让人折服得五体投地……所以，字写得好，便拥有一把舞起来江湖通吃的"打门锤"；文做得妙，便是掌握了仕途进取的"敲门砖"。个中三昧，实在值得咀嚼。

　　文友说有同窗，其貌不扬，嗜烟如命，一天两包香烟还不过瘾。周身衣服穿得终年不见伸展，年纪轻轻却满脸皱纹，胡子拉碴。此兄性格比较古怪，特爱争强好胜，遇事总想争个第一捞个头彩，在学业上拼死累活熬更守夜烟蒂堆积如山也超不过人家。在寝室、在教室、在图书馆，甚至在厕所撒尿，在洗澡堂子搓澡，也能听到他看到他在与人抬杠顶牛，争吵的，也无非是些上不得台面的鸡毛蒜皮小事。回头再来看这位兄台写的字，恰如蚁行；要说作文，更是狗屁不通。文友说，初相识，众生填写履历表，这位兄台的"蝇头小楷"就给他留下了实在不敢恭维的印象，无法想象这老兄是怎么通过的高考。四年同学下来，其性不见改观，其文不见长进，其字依然故我，倒是那谁也摸不透的怪脾气，日有精进。毕业十多年过去了，再来打听此兄状况，顿时让人心生悲凉——数年前被公司优化组合，饭碗除脱。三年前在街头的一次无谓争吵，老同学被人于黑暗之中乱刀捅死，至今公安也未能破案。你说冤也不冤？

字是打门锤，文章敲门砖。字如其人，言为心声。

从字迹的规整、漂亮和文章的优美来取仕，过去是谋取功名的基本途径，此乃"打门锤""敲门砖"的来历。现在这种说法，虽然仅是一个形容词而已，但据说也是人力资源管理者选贤任能时参考的重要方法之一。试想，茫茫人海中选贤任能，在较短的时间空间里判断一个人是才高八斗还是胸无点墨，不能简单地以相貌、高矮、胖瘦和一袋子档案取人，较稳妥的办法，只能是以学历、文凭和能力来甄别。但如今假文凭、假学历屡禁不止，怎么办？聪明的考官自然就想到了旧时科举。在考试现场，让应考者当着众考官的面，书写一段话，写上千儿八百字的短文。然后从其书写美观、文章质量来衡量考量，基本上可推定其学历、文凭的真伪，基本上对其能力、才智判断个八九不离十，从而决定取舍。反观之，一个连点横竖撇捺都摆布不清楚，主谓宾定状补都抖不伸展的人，他的母语水平，他的这专科那本科能有多大的含金量？

辩证一下。也绝不能说凡字写得好，文章做得精，就是老子天下第一。字写得对不起观众，文做得不那么溜顺的成功人士，其实是大有人在的，在下不再列举。反说说两个字写得好的人。一是袁世凯。袁大总统的书法，可算得上雕龙画凤。他搞复辟当皇上时写就的号令文书，至今还摆放在南京"总统府"里供人参观。那个楷书之精妙，无不让人啧啧称赞。但这位闹复辟、做了83天皇帝的袁大头子，能算得上精英好汉？！二是秦桧。此人于靖康二年被俘至金，后纵之使归，诈称逃回，为相于南宋19年，主张投降，一味求和，为高宗所宠幸。后秉高宗旨意，以"莫须有"之名，杀抗金名将岳飞，为世人所唾弃，遗臭万年。秦桧是佞臣，却诗文天下，还是宋体字的创始人，在书法上很有造诣，但这家伙至今还跪在岳飞墓前呢。袁大头子和秦桧的"打门锤"、"敲门砖"委实了得，但其做人做事的行为，谁见了，都是恨之入骨。

如此看来，写得一手好字，有过硬的打门锤；作得一篇好文，有了不得的敲门砖，只能是个人勤学苦练的结果，是性格、脾气、学识的表征而已，理当受人尊重与推崇。但是，如果仅凭这两类事物的好歹，就定夺一个人的前世今生，把"打门锤"与"敲门砖"看成是包打天下的不二法则，也是有一定风险的。

（原载《南川报》2007 年 9 月 15 日）

麻 将

麻将乃国粹，虽一百余张，搓起来却出神入化妙趣无穷。"入局斗牌，必先炼品，品宜镇静，不宜躁率，得勿骄，失勿吝，顺时勿喜，逆时勿愁，不形于色，不动乎声，浑涵宽大，品格为贵，尔雅温文，斯为上乘。"这是古人对牌友的要求，把玩麻将上升到品格修炼的高度，便赋予了这玩乐游戏至极的内涵。

但是如今之人，却把纯粹的麻将玩成另一番世相。一旦入了牌局，"桌上无老少，父子亦无情"，牌手们翻手为云，覆手为雨，极尽"坑蒙拐骗"之能事，恨不得手手起到好牌，场场赢个满贯。玩麻将，既考你心算功与记忆力，也查你胆大是否心细、火眼是否金睛、斗智能否斗勇。往深处说，还是在考察你有没有健全体魄作支撑——身陷牌局，脑袋瓜子高速运转，手脚并用、心跳加速、血压升高，若无强健的身体做坚强后盾，敢说你能顶得下长时间的烽烟滚滚。一场激战下来，赚了银子的，喜笑颜开心花怒放；输得无语的，则是头昏眼花，身心俱疲，默默无语两眼泪。一身疲惫归来，久久不能成眠，满脑子晃动的，除了麻将，还是麻将。

这不是危言耸听，算是愚者的切身体会。由于嗜好不同，平时我不沾那玩意儿。只是到了不得不参与的聚会，才"被迫"玩上两把。俗话说得好，平时多流汗，战时少流血。你寻常日子没有潜心钻研这一百多牌骨排列组合的技巧，实战起来，理所当然就只有当"菜背篼"的份——频频"放炮"，直放得"开胡"者心头暗喜，到头来连廉价的谢谢也没能捞到一句。

"愿赌服输"，看到你垂头丧气，貌似善解人意者还会过来安慰你几句，男子汉大丈夫，要输得起、放得下，钱个嘛，纸个嘛。是啊，把别人口袋里的银子悉数装进自己的腰包，说起啥话来，自然是不会腰疼的。

在我国，麻将曾在一个时期内被打入冷宫。"文革"那些年，哪位仁兄胆敢在光天化日之下搓麻？现在却是满耳一片麻将声。走在大街小巷，见那社区活动室、亲友聚会所以及所有的酒肆、茶楼，甚至街边树荫下，哪里没有几桌麻将在叽叽喳喳？那退了休的老革命，消磨时光打上几圈，可精神焕发，颐养天年；遇上逢年过节，阖家团聚，一家人搓几圈麻将，满室洋溢节日与亲情的欢乐。按常理，打麻将是一种普及的健康的娱乐活动，它能够带给人们无比的快乐与愉悦。

然而，凡事皆有度，过头则泛滥。如今交际场，包括单位活动，甚至操办红白喜事，除了麻将，还是麻将。一堆人见面，三两句话后便不约而同地聚到麻将桌前"切磋"开来。周末时候，哪一家茶楼棋牌室不是人满为患？朋友单位福利好，组织员工到法国旅游，这帮哥们姐们心思却不在巴黎香榭里大街，下了飞机就直接进宾馆搓麻，两个通宵后打道回府，连凯旋门是个什么鸟样也没有看清。有一家物业公司，组织先进分子在烈士陵园做严肃的纪念活动，信誓旦旦毕，忍不住手痒者就在英烈们的墓碑前摆开了场子，惹得公司老总大发雷霆："你们真不像话！就不担心吵醒地下的先烈？"前些天，儿子考雅思口语，金发碧眼的考官问："你们中国一年中有哪些重要节日？"儿子眨巴眼睛，用流利的英语说春节过大年算是重要节日之一吧。老外再问："你们重庆人是如何过大年的呢？"小儿不假思索，张口就来："打麻将噻。"

有一个麻运旺的人曾经作了一首歪诗：今日赢钱局，排排对子招。三元（中发白）兼四喜（东南西北），满贯遇全幺。花自杠头发，月从海底捞。散场远避人，竹杠怕人敲。这说的是过去的麻将玩法。而今，那明末清初麻将风初起时候形成的中、发、白与东南西北风牌，早已被心急火燎的牌友抛弃，不管你是"重庆的倒倒胡"，还是"成都的血战到底"（两种不同的麻将玩法），都是以迅速和牌打倒对方为上策，要那么多讲究干吗？把你包包头的钞票打到我手里来，才是终极目的。至于什么麻将的趣味性、娱乐性、益智性，谁还会惦记？

（原载《重庆日报·农村版》2010年9月10日）

天花板上安隔音

作家刘墉近日在微博上透露一条消息，说的是如何处理住家楼上楼下关系问题。刘墉的邻居抱怨楼上住户有拉椅子的声音，问其是否打算在"天花板上装隔音"？作家回答说他不会"装隔音"，也不会去争吵，而是"小心地拉椅子"，生怕自己的行为影响了楼下住户的生活。作家说："如果大家都能小心，就能省下隔音钱了。人人不一定装得起隔音，但都能把动作放轻些。我管不动楼上，只好管我自己。"

真正好教养也！观照自己的言行，顿时汗颜。

当年接房以后，还没有从乔迁之喜中回过神来，就见楼后不远处拔地而起一座公厕加垃圾站，从此厄运连连倒了霉。夏天来临，那刺鼻的味道如入无人之境，钻满了家中每一个角落，害得老母亲每天第一件事就是紧闭窗户。更为烦恼的是，区环卫所的垃圾车总是在凌晨过后开始清运垃圾。每每凌晨二三点钟，离我卧室不过十来米远的地方就开始了"机车轰鸣，人欢马叫"，垃圾车反复启动、前进、后退，喇叭声、刹车声外加车厢上赤膊上阵的垃圾搬运工大声武气的叫喊声，闹腾得整幢楼的居民无法安睡。"心向往之"，有主持公道者给垃圾车的管理部门——区环卫部门投诉过，义愤填膺地找街道居委会大妈大爷申诉过，甚至火冒三丈地打过"110"，但终究无济于事，这种清运作业安排，丝毫得不到调整，每天凌晨，楼下的呜嘘呐喊是"外甥打灯笼——照（舅）旧"。

就后悔万分，千不该万不该居住在这个垃圾站旁，臭气熏天不说，那美好的子午觉怕是再也睡不成了。家中老人没能扛上几天，便成了神经衰弱。我家两口子上床，首先是用一团棉花堵塞耳朵——夜深人静时，那垃圾车、清垃圾的工人的噪音分贝厉害啊，真的是恐怖万分……最终，花费几千元，请人给所有的窗户安装了双层的隔音玻璃，加上起先的窗户，整整三层玻璃窗，才些微隔离了楼下可怕的噪音与臭气污染。

哪知道刚刚把垃圾站的问题处理完，楼上又开始了闹腾。因垃圾站臭不可闻，楼上楼下的原住户纷纷选择了逃离，房子一夜间或出租，或转手卖给进城务工的农民。（我向苍天保证，绝没有看不起农民兄弟的心理！）这些初来城市的同胞，白天不见人影，深更半夜时才摸黑回家。只要楼道上响起了趾高气扬的高跟皮鞋声，就可断定是那帮永远无法知道在干什么的人回来了。此时，寂静的楼道热烈起来，夜的安静不再。在楼道里呼唤声控开关的巨大的喊"猫"声，忘带了钥匙而拍门、锤门、死了亲娘老子般的叫门声，进屋以后不脱带钉皮鞋的踢踏声、拖椅搬凳的吱嘎声、脸盆随手扔在地上的咣咣声、半夜回家下厨房的切菜声、两口子或许非两口子的打情骂俏声、操一个破手机喊电话的声震屋瓦声……不绝于耳！

于是三番五次找物管苦诉，说这哪里还有居住环境可言。物管笑眯眯地说我们管水管电管卫生，哪能管人家走路说话？农村来的人，说话嗓门大，进门不脱鞋，这是人家的习惯啊，我们岂能罚款不成？！您若实在受不了，就住别墅去好啦。

一句话把人噎得半死。

我无语，只差泪流满面。真的要如刘墉邻居所说，天花板上安隔音？有好好教养如刘墉者，何处可寻？

（原载《重庆日报》2012 年 6 月 8 日"两江潮"）

与蜂共舞

初尝蜂蜇的味道，尚在孩童。野外玩耍，你好奇地追赶拍打停歇在树枝上的蜂，换来的是锥心刺骨般的蜇。顷刻，食指红肿。是妈妈抱着哭得龇牙咧嘴的你，找到隔壁哺乳的邻居阿姨，央她挤出洁白的乳汁擦拭，才止住了你的恸哭。正是这一蜇，在你刚刚开始记事的脑子里，生成了一个朴素的道理：无缘无故侵犯他人，终归要付出代价。即便是一只飞来飞去微不足道的小蜜蜂，受到外来的无端袭扰，它也会奋不顾身反戈一击。

蜜蜂会蜇人，还会采花酿蜜。其他的，你不明就里。

40余年后的今天，你沉醉于金佛山秀美风光，被北坡半山腰处简搭窝棚栖身的养蜂人所吸引。第一时间，你停车坐看劳作人。见白发苍苍的养蜂师傅奔忙如一只工蜂，从密林深处的蜂箱里取来蜂巢，用锋利的长刀轻轻割开淡黄色蜂面，万千蜂房中金亮亮的蜜，汩汩而出。置巢于蜂桶，听轰隆隆摇蜜的声音响起，快乐的神情便荡漾在养蜂人的脸上。而那成千上万只于林中嗡嗡飞舞的蜜蜂，铺天盖地，奏响天籁一般的小夜曲。

这就是蜂蜜的生产过程。这就是不可思议的金色蜜蜂。

你能看见它的翅膀扇动吗？不能。蜜蜂扇动翅膀，每秒钟竟高达200至400次。岂是人的肉眼能够分辨？！你能清晰地捕捉它的飞行轨迹吗？不能。借助5只复眼和3只单眼，蜜蜂的视角几乎达到360度，前后左右，上上下下，一览无余。在这样的视域里，蜜蜂自由飞翔，时速高达40公里，即或是浑身沾满花粉负重而归，时速也能达到20公里以上。

而蜜蜂酿蜜之艰辛，更是让人肃然起敬——工蜂们来回飞行，不知疲倦地采集花蜜，送回蜂房。就一只蜜蜂来说，终其一生，也只能吐出0.6克花蜜。资料显示，酿吐一公斤蜜，工蜂们要吮吸3333朵花蕊，用上33333个工作小时。在付出如此辛劳的前提下，蜜蜂们又得到了多少回报呢？仅仅一汤匙蜂蜜，便是它环绕地球飞行一圈的足够的食粮。更让人扼腕的是，蜜蜂生命极其短暂，短暂得让人想到昙花一现——在冬季，工蜂寿命6个月；到了夏天，采蜜不止的精灵，寿命就缩短到短短的38天……

当甜丝丝的蜂蜜灌装于瓦罐中的时候，你已经看得入神，根本不知额头被飞舞的精灵蜇出一个黄豆大小的包来。人生第二次品尝蜂蜇的味道，你已不觉得疼痛，反倒有一种麻酥酥的感觉。两分钟过去，周身竟出现了臆想不到的舒服。于是你说，有种的，再来一口。

养蜂人见你喜欢蜜蜂，索性停下了手中的活计，燃烟在手，絮絮叨叨，带你走入陌生的蜜蜂王国。

蜜蜂，通常指的是西方蜜蜂和中华蜜蜂。它们是人类的朋友。作为授粉昆虫，它们为农作物、果树、牧草和中药植物传授花粉——世界上76%的粮食作物和84%的植物，基本上依靠它们来授粉。蜜蜂于人类的重要性，不言而喻。恰如爱因斯坦所言，如果蜜蜂从地球上消失，人类只能再活四年。这就是说，假如没有蜜蜂通过传授花粉来平衡生态，那么植物，特别是高寒山区植物的授粉就会受到影响，植物就会由种类众多的杂木林向单调的松杉林转化。更为可怕的是，如果蜜蜂消失，那么所有需要蜜蜂授粉的植物就面临绝种，紧随其后灭亡的，就是以这些植物为生存源的动物，再跟进一步，便是食物链的层层断裂，最终影响到人类生存。大科学家发人深省的话语背后深刻的含义就是——生态环境中无论多么微小物种的消失，都不是一个单纯的事件。某一物种的消失，至少会对其所处生物链前后物种甚至人类和整个自然界产生影响。虽然这些影响并不是马上就能显现，但不显现，就代表不存在么？

你听得似懂非懂，问：如今高科技这么发达。通过转基因工程或喷洒药剂什么的，不是照样可以实现作物的开花结果吗？

养蜂师傅讪笑，答：转基因那鬼东西，敢说不是过街老鼠人人喊打。那化学药物培养出来的食物，好吃吗？能吃吗？那样的食物，安全吗？！

不是我养蜂老汉卖瓜的说瓜甜，还是与蜂共舞吧。

与蜂共舞，形象、贴切。回味蜜蜂短暂而伟大的一生，你默默首肯。

蜜蜂圣洁，不与人类争天下。吃的蜂粮，吐的蜜浆。成天奔波劳碌，终生劳作不息，为人类贡献出蜂蜜、蜂王浆、蜂毒、蜂胶、蜂花粉和蜂蜡。这些蜂产品，蜂蜜是常用滋补品，有"老年人的牛奶"美称。蜂花粉是"微型营养库"。蜂王浆是高级营养品，既可增强体质，延长寿命，还能治疗贫血、神经衰弱、胃溃疡等慢性疾病。蜂毒对风湿、神经炎均有疗效。蜂蜡和蜂胶是轻工业原料。蜂胶还被誉为"紫色黄金"，在全世界的产量比黄金还少呢。

作别金佛山，养蜂师傅讲述的故事仍在脑海中回旋。50 多年前，俄国生物学家尼古拉·齐金向全国 200 多位百岁以上老人发信，调查了解他们长寿的原因。生物学家认真分析这些回信时，发现了一个惊人的现象——这些长寿人群中，有 143 位是养蜂人，还有 34 位曾经养过蜂。近年，有两位美国、英国医生反复调查核实，几乎难于找到一个养蜂人罹患癌症的病例。倒是有一个淋巴组织恶性肿瘤患者，为了增加生活情趣养起了蜜蜂。一段时间以后，患者身上的癌细胞竟奇迹般地消失了。这是什么原因？这就是长期与蜂共舞，享受蜜蜂王国的新鲜产品使然。

但愿这不是养蜂人的营销广告。你摸摸额头上被蜜蜂蜇出的小黄豆，自言自语。

（原载《金佛山》2014 年 9 月）

杀 猪

在三四十年前的农村，杀猪，是一门让人羡慕嫉妒恨的手艺。

学这门手艺，择人。农村人，谁不想拥有一门谋生糊口的手艺？有道是天旱饿不死手艺人。但杀猪手艺，基本上属于家传，父传子、子传孙，传男不传女。外人想挤进这个屠宰行当，难。因此，对有杀猪手艺者，旁人免不了羡慕，继而嫉妒，日久生恨，有什么幺不倒台的，不就是个杀猪的嘛。命债拉多了，死的时候，床前还要放一木盆一把刀断气呢。

这愤懑、恶毒的诅咒，多半源自于杀猪匠干活前后的好吃好喝。那年头，物质贫瘠，吃的喝的多半凭票证供应，杀猪匠却靠手艺，不愁吃穿，且能吃上金贵的大肉喝到香甜的苞谷酒，能不让乡人眼红？

想那农户一年到头，风里来雨里去，辛苦自不待言，伙食只能勉强管个肚儿饱，哪敢奢谈什么营养不营养？勤快者就悄悄在屋后搭个猪圈，饲养上一头两头黑毛猪儿，待到年关宰杀，补补一家人的身子骨。眼望着猪儿抽了条、上了膘，就盼望杀猪匠快快上门。

杀猪匠到来，会带来少有的热闹。听到哪家猪在叫唤，村里老人小孩会围过来，却不敢近前，生怕猪血溅到身上，不吉利，都远远地站着看。整个村子，在猪的哀号声里，就有了过节的气氛。请来帮忙的三五壮汉，都是乡里乡亲，口叼叶子烟，合力把养了一年半载的肥猪拖出猪圈，按上长条板凳。这时候杀猪匠才踌躇满志地出场——只见他拧住猪耳朵，手握雪亮尖刀，对准猪喉管，一刀下去，猪血喷薄而出，汩汩流入板凳一侧早已备好且放了盐巴的木盆中。待猪断气后，用尖刀在猪下腿上割一小孔，把一拇指粗细的长铁棍从小孔中插入猪体内，打通导气通道。再撕开小孔，用嘴巴凑在小孔上，给猪吹气，直到放了血的猪身变得滚圆。然后用滚烫的开水浇淋猪身，用锋利的瓦型铁刮子褪掉猪毛，然后倒吊猪身、开膛破肚，然后砍头去尾、大卸八块。注意，在砍下猪头猪屁股的时候，杀猪匠会把猪脑花、猪耳结和猪鞭掏出，像自家屋里的东西一样，若无其事地装进自己的口袋。贪心的，还会把猪舌头、猪心、猪肺剜上半斤八两，扔进自己盛杀猪工具的小竹篮。围观的人都当没有看见一样。这是杀猪的规矩。

主人家早已忙得不可开交。烧开水的烧开水，劈柴的劈柴，剁菜的剁菜，张罗着午饭或者夜饭，"吃刨猪汤"——不仅要招待邀请来的亲朋好友，更重要的，是要把杀猪匠招待好，人家手艺人，明年还得请呢。虽然忙碌，主人家老老少少都是一脸喜气，一年辛苦到头，今天杀猪丰收。大块大块的肥肉、猪杂碎摆满了厨房的案板，大过年的食材全有了，主人看到了希望，笑逐颜开。

乡村里杀猪，除了特殊事情如婚丧嫁娶修屋架梁外，多半约定俗成在寒冬腊月间。有人说，猪们凄惨的哀号是过大年的集结号，声音飘到的角落，都可以闻到肉香。是的，那时的农村人，生活极简，宁可居无竹，不可食无肉，尤其对大半年时光里不知肉味的农家孩子来说，杀猪便成了盛大的节日。婆婆爷爷、老爸老妈养猪的过程漫长而乏味，杀猪匠挥刀砍剁的时候却很短，两三个小时足够。随之而来的，是吃着飘香猪肉的愉快享受，不经意间进入了孩子们美好的记忆，并随着岁月的更迭而发酵，愈来愈美好。

日子走到今天，农村人杀猪当过节的气氛还有么？城里的孩子，在动漫游戏牛奶面包中长大，可知道猪肉从何而来？

（原载《重庆晚报》2016 年 2 月 6 日副刊）

你会不会当叛徒？

——读《忠诚与背叛——告诉你一个真实的红岩》

厉华、何建明（执笔）的长篇报告文学《忠诚与背叛——告诉你一个真实的红岩》，是一部让人容易产生阅读快感的上品佳作。特别是当你读罢长篇小说《红岩》，再回头来看这部纪实性文本时，你会为作者严肃认真的创作态度、详尽地占有史实和档案材料，并带着对英烈的崇敬之情以及对党内问题的深刻反思而一气呵成的鸿篇巨制所折服。

洋洋大观40万字的文本，展现在读者面前的，是真实可信的红岩故事，还原了文学作品中的人物、事件的本来面目，如《挺进报》成为重庆市委机关报的来龙去脉，如李青林、江竹筠、张露萍等女英雄的坚贞意志，如许晓轩、陈然、蓝蒂裕、唐虚谷等共产党人的宁死不屈，如叛徒刘国定、冉益智、涂孝文等软骨头的卑躬屈膝，包括大特务徐远举等的冷酷、血腥到最后疯狂等等……夹叙夹议、情感凝重的文字，把流传多年的小说、戏剧中的文学影视形象，还原成鲜活的有血有肉的真实普通人。

贯穿作品中的红线，是无处不在的对"忠诚"与"背叛"这一对矛盾的辨析与思考。通过叙事与议论，作者提出了一系列发人深省的问题，经过长期艰苦卓绝斗争建立起来的中共川东地下党组织，在敌人的进攻面前为什么会受到如此严重的破坏？同样面对敌人的严刑拷打、威逼利诱，为什么陈然、许晓轩这样铁骨铮铮的优秀党员能够威武不屈视死如归？江竹筠、李青林等狱中女党员和革命志士竟无一人叛变？而刘国定、冉益智、涂孝文这些混入党内且担任了一定领导职务的投机分子却一触即溃，顷刻间沦为可耻的叛徒？为什么出身名门的杨汉秀、刘国锧能成为封建家庭的叛逆者为信仰而抛头颅洒热血……问天问地问自己，这些严肃的课题，看似高深，实则现实。这就是：风雨如晦的年月，党和党的每一份子，时刻面临着枪林弹雨生死考验；夺取全国政权以后，在纷繁复杂的内部与外部环境面前，党和党的每一份子，仍然面对各种预想不到的风险与挑战。特别是当下，党的先进性和执政能力建设，每一位党员的信念和世界观、价值观，依然面临长期的严峻考验，警醒自己，坚定信仰，对党忠诚。这，就是这部上乘之作的思想价值所在。

适逢建党九十周年之际，欣喜地拥有这部"架构宏大，内容丰富，文笔流畅"的作品，自然是如获至宝。夜深人静时，我青灯枯卷，欲罢不能，几乎是一口气把这部厚厚的文本读完，既为62年前发生在山城重庆惊心动魄你死我活的敌我斗争震慑，更为先烈们忠诚信仰"愿把牢底坐穿"的坚强不屈感染。掩卷思余，一个大大的问号在脑海里反复出现，倘若是我，一旦镣铐在身毒刑侍候的时候，会不会成为"叛徒甫志高"？假若是你，在当下市场经济主导，物欲横流面前，是否会意志薄弱而"败走麦城"、"马失前蹄"？

是的，歌舞升平的和平年代，已然没有了腥风血雨，但胡锦涛总书记忧虑的"四种危险"却是无处不在。作为共产党人，我们不能忘记先辈们用鲜血铸就的"狱中嘱托"，应该牢记那振聋发聩的"八条建议"，忠诚党的事业，践行党的宗旨，经受住时代考验，决不能放松世界观改造，让私欲得到无限膨胀而置党纪国法于度外，否则，就会被含有砒霜的糖弹击中，终成市场经济条件下的"叛徒"。

（原载《南川日报》2011年8月10日"思想"版）

炎夏读《红岩》

　　盛夏读《红岩》，缘起新购的何建明、厉华的报告文学《忠诚与背叛》。为比较作品的写作风格，更为了一个多年的阅读心愿，就翻开书橱收藏多时而未读完的长篇小说《红岩》，一字不落地读了起来。

　　心静自然凉。尽管窗外热浪翻滚暑气逼人，我却很快被作品中充满激情的宏大叙事所感染，"作品将敌我冲突推向生死关头，烈士们的牺牲精神，给人的心灵以相当剧烈的撼动。"（阎纲《能不忆金镜？》）41万字的作品，细读慢品，不觉酷暑已过半月。

　　初触《红岩》，是小学三年级时候。从同学处借得残破不全的读本，囫囵吞枣翻了一遍，大致知道了四川重庆，知道了《挺进报》，知道了渣滓洞、白公馆和那一群宁死不屈的共产党员如许云峰、成岗、江雪琴。当然，因是课外读物，文本又缺页少码，对《红岩》的整体概念没有建立，倒是书中那一幅幅黑白木刻画页，印象深刻，尤其对难友们为牺牲解放军战士龙光华开追悼会的画面不能忘怀。这些坐牢人，为什么要抬着个死人开会游行呢，他们就不害怕么？小孩子的设问，再想起来，滑稽可笑。不过，低幼时的念想，为日后走近红岩埋下了伏笔。

　　1985年"五一"劳动节，我穿着刚刚换发的"85式"新军装，第一次来到渣滓洞、白公馆参观游览。近距离接触红岩历史，把真实的老虎凳、皮鞭、狼牙棒、脚镣、手铐和篾子门、黑牢以及半山腰的松林坡看了个仔细，还与同行的战友激烈争辩——许云峰当年究竟在地牢里手挖条石开辟越狱通道没有？错把虚构的文学情节，当成了真实的烈士壮举。1989年10月，我从云南戍边归来，第一件事，就是再一次来到这被烈士鲜血浸染的土地上凭吊英烈，心中多了一份沉重，也多了一份激情，心灵又一次受到强烈震撼。就想，一定要完整地精读《红岩》，弄清楚这黎明前夜甘洒热血的共产党人和革命志士的来龙去脉。

但是，由于自身的种种原因，这个美好的想法一直没有兑现。旅居重庆多年，虽然无数次游览熟悉的地方，数次在烈士墓前开展党组织活动，也欣赏过诸如现代京剧、新编电视连续剧《江姐》等影视作品，应该说对那一批引导人们奋发向上，从而珍惜今天幸福生活的烈士们的英雄事迹有了比较完整的了解，但总觉得，红岩的内涵博大精深，不是浮光掠影走马观花就能悉数掌握的。发端于小说的红岩魂，已经不是一个单纯的文学概念，她是一曲共产党人宁死不屈的正气歌，是一个关乎忠诚与背叛的永恒的主题，是一部中共南方局领导国统区地下党进行对敌斗争的铁血历史。读史使人明智，我们必须带着深思去研读。

在这炎炎夏日里，我安静地品读《红岩》。沉醉在这部伟大的革命现实主义作品里，思考为什么会有一批坚贞的共产党人和革命志士倒在黎明前的黑暗里，内心久久不能平静。优秀的文学作品有着旺盛的生命力。《红岩》不仅仅因其丰满的文学形象塑造而成功载入中国当代文学史，更能够让我们从这一缩影中深思中国革命的命运多舛，从而牢记历史，对党忠诚，把握当下，展望未来，把红岩精神代代传承。

（原载《重庆日报》2011 年 8 月 5 日 A10 版）

颜值的重量

——读裘山山中篇小说《琴声何来》

按世俗常理，风流倜傥的玉面小生与其貌不扬且面带疤痕的"丑女"，是难有交集的。一对在颜值上有着天渊之别的大学同窗，学生生活时，只能是相邻的平行线。即便出校门各奔前程，20多年来，他们之间也没有些微的往来。要不是一次偶然的专业会议碰面并互留电话，要不是吴秋明一次偶发的病痛求助，"钻石王老五"马骁驭与神秘莫测的"丑女"吴秋明是很难在爱慕、爱情或者婚姻这些温暖的字眼上产生羁绊瓜葛的。《琴声何来》开篇，就把读者引领到惯常的爱情主题之中，作者似乎打算告诉我们，大千世界中普遍存在着这样的现象——颜值高的男女，可以在追寻爱情的游戏中游刃有余；颜值低如吴秋明的女子，则只能处处碰壁、郁郁寡欢，甚至关闭自己情感世界的大门。

如果文本真是这样发展下去，可以肯定，这是缺乏新意落入窠臼的婚姻爱情故事。

裘山山当然不会这样。接下来的文本叙述，呈现了男主人公马骁驭在方方面面"条件"优越，虽然颜值爆棚、海外归来、功成名就，却在婚恋问题上屡屡受挫、难觅真爱的场景。塑造了吴秋明这样一个桀骜不驯性格鲜明的女性形象。大学期间，"丑女"的她，面对男生不怀好意的"挑衅"，她大大方方地明示对英俊潇洒的马骁驭怀有好感，但终归只能一厢情愿。因脸上的伤疤，失去了漂亮颜值的她，在校园里或者社会上应该是落寞加孤单，就这样一个人独来独往，潜心学业，毕业后邀游学海，术业有专攻，终修炼成心理学方面的专门家。作家借助这一对单身中年男女的"情爱"故事，一个个玩味的细节安排纷至沓来，一段段精彩的人物对话发人深省，尤其是大量心理学方面专业知识的铺陈，令人拍案叫绝，让读者窥见这位学究型的女心理学博士的"另一面"——其情感深处，其实潜藏着火山般的巨大热情。人到中年的高知女性，风度翩翩，举手投足，皆让"阅人无数"的马骁驭教授神往。于是，她脸上的伤疤从何而来？她毕业这么多年为何没有谈婚论嫁？她为何如此热心公益事业，视孤儿院的孩子如同己出？等等这些疑问或者追问，是马骁驭的，也是每一位读者的阅读体验。

其实，文本中所有的疑问，都可以在女主人公的口琴曲中找到答案。那一首在文本中反复出现的《千里之外》，已经暗示了女主人公非同一般的人生历练，"我送你离开／千里之外／你无声黑白／沉默年代或许不该／太遥远的相爱／天涯之外／你是否还在／琴声何来生死难猜／用一生去等待"。正当男主人公对女同学从不屑一顾转变到心驰神往，似乎爱情正果唾手可得的时候，吴秋明失踪了！仅此一句，让人揪心，未必竟是曲终人散？

这时，一封翩翩飞鸿，不期而至，把笼罩在吴秋明身上的团团迷雾揭开，小说顿时峰回路转。却原来，女主人公自幼身心遭受重创，是乡村女子荷香姐姐的呵护，让她找到了情感的寄居，体味到了人世间的温暖。然而，作为吴秋明的精神寄托，荷香姑娘却因婚姻问题而饮恨离世。为了自己的"心中爱人"，吴秋明竟挨到了可怖的刀砍而破相，落下一生的遗憾。从此，命运让这个"丑女人"用赎罪般的心理在这个世界上苟且偷生。万万没想到的是，正是这样的形单影只，反而让女主人公收获满满，"一个毫无颜值却依然可爱的女人，隐秘的情感和伤痛反而让她变得更完善。"（裘山山创作谈）

诚如作家所言，爱情中到底什么最重要？婚姻到底靠什么来支撑？如吴秋明这样的"丑女子"，真的就无法吸引男人？反之，那些高颜值、高学历、高收入的女性，所谓的剩女，世上何其多且难以婚配呢？颜值的重量，究竟几何？找不到确定的答案。最终归结在于，爱情，实在是人类最难以琢磨和定义的东西；男人女人颜值的高与低，永远是相对而言。男人的英俊、女人的美丽，只能源自内在。这才是裘山山文本的应有之义。

（原载贵州《劳动时报》2016 年 2 月 25 日副刊）

莫名的虚空与彻骨的悲凉

——读迟子建新作《群山之巅》

当代作家中，情有独钟迟子建的作品。无论是其散文还是小说，开卷即能抓住眼球，迅速产生鲜花怒放般的阅读快感。十年前，曾陶醉于子建史诗般的《额尔古纳河右岸》，随作家酣畅淋漓的笔触，闯进遥远的北国雪原，被那通灵的驯鹿、缥缈的江流、神秘的撒满、异域般的民族风情，撩拨得魂牵梦萦。十年后的今天，网购来子建作品《群山之巅》，几乎是手不释卷，十七章20万字，一口气读下来，在享受女作家精致语言、宏大叙事的同时，深为作家构建的那一个"独特、复杂、诡异而充满魅力的中国北世界"神往。

作家采用了惯常的倒叙手法，娓娓诉说那"红尘中的精灵，白雪下的罪恶，群山之巅的太阳火"。小说结构精巧，每个章节都有故事，每个故事都有回忆，每个回忆都有呼应。看似不经意的叙说中，故事情节峰回路转，出现抽丝剥茧般的首尾照应，让一群生活在社会最底层的小人物，跃然纸上，呼之欲出。

生活在北国群山之巅的，是一群怀揣着不同的伤残之心，试图努力活出人之尊严来的卑微人物。如开篇就出现的辛七杂，一介屠夫，却让全镇大小畜生对他战战兢兢，简直是一个现实中的神话人物。他的父亲辛开溜（辛永库），却是一个当年娶了日本女人秋山爱子的"逃兵"，背负着沉重的历史包袱，近乎苟且偷生地活着，到头来被一头羊撞伤而故。其实这位经历复杂的老兵，是一个真正意义上的好人。而安雪儿，名字漂亮，却是一个无师自通靠刻碑字生存的侏儒，有着仙女下凡般的神秘莫测。她命运多舛，被人强奸，产下儿子毛边后表现出来的淋漓母爱，让人唏嘘。辛欣来呢，应是作家用笔最重的人物，不是主人翁，胜似主人翁，此人既是陈金谷与上海知青刘爱娣的私生子，又是辛七杂的养子、辛开溜的孙子，正是这个身世极其坎坷的青年男人，构成了小说中看不见的红线，把一个个扑朔迷离的故事如珍珠一样串联在一起，他吊儿郎当，不务正业，用斩马刀劈了养母王秀满，畏罪潜逃时强奸了安雪儿，却不可思议地得到辛开溜的庇护，成为毛边的父亲，最终在花老爷洞被法警安平捉拿归案。故事曲折之处在于，辛欣来走上杀人抵命的断头台前，那一颗年轻强壮的肾却被人悄悄摘下，用于他永远不知真情永不谋面的生父陈金谷身上。还有安平，一位专事枪毙死刑犯的法警，与火葬场理容师李素贞相互倾慕，确切地说，这是一段充满了朴素真爱的乡村情事，也可以看作是两个从事特殊职业者惺惺相惜相互怜悯的畸形爱情。

至于陈金谷妹妹陈美珍、绣娘孟青枝、军人安大营、作家单尔冬、医学院学生唐眉与同学陈媛、镇长唐汉成、斗羊人李来庆等等人物，塑造得也是足够玩味，他们的凡人故事，如唐眉毒害同学、色诱安平、红日客栈兴衰、老年人担心害怕火葬、边防战士的寂寞等等，让人顿生好奇心而欲罢不能，急切地想刨根问底，一旦清白真相，也能让人一掬热泪而长嗟短叹。这些乡村小镇生活中既熟悉又陌生的人物群像的所作所为，告诉读者一个极简的道理——纵然卑微渺小，也有宏伟梦想。作为揣一颗爱人之心的善良者，面对巍巍群山，怎能不为之肃然？！

如众多评论家所言，在群山之巅的龙盏镇，迟子建深情地"奏响了爱与痛的命运交响曲，发抒着罪恶与赎罪的灵魂独白"。作家在创作这部作品时，数度昏厥，心力交瘁。她说，我用"一世界的鹅毛大雪，谁又能听见谁的呼唤"作结，看似为作品画上圆满句号，却未能让人产生如释重负之感，反而更加愁肠百结，仍想倾诉。而这种倾诉，不是针对作品中的某个人物，而是因着某种风景，因着那滔天的大雪，因着那不离不弃的日月，因着那亘古的河流和山峦。但或许也不是因着这些风景，而是因着一种莫名的虚空和彻骨的悲凉。

所言极是！莫名的虚空与彻骨的悲凉！

正是这种让人心颤的虚空与悲凉，让作品产生了扣人心弦的艺术魅力和深邃的意境，成为这部作品成功的表象而引起读者共鸣。让我们为这一道可口的精神大餐，双手点赞吧。

（原载《重庆晚报》2015 年 4 月 13 日"读书"版）